Ronald Hummel

Hart an der Grenze

RONALD HUMMEL

HART AN DER GRENZE

ROMAN AUS DEM RIES DER RÖMERZEIT

DRUCKEREI & VERLAG STEINMEIER

Satz und Herstellung: BUCHFLINK Rüdiger Wagner, Nördlingen.
Umschlagsillustration: Juan Pablo Cornejo Serrano, Fahrenhorst.
Lektorat: Carl Völkl, Nördlingen.
Korrektor: Heinrich Ackermann, Deiningen.
Druck: Druckerei & Verlag Steinmeier, Deiningen.
Bindung: ••••••••••••••••••.
Printed in Germany.

Bezugsadresse:
Ronald Hummel, Oskar-Mayer-Straße 16, 86720 Nördlingen.
www.ronald-hummel.de

ISBN 978-3-00-051126-4

INHALT

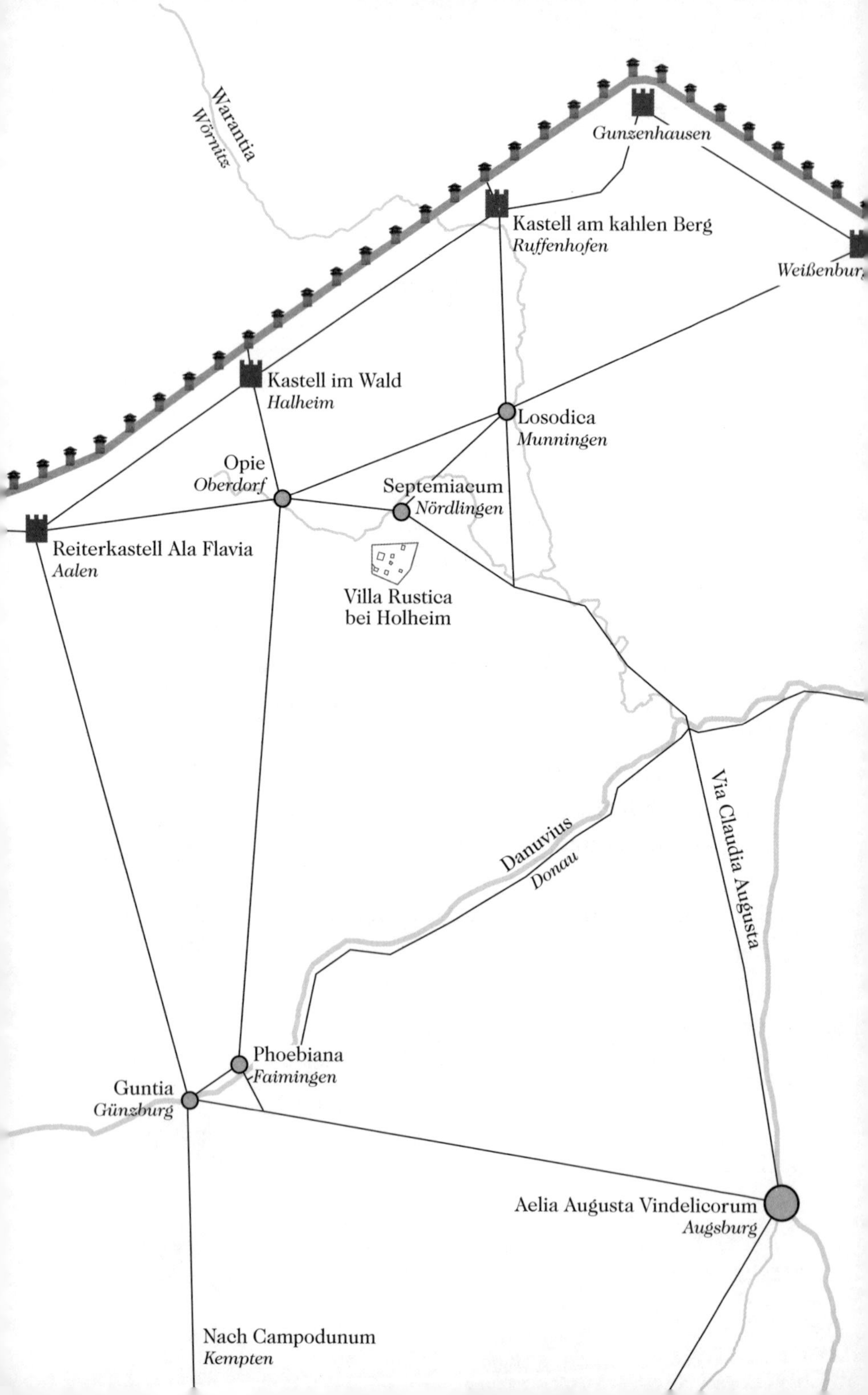

Warantia
Wörnitz
Gunzenhausen
Kastell am kahlen Berg
Ruffenhofen
Weißenburg
Kastell im Wald
Halheim
Losodica
Munningen
Opie
Oberdorf
Septemiacum
Nördlingen
Reiterkastell Ala Flavia
Aalen
Villa Rustica
bei Holheim
Via Claudia Augusta
Danuvius
Donau
Phoebiana
Faimingen
Guntia
Günzburg
Aelia Augusta Vindelicorum
Augsburg
Nach Campodunum
Kempten

WISSEN SIE, WOHER DER NAME »RIES« STAMMT?

Ries leitet sich ab von Raetia, der römischen Provinz zwischen Schwarzwald, Inn und Donau beziehungsweise der befestigten Grenze, dem Limes. Bis 80 n. Chr. entlang der Donau laufend, schob sie sich danach in mehreren Schritten nach Norden vor, markiert vom rätischen Limes. Der verlief zunächst mitten durchs Ries entlang der Kastelle Opie (Oberdorf bei Bopfingen), Septemiacum (Nördlingen) und Losodica (Munningen). Bei der weiteren Verschiebung der Grenze nach Norden wurden diese Kastelle aufgelöst und existierten weiter als Zivilsiedlungen (Vici), die vorher schon im direkten Umfeld der Kastelle entstanden waren.

Zur Zeit unserer Geschichte im Jahr 233 n. Chr. hat der Limes seine letzte Ausbauphase erreicht und wird nördlich des Rieses von Kastellen bei Ruffenhofen und Gunzenhausen sowie kleineren Stützpunkten begrenzt. Septemiacum und Losodica sind im Roman also bereits zivile Siedlungen. Die Villa rustica des Publius Annaeus, eines von rund 100 Landgütern im Ries, befindet sich etwa fünf Kilometer südlich von Septemiacum beim heutigen Holheim. Die Grundmauern wurden zwischen 1975 und 1980 archäologisch erforscht, frei gelegt und rekonstruiert. Der Hof liegt liegt am Hang des Maienbachtales unterhalb der steinzeitlichen Ofnethöhlen, die zur Römerzeit als kühle Lagerräume genutzt wurden.

RÖMISCHE BEGRIFFE

Römische Ortsnamen und einzelne, vielleicht nicht gängige Ausdrücke, sind im Text mit Fußnoten erklärt. Hier einige teils öfter auftauchende Begriffe:

BASILIKA Große Markt- und Versammlungshalle; Begriff und Gebäudeform wurden später für große christliche Kirchen übernommen.
CENTURIO Hauptmann
DECURIO Unteroffizier
FORUM Zentraler Markt- und Versammlungsplatz
KASTELL Befestigtes Militärlager
PRÄFEKT Oberster Militär- oder Verwaltungschef
STREIFENHAUS Geschlossenes, lang gezogenes, von einer Mauer umfriedetes Wohn- und Lebensareal in den Siedlungen. Es besteht aus Vorderhaus, das als Laden, Werkstatt oder Taverne von der Straße aus zugänglich war, Innenhof und Nebengebäuden im rückwärtigen Teil.
VICUS Zivilsiedlung in unmittelbarer Nachbarschaft eines Kastells mit Handwerkern und Händlern, die Kastell und Siedlung versorgen und zum Teil Angehörige der Kastell-Besatzung.
VILLA RUSTICA Römischer Bauernhof

DIE VILLA RUSTICA BEI HOLHEIM

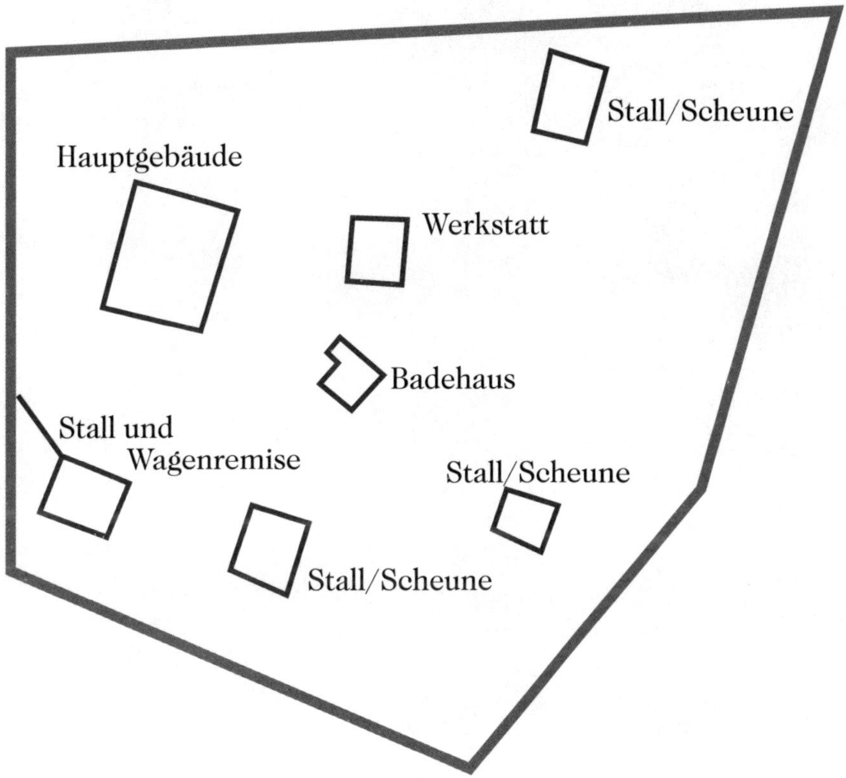

DIE HAUPTPERSONEN

In der Villa rustica

PUBLIUS ANNAEUS Hofherr und Armee-Veteran

XENOBIA Seine Tochter

ACCA Seine Frau

TITUS NANTIUS Ehemaliger Kamerad von Publius

LUCIUS Fuhrknecht auf dem Bauernhof

ANTONIUS AQUILA Offizier und Gerichtsoffizial, der im Mordfall ermittelt

DECIMUS ADVENTUS Aquilas Assistent

Römische Offiziere

MARCELLUS VETUS Kommandant des Reiterkastells beim heutigen Aalen

MANIUS DIGNUS Bestechlicher Decurio am Durchlass des Limes beim heutigen Ruffenhofen

Alemannen

EBO Schließt sich widerwillig mit den Männern seiner Sippe dem Sturm auf den Limes an

AMDA Ebos Frau

WULF Amdas Bruder, geht mit auf den Beutezug

GIBULD Der Sippenälteste

VADOMAR Krieger, der Bauern für den Raubzug anwirbt

AGISHAR Häuptling, der den Vorstoß ins Ries führt

ATTALO Sohn Agishars

I

DINKEL UND DENARE

»Hier ist Rom.« Mit diesen Worten lehnte sich Publius Annaeus in der Wanne zurück, legte den Arm lässig über deren Rand und wies mit dem Weinbecher in der großen Geste eines Caesaren über das Bad.

Dass er kein Caesar war, sondern ein einfacher Bauer, spiegelte sich in den geringschätzigen Zügen seines Gastes Titus Nantius wider. Der überlegte, wie oft das ganze Badehaus wohl in die Eingangshalle der Trajansbäder in Rom passen würde, die er so häufig durchschritten hatte. Oder wie viele Male der ganze Bauernhof allein in deren unterirdischen Heizanlage Platz fände.

»Dieses Becken hier ist groß genug, um uns alle Annehmlichkeiten zu bieten«, schwärmte Publius, als hätte er die Gedankenspiele erraten. »Im Höhlenkeller droben lagert mehr Wein, als wir Durst haben können. Das Mahl, das man uns anschließend auftischt, macht auch Tafeln in Rom keine Schande. Und es ist sorgenfreier verdient.«

Der letzte Satz war ein Seitenhieb auf Titus. Den großen, weltmännischen Titus, der sich nach seinem Dienst in der Ala secunda Flavia milliaria* nicht wie Publius mit einem raetischen Bauernhof hatte ausbezahlen lassen, sondern mit viel Geld. Dass es nicht unendlich viel gewesen war, hatte er nach wenigen Jahren in Rom gemerkt, als er die Hälfte der Abfindung für fünfundzwanzig Jahre Militärdienst durchgebracht hatte. Ja, er hatte beide Seiten der Größe Roms zu spüren bekommen: Die Badepaläste, die Arenen voller Gladiatoren und wilder Bestien, den Circus Maximus mit den atemberaubenden Wagenrennen, die Tavernen mit exotischen Frauen, die er sich so oft gönnte. Dann war da aber der andere Teil, der erdrückende, der ihm die Luft abschnürte. Nein, nicht die engen, stinkenden Gassen. Vielmehr die Menschenmassen, unter denen es immer welche gab, die schlauer, verschlagener, findiger waren als er. Als er es mit einer Metzgerei versucht hatte, sah er sich plötzlich umzingelt von Konkurrenten mit besserem, billigerem Fleisch. Wo das plötzlich hergekommen war, hatte er niemals herausfinden können. Als er betrügen und Pferdefleisch als Rindfleisch verkaufen wollte, fand sich eine Frau mit dem Gespür eines Hundes, die es merkte und an einem einzigen Tag im ganzen Viertel verbreitete. Als er mit gezinkten Würfeln Geld machen wollte, geriet er sofort an er-

---

* Reitereinheit, im heutigen Aalen stationiert

fahrene Betrüger, die ihn entlarvten. Und beim Versuch, sich als Geldverleiher zu etablieren, musste er feststellen, dass in der größten Stadt der Welt jeder Schuldner ein Leben lang untertauchen konnte.

»Von den Mauern meines Refugiums aus beaufsichtige ich die Legionen meiner Getreidehalme, die keine Grenzen kennen«, schwadronierte der Bauer weiter und ließ sich von Atto, der auf dem Weg zum Kaltbaderaum war, aus der Amphore nachschenken. »Wie einst, als Roms Macht so weit reichte wie die Spitzen seiner Schwerter.«

»Rom ist längst an seine Grenzen gestoßen«, winkte Titus ab. »Nicht nur die Limesmauer hier, die wir unser halbes Leben lang zu schützen hatten. Im Osten wird die Lage mit den Parthern nicht besser.«

Titus Nantius nahm einen tiefen Zug aus dem Becher und schuf so eine bedeutungsvolle Pause. »Wie man hört, sind unsere Vorposten Hatra und Dura Europos wohl endgültig gefallen. König Ardeschir hat sie überrannt und ist in römisches Gebiet eingefallen. Der Kaiser konnte ihn wohl mit Müh und Not zurückdrängen.«

»Na, das will ich hoffen«, erwiderte Publius. »Um ein ordentliches Heer aufzustellen, hat Severus Alexander schließlich die Truppen am ganzen Limes ausgedünnt. Von der Ala haben sie die Hälfte abgezogen. Auch ein guter Teil der Dritten Legion aus Castra Regina* liegt in Persien. Wir sind seit zwei Jahren schlecht geschützt.«

---

* Regensburg

»Ich glaube kaum, dass die auf der anderen Seite der Mauer es schaffen, ein ordentliches Heer aufzustellen, bevor unsere Männer zurück sind«, antwortete Titus. »Das sind immer noch ungeordnete Wilde.«

»Die Parther waren auch einmal wilde Nomaden.«

»Ja, jeder ungewaschene und unrasierte Sauhaufen schaut sich irgendwann genug von uns ab. Aber wir sind ihnen immer voraus.« Titus beäugte misstrauisch einen jungen Kerl, der vom Heißbaderaum nebenan direkt an der Wanne vorbei schlenderte und eindeutig große Ohren machte. »Wer ist das?« raunte er Publius zu.

»Lucius, mein Fuhrmann.«

»Der auf deine Tochter scharf ist?«

»Sei still. Da ist noch etwas anderes. Lucius ist der Sohn eines Kameraden, der jetzt gegen die Parther kämpft.«

Titus zog die Augenbrauen hoch: »Ein Legionär? Aus welcher Garnison?«

»Nun, aus unserer Ala. Quintus Floronius ist sein Name. Er wurde vor gut zwei Jahren mit den anderen nach Persien abkommandiert. Man hatte mich gebeten, seine Frau und seinen Sohn aufzunehmen, so lange er auf Feldzug ist.«

Titus zielte mit dem Zeigefinger der Hand, die den Weinbecher hielt, auf seinen Gastgeber und grinste: »Und du hast zwei weitere billige Arbeitskräfte bekommen, stimmt's?«

Lucius hatte vergeblich versucht zu lauschen. Als sich die Beiden verrieten und gleichzeitig zu ihm schauten, wandte er sich ab. Aber der junge Kerl hatte ohnehin anderes im Kopf: Ob er das Baden hinauszögern sollte, bis die Frauen dran waren? Beim letzten Mal hatte es geklappt und er konnte die schöne Xenobia nackt sehen.

Was für ein Anblick, als sie ihren schlanken Körper mit glänzendem Badeöl einrieb und nach dem Bad mit dem sichelförmigen Holz die Konturen der straffen Schenkel, die Wölbungen des Hinterns und der festen Brüste nachfuhr und das Öl wieder sanft abstreifte! Die ungewöhnlich helle Haut zeugte ebenso wie ihre blauen Augen, die Sommersprossen und das rote Haar vom keltischen Blut der Mutter in ihren Adern.

Xenobia, die Tochter von Publius Annaeus, hatte ihrerseits schon mehrmals Lust gezeigt, sich alleine mit Lucius vom wohlig warmen Wasser umhüllen zu lassen und zu sehen, was passiert. Lucius gefiel ihr, nicht nur, was sein hübsches, südländisches Gesicht betraf. Nun ja, die dunklen Augen standen etwas eng beieinander und wirkten auf fast schon schamlose Weise eindringlich. Aber genau diese Zielgerichtetheit war es, die sie an Lucius faszinierte. Er wusste, was er wollte und ließ keinen Zweifel daran. Er entführte sie in Welten jenseits des Trotts auf dem Bauernhof, der ihr Tag um Tag enger erschien. Die Welt des Körpers etwa, wenn er über Wasser freundlich mit ihr plauderte und unter Wasser ihren Schenkel streifte mit etwas, von dem sie die halbe Nacht überlegte, ob es wirklich das war, was sie dachte.

Aber heute war für solche Intimitäten keine Gelegenheit. Heute war Badetag, Schlachttag und Festtag in einem und entsprechend groß war die Aufregung auf dem Hof. Xenobia genoss das quirlende Leben und half an allen Ecken und Enden bei der Arbeit, um möglichst viel mitzubekommen. Gerade war sie auf dem Weg zum Höhlenkeller in den Felsen hoch über den Dächern des Hofes. Unterhalb der Höhlen ließ sich Xenobia auf ihrem Aussichts-Stein nieder. Oft hatte sie es in letzter Zeit empfunden, als ob die Kalksteine der großen Mauer um den Hof und der Gebäude eins mit dem öden Fels und dem dürren Gras des Hügels waren und sie selbst ein darin gefangenes Wesen wie die Eidechsen, Spinnen oder Käfer. Heute war alles anders, wirkte ihr Zuhause wie eine kleine, geschäftige Stadt – Stimmen drangen zwischen den Obstbäumen des Hofes und den Heidesträuchern herauf, Gestalten liefen zwischen den Häusern umher, sie hörte das Schleifen der Schlachtmesser und das Klappern der dampfenden Kessel und Töpfe auf den Herdstellen.

Artissius, der Verwalter, vertraute Xenobia in der Höhle eine Wein-Amphore an, die sie in die Küche bringen sollte. Auf dem Weg hinab wirkte das Hauptgebäude über das Tal erhaben, das Schindeldach erhob sich über das riesige Dinkelfeld. Auf gleicher Höhe mit dem Plateau des Hauses schien der Seitenflügel in den Hang hineinzuwachsen. Und als Xenobia die Mauer umrundete und am Pferdestall mit der Wagenremise vorbei lief, erhoben sich die Gebäude nicht mehr, sondern schmiegten sich an den Hang und duckten sich vor den Felsen.

Xenobia trug die Amphore, die ihr immer schwerer vorkam, durchs Tor, am vorderen Stall vorbei durch ihr kleines Reich, die Obstbäume, Beerensträucher und

Beete, auf kürzestem Weg zur Küche im Haupthaus. Hier und an den Feuerstellen im Innenhof herrschte Hochbetrieb. Polla, die Bäckerin, kippte gerade eine Holzschaufel voll heißer Brote auf einen Tisch zum Abkühlen und wies Xenobia zurecht, dass hier absolut kein Platz mehr für ihre Amphore sei. Überhaupt habe Artissius die Amphore viel zu früh an diesem heißen Augusttag aus dem kühlen Keller gegeben. Also brachte Xenobia das Gefäß hinüber zum Badehaus, lehnte sie ins Eck des Kaltbadebeckens und verbot den drei Männern im Wasser bei Todesstrafe, sie zu öffnen. Nebenan, auf der freien Fläche zwischen Haupthaus, Bad und Werkstatt, half sie mit, die herangeschafften Strohmatratzen und Decken so aufzuschichten, dass die Festgesellschaft zu Tisch liegen konnte. Dann musste sie mit anpacken, die Liegen aus dem Triclinium* zum Festplatz zu befördern. Die besonders vornehme, auf deren Lehne ein kleiner Bronzesatyr saß und mit einer Flöte spielte, war dem hohen Gast aus Rom vorbehalten. Drüben bei der Werkstatt war man mit dem Schlachten des Lamms und des Schweins schon so weit, dass die Kinder vergnügt Blut- und Leberwürste auffüllen konnten.

Die kleine Feha leerte ihre Ausbeute neben die Feuerstelle vor der alemannischen Hütte – einige Handvoll alte Eicheln aus dem Vorjahr, zusammengesammelt

* Wohn- und Speiseraum

im vertrockneten Laub des Urwalds weit hinter dem römischen Limes. Ihre Mutter Amda lobte sie und vergewisserte sich, ob sie mit den größeren Nachbarskindern auch wirklich nicht so weit vorgedrungen war, dass sie Wölfen begegnen konnten.

»Hat Grano Ausschau nach unseren Jägern gehalten?«, fragte Amda schließlich.

»Ja, er ist auf den höchsten Baum geklettert, den wir gefunden haben«, sagte das Mädchen, »aber gesehen hat er weit und breit nichts.«

Amda verbarg ihre Enttäuschung und Sorge vor der Kleinen und sah sie nicht an, als sie die Eicheln in die Glut legte. Spätestens vor zwei Tagen hätten die Männer von der Jagd zurück sein müssen. Bevor sie losgeritten waren, hatte Amda sie reden hören, dass mit umher streunenden Horden von anderen Alemannen zu rechnen sei, die darauf pfiffen, dass man demselben Volk angehörte und sich gegenseitig ausraubten.

Doch jetzt musste sie die Sorge um die Männer zurück stellen und die Kinder versorgen – der kleine Huno war heute gar nicht erst aufgestanden, so schwach fühlte er sich schon. Doch statt ihn mit Fleischbrühe und Braten zu kräftigen, musste sie ihm und seiner Schwester ein Essen vorsetzen, vor denen ihnen allen graute. Zwei Tage zuvor hatte sie die Knochen des letzten Hasen für eine Suppe ausgekocht, am Tag zuvor aßen sie die letzten Wurzeln und Pilze, die sie hatten finden können.

Nun blieb ihr nichts anderes übrig, als die weniger zarten Wurzeln, die keiner zernagen wollte und die sie vorsorglich in Wasser eingelegt hatte, zu zerkleinern und zu einem Mus auszukochen. Dazu gab es die gerösteten alten Eicheln.

»Wir servieren in Milch gekochtes ganzes Lamm, fein abgeschmeckt mit Rosmarin, Fischlake, Most und Öl«, verkündete der Hofherr Publius Annaeus stolz zur Cena, der Hauptmahlzeit des Tages. »Dazu Kroketten aus Schweinehirn und gebratene Schweins-Euter, gefüllt mit Feigendrosseln. Zum Nachtisch, Birnenomelette, passt ein von mir selbst angesetzter Wermutwein mit Pistazien und kleinsten Nardenblättern.«

»Ach, ich könnte mich ärgern«, entfuhr es dem Gast. »Ich hätte doch extra feine Zutaten mitbringen können, die man bei euch hier wohl nicht bekommt – Datteln, Pinienkerne, indischer Kostwurz, Safran und Ähnliches. Nun ja, wir alten Soldaten wissen ja deftige, ohne Schnickschnack zubereitete Kost umso mehr zu schätzen, was?«

Dieses herablassende Gehabe passte zu dem unangenehmen Eindruck den Xenobia schon nach kurzer Zeit von Titus Nantius gewonnen hatte. Anfangs war ihr der hohe Gast eigentlich sympathisch erschienen, weil er ihrem Vater glich – beide gehörten zu den stämmigen, gedrungenen Typen mit kantiger Schädelform und kurzem Stiernacken, wie man sie oft unter Soldaten fand. Auch das stoische Wesen hatten sie gemein, das hinter der Standhaftigkeit der römischen Legionen steckte. Ernst und autoritär wirkten sie beide. Hinter diesem vordergründigen Bild unterschieden sie sich dann doch: Ihr Vater war bei aller Autorität ein gutmütiger Charakter, dem das Herz nicht gerade auf der Zunge lag und der sein Leben einfach, aber ordentlich ausrichtete. Titus aber erwies sich als eingebildeter Geist, der nach Höherem strebte. Konnte er es nicht erreichen, setzte er dafür wenigstens die Umgebung herab durch Ironie, Sticheleien, Selbstlob und Seitenhiebe in Form ständiger Vergleiche mit seiner wahren Heimat Rom, vor der alles andere zwangsweise verblassen musste. Was willst du dann bei uns, wenn in Rom alles so vollkommen ist? fragte sie im Geiste. Warum bist du vom Nabel der Welt hierher an die ach so karge und armselige Nordgrenze des Imperiums gekommen?

Titus konnte das Sticheln auch nicht lassen, als er Artissius über die Schulter sah, wie er den Wein mischte. Der Verwalter hatte gerade die Gewürze auf das Bronzesieb über der großen leeren Amphore gestreut und war im Begriff, den bereits mit Wasser verdünnten Rotwein darüber zu gießen. »Ich hoffe, du gießt uns reinen Wein ein«, schmunzelte der Gast. »Wir leben hier ja gefährlich nahe an Gallien.« Gallien war im gesamten römischen Reich als das übelste Wein-Pantsch-Gebiet verschrien.

»Nein, wir beziehen nur reinen Cumaner, fünf Jahre gelagert«, entgegnete Artissius mit übertrieben blasierter Stimme, als würde er einen Ahnungslosen belehren.

Titus ignorierte den unfreundlichen Tonfall und fragte: »Welche Gewürze mischt du hinein?«

»Lorbeer, Minze, Pistazien, Wacholder«, beschied ihn Artissius knapp und gab sich demonstrativ völlig der Konzentration hin, nichts von dem Gemisch über das Sieb hinaus spritzen zu lassen. Normalerweise hätte er jetzt ein Detail seines persönlichen, im Ganzen geheim gehaltenen Mischrezepts angedeutet, um die Vorfreude auf den Genuss zu erhöhen. Aber bei diesem Gast nicht.

Wie auch immer – Xenobia genoss mit den anderen Hofbewohnern das bei allem Wohlstand nicht alltägliche Mahl unter freiem Himmel. Es gefiel ihr umso mehr, als Lucius sich neben sie legte und schwor, ihr solch lukullische Genüsse jeden Tag zu Füßen zu legen, sollte sie erst einmal seine Frau werden. »Was, nur zu Füßen legen willst du mir das?«, gab sie frech zurück. »Ich hätte mindestens erwartet, dass du mir alles in gut portionierten Bissen in den Mund schiebst.« Prompt tat Lucius dies mit einem Stück Schweineeuter und flüsterte ihr dabei Anzüglichkeiten ins Ohr.

Die einzigen, bei denen das Mahl keinen Geschmack von Ausgelassenheit hinterließ, waren die Hauptpersonen – der Hofherr und sein Gast. Nach dem Essen zogen sie sich mit einem Krug voll Wein zurück an die Hofmauer. Xenobia ließ sie trotz ihrer neckischen Liebesspielchen mit Lucius nicht aus den Augen: Es war der Gast, der stetig auf den anderen einredete – zunächst plaudernd, dann lächelnd und umschmeichelnd, als ob er ihn von etwas überzeugen wollte. Doch Publius schien sich nicht darauf einzulassen, antwortete knapp und wirkte unzugänglich.

Daraufhin erhöhte sich der Wortschwall von Titus noch, seine Freundlichkeit wich jedoch nach und nach ernster Bedrängung. Ein Händeklatschen unterbrach die Beobachtungen, Artissius scheuchte Xenobia und Lucius ins Bett. »In zwei verschiedene Betten!«, wie er präzisierte.

Spät am nächsten Vormittag, Xenobia war mit dem Unkraut jäten im Salatbeet bereits fertig, erkannte sie, dass sie nicht viel versäumt hatte: Ihr Vater und sein Gast trafen zwar mit höflichen Mienen, aber ohne viele Worte aufeinander – die Stimmung hatte sich nicht gebessert. Nach dem Frühstück trennten sie sich – der Hofherr ging hinaus aufs Feld, um an der Bewässerungsanlage zu bauen, Titus sattelte sein Pferd und ritt davon in Richtung Septemiacum*.

Während ihrer eintönigen Arbeit in den Beeten und in der Küche ließen Xenobia die Ungereimtheiten um den unsympathischen Titus keine Ruhe. Was wollte er von ihrem Vater? Und warum hatte dieser es ihm verwehrt?

Als Publius Annaeus gegen Mittag vom Feld kam, stürmte sie schon am großen Tor auf ihn zu, begrüßte ihn mit Banalitäten, in die sie unauffällig einflocht: »Und was ist eigentlich mit deinem Gast? Ist ihm unser Essen nicht bekommen? Er schien sich gestern plötzlich nicht mehr wohlzufühlen.«

Aber Publius ließ sich die Würmer nicht aus der Nase ziehen. Er brummte nur, dass er nicht wisse, wovon sie

---

* Siedlung, die im Gebiet der Altstadt von Nördlingen aus einem aufgelösten römischen Kastell hervorging.

rede, und sie das Essen auftragen solle. Sie setzte sich in Hörweite des Vaters und ihrer Stiefmutter Acca an die Tafel im Innenhof. Lucius war sichtlich enttäuscht, dass sie nicht bei ihm Platz nahm.

Der vornehme Hausgast war nicht da, doch Xenobia bekam während des Essens trotzdem etwas mit: Acca redete impulsiv auf ihren Mann ein, so dass sie stellenweise lauter wurde als beabsichtigt. Acca war erregt – dann konnte es ja wohl nur um Geld gehen. Sie konnte ihre Stiefmutter nicht leiden – die ließ täglich jeden spüren, dass sie etwas Besseres war und einem edleren Umfeld entstammte als einem einfachen Bauernhof. Dabei war sie ursprünglich nur Sklavin im Hause eines Weinhändlers und Stadtrates in Septemiacum. Als Sklavin hatte sie der reiche Mann zusammen mit ihrem kleinen Sohn Tuccius einem Centurio in Castra Regina abgekauft; aber nach dem Tod seiner Frau war es ein offenes Geheimnis, dass die schöne, schlanke, hochgewachsene griechischstämmige junge Frau mit der prächtigen schwarzen, dreistufigen Lockenfrisur und den großen dunklen Augen seine Geliebte war.

Als er starb, verfügte er in seinem Testament offiziell Accas Freilassung. Freigelassene umwehte immer der Hauch besonderer Tüchtigkeit oder außergewöhnlicher, oftmals ruchloser Fertigkeiten, mit denen sie sich das Privileg der Freiheit verdient hatten. Jedenfalls hatte sie neben der Freiheit wohl nicht so viel Geld geerbt, um sich eine eigene Existenz aufzubauen. Sie war gezwungen gewesen, sich nach einem zweiten Ehemann umzusehen. Es hieß, sie habe zunächst in den besseren Kreisen von Aelia Augusta Vindelicorum* und Campodunum** ihr Glück versucht, sei aber trotz ihrer Schönheit gescheitert und wieder nach Septemiacum zurückgekehrt, um bei alten Freunden billig wohnen zu können. Da in dieser Zeit Xenobias Mutter bei deren Geburt verstorben war, ergab es sich, dass der Witwer Publius zum stattlichsten verfügbaren Heiratskandidaten wurde. Acca ließ nie einen Zweifel daran, dass der Bauernhof keine angemessene Residenz für sie war. Von Anfang an war sie Publius in den Ohren gelegen, dass er mit ihr in ein stattliches Haus nach Septemiacum ziehen solle. Als alter Soldat war er jedoch der Ansicht, »dass der Anführer bei seiner Truppe bleiben sollte«, sprich, bei seiner Familie auf dem Hof. Also verlieh Acca einstweilen dem Herrenhaus so viel Glanz wie möglich – sie ließ es sauber verputzen und mit aufgemalten roten Linien die Fugen eines vornehmen Quaderbaus vortäuschen. Fenster mit teuren kleinen Glasscheiben mussten eingebaut werden, und einer der größeren Räume wurde als elegantes Triclinum mit drei Speise-Liegen eingerichtet.

Ständig hielt sie Ausschau nach Möglichkeiten, Geld zu machen, um sich ihren Traum vom Stadthaus doch noch zu erfüllen. Und genau so ließen sich die Gesprächsfetzen, die Xenobia aufschnappte, auch deuten: »Höre ihn doch zumindest an«, bedrängte Acca ihren Mann. »Du sagst doch selbst, dass er im-

* Augsburg
** Kempten

mer gut darin war, Profit zu machen.« Publius konnte sich im Gegensatz zu seiner Frau beherrschen und antwortete leise. »Natürlich geht er Risiken ein«, gab Acca zum Glück seine Worte quasi als Echo wieder. »Das ist so eine Art Naturgesetz, dass mit dem Profit das Risiko wächst und umgekehrt. Von Nichts kommt Nichts.« Jetzt folgte wieder etwas Unverständliches von Publius. Acca lachte. Verächtlich, zynisch. »Sicher auf Kosten anderer. Wie soll denn sonst etwas hängen bleiben? Wenn jeder genau so viel kriegt, wie er gegeben hat, kommt doch unterm Strich nichts heraus.«

Es ging also um Geschäfte, scheinbar ziemlich große. Vater und dieser Titus hatten wohl früher selbst welche zusammen gemacht und Titus wollte jetzt wieder damit anfangen. Vater wollte aber offenkundig auf keinen Fall mitmachen.

Lucius hatte mitbekommen, wie Xenobia ihren Vater und ihre Stiefmutter belauschte. Er sprach sie darauf an und sie erzählte ihm freimütig von den dubiosen Geschäften des Gastes, über die beide gestritten hatten.

Die Hure ließ sich von ihm herunter gleiten und verlangte ihr Geld. Titus Nantius bezahlte und plauderte von Erinnerungen an ihre früheren Begegnungen, die alten Zeiten und den alten Freunden. Sie sagte ihm auf den Kopf zu, dass er doch nie Freunde besessen habe, sondern nur Geschäftspartner. Es war ihm egal, ob sie freundlich war oder nicht. Wer von den früheren Kameraden noch da war, wollte er wissen. Prompt nannte sie Publius Annaeus. Er verschwieg, dass er es bei dem schon versucht hatte, fragte nach anderen. Masclinus sei immer noch da, sagte sie. Der Versager, dachte er. Noch andere? Nein, sonst war niemand mehr hier in der Gegend.

Also Masclinus. Er suchte ihn gleich auf, noch bevor ihn die Hure vorwarnen konnte. Masclinus war am Ende, aber Titus gelang es, sich als Hoffnung für seine Zukunft zu präsentieren und die Vergangenheit auf sich beruhen zu lassen. Wie einem Spieler redete er ihm ein, dass nur das ihn aus dem Elend reißen konnte, das ihn auch hineingebracht hatte – in seinem Fall nicht das Spiel, sondern Geschäfte. Neues Spiel, neues Glück. Neue Geschäfte, neue Hoffnung. Das zog besser als bei Publius, diesem dummen Bauern. Masclinus fragte zumindest, wie denn solche Geschäfte aussähen.

»Na, genau wie früher«, ermunterte ihn Titus. »Du weißt doch, wo die dicksten Profite zu holen sind.«

Ja, Masclinus wusste es. Und das Entscheidende: Er kannte Leute, wie sie Titus brauchte. Leute mit gewissem Einfluss. Bestechlich. Aber Masclinus war nicht dumm wie damals. »Wenn ich dir den Namen nennen soll, legst du erst zehn Denare dafür auf den Tisch, jetzt gleich. Und wenn du darüber hinaus nicht zwei Mal in der Woche her kommst und mir anständig Provision auf deine Gewinne zahlst, nenne ich auch anderen Leuten diesen Namen. Und deinen. Das sind Leute, von denen du nicht willst, dass sie dir in die Quere kommen, glaub mir.«

Nicht schlecht, Masclinus, nicht schlecht, dachte Titus. Es ist doch noch etwas übrig von dem, was ich dir beigebracht habe. Titus ging den Pakt ein und bekam den Namen.

Sie hatten die Fährte aufgenommen. Endlich konnte Bilja seine Fähigkeiten als bester Spurenleser der alemannischen Sippe unter Beweis stellen – an fünf Bäumen hatte er abgenagte Zweige und Rinden entdeckt in einer Höhe, an die nur ein Hirsch herankommen konnte. Schließlich fand er den endgültigen Beweis – Exkremente, die zweifellos einem Hirsch gehörten. Noch ganz frisch. Die Männer hatten in den letzten Tagen Biljas Fähigkeiten schon angezweifelt, immerhin befand er sich schon im fortgeschrittenen Alter von fast dreißig Jahren und seine Sinne ließen vielleicht nach.

Zwischen den Bäumen mit den Biss-Spuren ließ sich gedanklich eine Linie ziehen, die der Fährte entsprechen durfte. In einer Reihe folgten ihr die fünf Jäger, vom Jagdtrieb erfüllt und erleichtert, dass neben den erlegten Hasen doch noch ordentliche Beute winkte. Bilja lief zu Fuß voraus, den Pfeil schussbereit auf der Sehne; die anderen folgten in einigem Abstand zu Pferde in ruhigem Schritt.

Ebo ritt als Letzter, darum hört er das Rascheln zuerst. Er dachte, es sei der Hirsch, doch als er sich umwandte, vermutete er eher ein Wildschwein, das in hohem Tempo durchs Unterholz brach und nicht die Vorsicht walten lassen musste wie ein ängstliches Rotwild.

»Gibuld!«, rief er nach vorne und alle Jäger drehten sich verärgert um, denn er drohte, den Hirsch zu verscheuchen. Dann aber nahmen auch sie das schnelle Heranpreschen des Tieres wahr, das man immer noch nicht sehen konnte.

Alles ging sehr schnell.

Entscheidend war die gute Reaktion von Gibuld, dem Sippenältesten. Er ritt hinter Bilja und trug den anderen der beiden Jagdbögen. Schnell legte er den Pfeil auf und wendete sein Pferd, da brach das herannahende Tier auch schon aus dem Gebüsch. Es war ein riesiger Hund, der offenbar ebenfalls die Fährte des Hirschs aufgenommen hatte. Er war voll vom Jagdtrieb erfasst, und so machte er keinen Unterschied zwischen Hirsch, Pferd oder Mensch und griff blindlings an.

Gibulds Pfeil traf ihn in die Seite, als er zum Sprung ansetzte. Jaulend wand er sich vor Schmerz in der Luft, prallte unsanft auf, rappelte sich wieder hoch, noch wütender als zuvor. Der zweite Pfeil, diesmal von Bilja, traf ihn in die Brust und riss ihn um. Diesmal blieb er liegen. Wieder reagierte Gibuld schnell und umsichtig: »Bilja, aufs Pferd und dem Hirsch hinterher – den haben wir wahrscheinlich aufgeschreckt.« Bilja ritt los und Gibuld rief ihm nach: »Wir folgen dir gleich.«

Zwei der vier Männer mussten die aufgeregt wiehernden und schnaubenden Pferde im Zaum halten, Gibuld und Ebo betrachteten den sterbenden Hund, der immer leiser winselte.

»Er trägt ein Halsband«, stellte Gibuld fest. »Dem folgen vielleicht andere Jäger.« Die Männer lauschten, doch es war nichts zu hören. Gibuld holte sein Schwert aus dem Sattelhalfter und gab dem Hund den Gnadenstoß, Ebo zog die Pfeile aus dem Kadaver.

Dann ritten sie weiter, Biljas Spur hinterher.

Als sie ihn einholten, waren sie enttäuscht: Biljas Pferd graste auf einer Lichtung, er saß tatenlos im Sattel. Kein Hirsch weit und breit. »Ich habe ihn schon gesehen, aber er war zu weit weg und zu schnell«, sagte Bilja. »Er muss erschöpft sein, weit rennt er nicht mehr, dann ruht er aus, wenn er nichts mehr von uns hört oder wittert.«

»Wir müssen ihn einkreisen«, sagte Wulf.

»Ja, schwärmen wir aus«, stimmte der Sippenführer zu. »Seht ihr den riesigen Baum da vorne auf dem Hügel? Den nehmen wir von allen Seiten in die Mitte, weiter ist der Hirsch nicht gekommen. Bilja und Wulf, ihr reitet links herum, Bedja geradeaus, Ebo, du kommst mit mir nach rechts.

Es war Ebo, der ihn zuerst zu Gesicht bekam. Ein schönes Tier, ein Sechsender. Doch er war einfach zu wachsam nach der Verfolgung durch Bilja. Er hob den Kopf, schien Ebo und sein Pferd zu wittern und stob davon. Egal, der Kreis um ihn war schon geschlossen.

Ebo setzte ihm nach und achtete darauf, dass er ihn immer in Richtung auf den großen Baum trieb, dann würde schon einer der Bogenschützen seinen Weg kreuzen. Als es so weit war, bekam Ebo es erst gar nicht richtig mit. Er sah nur, wie das Tier im Laufen erzitterte, langsamer wurde, sich schlagartig nach links wendete.

Von rechts tauchte Bilja auf, den Bogen triumphierend in die Luft gestreckt. Er hatte den Hirsch genau unterhalb des Halses getroffen. Das Tier lief noch ein Stück und brach dann zusammen. Ebos Pferd trug außer ihm selbst keine große Last, deshalb band er die Jagdbeute hinter dem Sattel fest. Bald kamen Wulf und Gibuld, Bedja ließ noch auf sich warten. Als er endlich eintraf, winkte er schon von weitem und rief: »Die anderen Jäger haben unsere Spur. Ich konnte sie hören.«

»Wir verschwinden nach Westen«, befahl das Sippenoberhaupt. »Das erste Stück traben wir, ohne Spuren zu hinterlassen. Ich habe keine Lust, nach drei Tagen Jagd auch noch um meine Beute zu kämpfen.«

Als sie in den Wald ritten, drangen die Rufe der Verfolger bereits zu ihnen durch.

Titus Nantius wusste: Verderben konnte man es nur am Anfang. Deshalb galt es, jetzt besonders vorsichtig zu sein. Am wichtigsten war Diskretion. Wenn sich der Andere schon beim ersten Gespräch von anderen beobachtet, sprich ertappt fühlte, war es ganz schnell aus. Titus musste ihn alleine antreffen. Das war während des Dienstes unmöglich, einen wachhabenden Decurio umgaben immer Legionäre. Also in der Taverne, die ihm Masclinus genannt hatte. Titus ging schon früh am Tage hin, wenn kaum mit Gästen zu rechnen war. Er hatte Glück, nur der Wirt war da, ein korpulenter, friedlich wirkender Mann mit Doppelkinn und Haarkranz. Titus bestellte eine Mahlzeit und fragte nach Decurio Manius Dignus, dem er eine Nachricht zu überbringen hatte. Der Wirt bestätigte, dass Dignus gelegentlich hier sei, aber unregelmäßig. Dann die erste Information: »In dieser Woche rechne ich nicht mit ihm, denn er hat Wachdienst am Tor. Das sagte zumindest einer seiner Soldaten.«

»Na, dann weiß ich ja, wo ich ihn finde«, sagte Titus, obwohl er ihn niemals am Limestor aufsuchen würde, um ihm Bestechungsgeld anzubieten. »Ist er immer am Tor oder zwischendurch auch im Kastell?«

»Zur Cena hält er sich im Kastell auf.« Aha, die Hauptmahlzeit schmeckte ihm dort also besser. Schon wusste Titus, wann und wo er den Decurio abpassen konnte: Vor der Essenszeit auf der Straße vom Limestor zum Kastell.

Titus wartete im Schatten einiger Obstbäume am Wegesrand. Schon von weitem erkannte er den roten Helmschmuck des Decurio. Er stieg aufs Pferd und ritt auf ihn zu, als ob er zufällig des Weges käme. Als sie sich begegneten, grüßte er mit erhobener Hand: »Salve. Decurio Manius Dignus?« Titus war unschwer am Militärzaumzeug und dem Waffengürtel als ehemaliger Soldat zu erkennen – deshalb reagierte Dignus zwar verhalten, aber nicht unbedingt misstrauisch. Titus nannte seinen Namen und den von Masclinus in einem Atemzug. Damit wusste der Decurio, dass die Begegnung alles andere als ein Zufall war.

So, der erste Schritt war getan. »Du bist genau wie ich offen für gute Geschäfte?«, machte Titus den nächsten. Und gleich den übernächsten: »Ich meine, wir sollten uns in Ruhe unterhalten, so ganz unter zwei Legionären, was meinst du?«

»Worum geht es?« Dignus meinte die Ware.

»Getreide, nichts weiter«, versicherte Titus, dass es um gefahrlos verdientes Geld ging und nicht etwa um Waffenschmuggel. Manius Dignus bestellte Titus zu seinem Wachturm am Limestor ein. Dort saßen sie dann bei einem Becher Wein; offenbar waren die Wachsoldaten in die Geschäfte eingeweiht. Manius trieb den Preis hoch, indem er schilderte, wie angespannt die Lage am Limes doch sei. Ob zweihundert Denare die Lage entschärfen würden, fragte Titus. Nein, der Andere forderte eine ganz spezielle Bezahlung. Titus konnte nicht damit dienen, doch er bestand darauf. Erst als Titus erklärte, aus dem Geschäft würde nichts werden, denn er habe das Geforderte wirklich nicht, gab sich der Decurio mit zweihundertfünfzig Denaren zufrieden.

Am Abend fand sich Manius Dignus in der Taverne ein. Zunächst vergewisserte er sich, dass Titus nicht da war, dann ging er zum Wirt. »Ich weiß schon Bescheid, der Kerl war bereits da«, sagte dieser.

Damit brauchten sie kein Wort mehr zu wechseln. Der Wirt würde jeden Mann, der in der Taverne mehr als zwei Worte mit Titus sprach, an Dezember, einen der Soldaten des Decurio, melden. So würde Manius Dignus kein Kontakt und keine Bewegung von Titus entgehen.

Titus Nantius kam erst am späten Nachmittag des nächsten Tages wieder auf den Hof. Nachdem er sein Pferd untergestellt, sich erfrischt und höflichkeitshalber den Hofherrn kurz begrüßt hatte, machte Xenobia eine erstaunliche Beobachtung: Als sich Titus im Schatten der Mauer neben dem Pferdestall nieder ließ, gesellte sich Lucius zu ihm und begann ein Gespräch. Was sollte das denn? Xenobia bezog in den Beerensträuchern Stellung – hören konnte sie nichts von hier aus, aber die Körpersprache deuten. Lucius sagte beiläufig etwas zur Begrüßung, was ebenso beiläufig erwidert wurde. Dann aber, Titus hatte sich schon wieder abgewandt, sprach Lucius noch ein paar Sätze, die den alten Mann im ersten Augenblick zu irritieren schienen – er sah ihn verwundert an. Dann schien er Lucius etwas zu fragen, worauf sich der junge Kerl gleich zu ihm setzte und eifrig auf ihn einredete. Die Reaktionen seines Gegenübers schwankten zwischen Zweifel, Überraschung, Abwehr und Interesse und mündeten schließlich in eine lange Phase der Nachdenklichkeit, während der Lucius ihn erwartungsvoll ansah. Titus gab ihm schließlich eine Antwort, die ihn zu erfreuen schien, er schüttelte die Fäuste vor Vergnügen. Der alte Mann beschwichtigte ihn mit herabgesenkten Handflächen und sagte etwas, worauf Lucius eifrig nickte und sich schließlich davon machte.

Xenobia hatte es noch nie geschafft, sich allzu lang den Qualen der Neugier auszusetzen. Sie behielt Lucius im Blick, bis sie sah, wie er mit dem Rückentragekorb aus dem Haupthaus kam, hinüber zur Werkstatt ging und Ziegelsteine, die hier aufgestapelt waren, in den Korb legte. Sie wusste, dass er sie aufs Dinkelfeld bringen würde, wo man die Bewässerungsanlage gerade ausbesserte und erweiterte.

Jetzt wurde sie zur »keltischen Katze«, wie man sie schon von klein auf nannte – immer, wenn man nicht mit ihr rechnete, pirschte sie sich lautlos und neugierig an. Das Bild der Katze rührte aber auch von ihren Gesichtszügen her: Die Lider zogen sich in ihre leicht schräg liegenden Augen, was ihr das Aussehen einer angriffslustigen Wildkatze verlieh. Die kräftige, aber kurze Nase passte haargenau in das Katzenschema, ebenso die vorstehenden Wangen- und Kieferknochen sowie die rote Mähne.

Zwischen Beerensträuchern und Obstbäumen schlich sie hinter dem Badehaus herum zum Tor und lauerte. »Was hattest du denn so intim mit Titus zu reden?«, fragte sie, als Lucius kam. »Ist das so ein alter Bock auf der Jagd nach einem Lustknaben?«

»Bei Amor, nein!«, wehrte er ab.

»Na, was wollte er denn dann?« Xenobia erleichterte Lucius um einige Ziegel und trug sie neben ihm her.

»Er wollte nichts. Ich habe ihn gefragt, ob ich ihm nicht bei seinen Geschäften behilflich sein kann.«

»Wie kommst du denn auf so etwas?«

»Na, du hast mich doch drauf gebracht«, erwiderte Lucius. »Geschäfte bedeuten Handel, Handel bedeutet Transport. Ich habe ihm angeboten, für ihn zu fahren. Es ist schon lange an der Zeit für mich, ein bisschen Geld zu verdienen.«

»Und, hat es geklappt?«

»Ja, gleich morgen früh fahren wir los.«

»Wohin?«

»Nach Losodica*. Da will er Getreide auftreiben und es ans Kastell am kahlen Berg** oder den Vicus dort verkaufen.«

»Und du kriegst Fuhrlohn?«, fragte Xenobia.

»Ja, fürs erste. Vielleicht ja auch Provision, wenn ich selbst Getreide heranschaffe.«

---

* Munningen
** Ruffenhofen

II

SCHWUNGVOLLER HANDEL

So fühlte es sich also an, wenn man die Welt eroberte. Die Fahrt an den Nachbarhöfen vorbei von der Höhe herunter nach Septemiacum war ja nichts Neues gewesen für Lucius. Mittlerweile drangen sie aber schon seit geraumer Zeit in die Kesselebene* vor in Richtung Losodica. Lucius war froh, dass die gepflasterte Straße auf einer hohen Böschung verlief, denn unten war nur feuchter Wiesenboden, ein Graus für jeden Karrenlenker. Immer häufiger kamen sie durch Wälder, immer seltener an Bauernhöfen vorbei.

* Das Ries

»Ist das hier jetzt schon so wie in den alemannischen Wäldern?«, fragte Lucius.

»Oh nein, kein Vergleich«, winkte Titus ab. »Die sind so dicht, dass an manchen Stellen den ganzen Tag Finsternis herrscht.«

»Aber Septemiacum und Losodica waren doch früher Kastelle. Dann müsste das hier doch wildes Grenzgebiet gewesen sein.«

»Das ist lang her. Weiter im Norden und im Osten der Ebene häufen sich die Bauernhöfe wieder. Der fruchtbare Ackerboden dort war der Hauptgrund, warum man hier den Limes von der Mitte der Kesselebene bis über deren nördlichen Rand hinaus verschoben hat.«

In der kleinen Furt*, die sie durchquerten mussten, tränkten die Pferde. Rechter Hand, wo sich das Gelände aus dem morastigen Boden erhob, sahen sie wieder einmal eine Villa rustica auf der Höhe**. Bald passierten sie den mannshohen Meilenstein, der ihnen das nahe Losodica ankündigte.

Losodica – ein krasser Gegensatz zur Einsamkeit im Zentrum der Kesselebene – hier strömte das Leben aus allen Richtungen herein und hinaus. Wie Strahlen einer Sonne gingen von hier aus die Straßen in alle Himmelsrichtungen ab – im Norden zu den Limes-Kastellen, im Westen in die Kesselebene hinein nach Septemiacum, woher Titus und Lucius gerade kamen, nach Süden zu den zahlreichen Höfen und Orten entlang der Warantia*** mit ihren fruchtbaren Flussauen. Im Osten nahm

---

* die Mauch

** bei Pfäfflingen

*** Wörnitz

eine Anlegestelle die Boote auf, die Waren auf dem Fluss heran schafften; in wenigen Tagen, zur Erntezeit, kämen hier hunderte Ladungen von Getreide an. Die riesigen Speicher im Ort wurden schon bereit gemacht – Legionäre kehrten sie aus, brachten die Laderampen in Schuss, stellten Tische für die Schreiber auf, die alles verbuchten. Von diesen Speichern aus wurden die Kastelle im Norden versorgt, sobald das Getreide aufgebraucht war, das die Bauern aus dem Norden direkt als Abgaben ans Militär abgeliefert hatten.

Am Forum stellten Titus und Lucius fest, wie das Marktleben erwachte und immer mehr Händler eintrafen, um von den Geldströmen zu profitieren, die mit der Ernte in die Stadt fließen sollten. Doch schon jetzt herrschte reges Markttreiben, die Wirte der Tavernen und der Pferdewechselstation an der Hauptstraße mussten sich ja mit Wein, Bier und Essensvorräten eindecken. Titus macht sich gleich an Bauern heran, die Getreide verkauften – offenbar mussten sie ihre Vorratsspeicher räumen für die Ernte.

Lucius und Titus waren schon eine Weile unterwegs, als Xenobia zum Frühstück in die Küche kam. Ihr Vater löffelte seinen Puls* und wirkte mürrisch. Sie sprach ihn auf die beiden an: »Lucius ist ganz schön tüchtig, was?« Publius knurrte, murmelte etwas. »Hast du was

* Grundnahrungsmittel – Mehlbrei mit Zutaten der Saison wie Lauch, Erbsen oder Linsen.

dagegen, dass er sich nebenbei Geld verdient?«, hakte sie gleich nach. Er solle verdienen, so viel er wolle, aber auf anständige Weise mit anständigen Kunden, meinte ihr Vater. Im Bereich des Limes aber gäbe es viel zwielichtiges Volk, das nur auf schnelles Geld aus sei oder üble Hintergedanken hege – Huren, Spieler, Diebe, Hehler, Alemannen.

»Alemannen?«, wunderte sich Xenobia. »Die dürfen doch schon lange nicht mehr in römisches Gebiet herein.«

»Nein, aber wer abgebrüht genug ist, geht raus zu ihnen.« Publius starrte ins Leere – Xenobia kannte diesen Blick: Er dachte an vergangene Zeiten. Ach, das waren also die Geschäfte zur Militärzeit, folgerte sie. Darum war Titus also in den Norden gekommen – er wollte wieder schnelle Profite mit den Barbaren machen. Ihr Vater hatte genug von solchen Geschäften. Aber Lucius war ganz scharf darauf.

Gerade, als Xenobia aufgegessen hatte, setzte sich Aulus, der Bäcker dazu und erzählte: »Gestern trank ich noch mit Titus einen Schluck Wein. Nach dem dritten Becher erzählte er mir, dass er am Abend zuvor bei Lais war.«

Unweigerlich funkelte ihr Vater erst den Bäcker mit zornigem Blick an, dann sah er zu seiner Tochter. Lais, die Hure? dachte Xenobia. Den Namen kannte sie schon lange vom einen oder anderen Männergespräch.

»Was ist mit Lais?«, kam es von der Tür her. Acca, Xenobias Stiefmutter, betrat den Raum. Sie setzte sich mit einem Teller getrockneter Früchte und einem reich verzierten Glas voll Wasser neben ihren Mann.

»Aulus meint, Titus war bei deiner Freundin«, brummte Publius.

Ihre Freundin?

»Das ist nicht meine Freundin«, erwiderte Acca kühl. »Ich denke, es gab eine Zeit, wo du …«

Ihr Vater hatte einmal etwas mit Lais, der Hure, gehabt?

»Los jetzt«, fuhr Publius Xenobia an. »Die Arbeit wartet. Nimm ein paar Ziegel mit hinaus aufs Feld.«

Da lag Gefahr in der Luft. Neben geschäftstüchtigen Bauern oder Abenteurern, die sich mit wertvollen Waren hunderte von Meilen durch die Wildnis geschlagen hatten, lagerten im Niemandsland zwischen Tor und Waldsaum andere Alemannen, die Titus Nantius früher hier nicht zu Gesicht bekommen hatte. Die keine Insignien von Kriegern trugen, keine Helme, Gurte, Haarknoten, Waffen sowieso nicht. Die aber die stolze und herausfordernde Haltung eines Kriegers niemals ablegen konnten. Und auch nicht ihren Groll – gefährlichen, entschlossenen Groll.

Genau einer von denen war es, mit dem er ins Geschäft kam. Titus hatte mit anderen gesprochen, aber deren Möglichkeiten waren weit von den Größenordnungen entfernt, an die Titus dachte. Die hätten ein paar Rinder und Schweine gesucht oder vielleicht eine Wagenladung voll Getreide. Einer hätte fünfzig Eichenstämme angeboten – sicher ein großer Wert, aber nur umständlich zu Geld zu machen. Der, auf den es hinaus lief, hatte abgewartet und die vergeblichen Verhandlungen beobachtet. Erst dann war er gekommen, hatte aber Gold und römische Münzen geboten. Dafür wollte er »Berge von Getreide«, um seine Sippe zu versorgen, wie er in schlampigem, aber verständlichem Latein zu verstehen gab.

Die Zeiten haben sich eben geändert, sagte sich Titus. Nun ja, und es seien nun einmal die harten Männer, so wie er selbst, die die ganz großen Geschäfte machten. Wo der Alemanne das viele römische Geld her hatte, interessiert den Veteranen nicht. Hauptsache, es landete am Ende in seinem Beutel.

Spät am Tag, es dämmerte bereits, kam Lucius auf dem Pferd müde zum Tor der Villa rustica herein gezockelt. Er erzählte Xenobia, dass Titus an diesem Tag in Losodica einen kleinen Schuppen als Lager angemietet hatte. Auf dem Markt hatten sie zehn Sack Dinkel gekauft und eingelagert; seinen Karren hatte Lucius auch da gelassen. Titus war nordwärts zum Vicus am kahlen Berg geritten, um einen Abnehmer zu finden und von diesem nach Möglichkeit gleich weitere Bestellungen entgegen zu nehmen. Lucius wollte in einigen Tagen wieder hoch reiten, um hoffentlich die ganz großen Fuhren zu übernehmen.

Als Xenobia fragte, ob sie alemannische Kunden suchten, druckste Lucius herum, wollte wissen, wo sie das her hatte. Ja, Titus hatte erwähnt, dass bei den

Alemannen die höchsten Preise zu erzielen wären, gab er schließlich zu. Oft zahlten sie mit wertvollen Fellen, Bernstein, blondem Frauenhaar, Daunen von Wildgänsen. Von Gefahren, auf die Xenobia hinwies, wollte Lucius nichts wissen – sein Partner hatte schließlich schon vor Jahrzehnten Erfahrung bei äußerst einträglichen Geschäften mit den Alemannen gemacht – gemeinsam mit Xenobias Vater, wie Lucius betonte.

»Wir beide werden jetzt erst einmal ganz andere Erfahrungen sammeln«, fuhr er grinsend fort, küsste sie und schien schon wieder über gefühlte vier Hände zu verfügen.

Als Xenobia später unter der Kammer vorbei ging, wo Lucius und seine Mutter über dem Pferdestall wohnten, hörte sie den Streit: »Ich bin kein Bübchen mehr, da kann ich auch einmal länger als nur eine Nacht wegbleiben.«

»Aber du weißt doch gar nicht, in was dich dieser Mann hinein bringt«, gab Vibia zurück. »Die Leute erzählen, er scheue keine Gefahren, wenn er hinter dem Profit her ist.«

»Mein Vater läuft größeren Gefahren nach. Und der ist nicht in zwei, drei Tagen wieder da.«

»Lucius! Wie kannst du so reden!«

»Ja, wie rede ich denn? Vater lässt uns hier jahrelang sitzen, und du wirfst es mir vor, wenn ich ein paar Tage lang unterwegs bin, um endlich einmal Geld zu verdienen.«

»Dein Vater kann es sich nicht aussuchen. Er ist Soldat und wurde eben nach Persien beordert.«

»Soldat werden hat er sich schon ausgesucht. Ich habe mit diesem Scheiß nichts am Hut und werde einmal ein guter Familienvater. Ich bleibe bei Frau und Kind und lasse sie nicht in einem Dreckloch über einem Pferdestall zurück.«

»Lucius!« Sie klang weinerlich. »Wir dürfen dankbar sein, dass wir hier aufgenommen wurden.«

»Ja, und umsonst schuften müssen. Das tue ich meiner Familie einmal nicht an. Denen fehlt es an nichts, weil ich ihnen mehr zu bieten habe und als Händler gutes Geld verdiene. Und jetzt fange ich damit an.«

Xenobia kam es am nächsten Tag ganz recht, als Acca ihr anschaffte, den Eselskarren anzuspannen und sie auf den Markt nach Septemiacum zu begleiten. Xenobia mochte es zwar gar nicht, wenn Acca sie wie eine Dienerin behandelte; aber die Abwechslung wog es auf. Außerdem war da ein kleiner Faden, der sie bei aller Abneigung doch mit Acca verband: Xenobia litt sehr darunter, dass sie selbst quasi den Tod ihrer leiblichen Mutter verschuldet hatte, die bei ihrer Geburt gestorben war. Niemals hatte ihr jemand gegenüber ein Wort des Vorwurfs laut werden lassen. Aber das nährte wiederum in den Stunden finsterer Grübeleien den Verdacht, dass in ihrem Vater und den anderen Familienmitgliedern ein verborgener Groll darüber gewachsen war. Acca hingegen hatte eindeutig einen Vorteil aus dem Tod von Xenobias Mutter gezogen – einen neuen Mann und ein Zuhause für sich und ihren

Sohn. Und sie hatte das Leid von Publius gemildert, weil er kein Witwer mehr sein musste. Dagegen waren die Eifersüchteleien zwischen Stieftochter und Stiefmutter zweitrangig.

Wie immer, wenn es in den Vicus ging, genoss Xenobia den Ausbruch aus ihrer engen Bauernwelt in die breiten Straßen, die großen Plätze, das Forum, die Basilika als das größte Gebäude, das sie kannte. Das war eine weitere Gemeinsamkeit mit Acca – genau wie sie fühlte sich Xenobia fremd auf dem Hof, zog es sie hinaus. Allerdings fand sie jetzt auch am Forum die bäuerliche Welt vor: Kurz vor der Ernte wurden Sicheln, Sensen und andere Geräte, Körbe, Krüge, Karren, Zaumzeug, Riemen, Stricke angeboten. Interessante Luxuswaren aus fernen Provinzen gab es wieder, wenn die Ernte eingebracht und zum Teil verkauft war.

Mit einer großen Korbtasche lief Xenobia hinter Acca her, die Orangen, Gewürze und eine kleine Amphore voller Olivenöl darin unterbrachte. Wonach suchte Acca nur immer wieder den ganzen Markt ab? Unverwandt drehte sie sich um und lächelte Xenobia an: »Da drüben im Schatten sitzt ein Händler mit Süßwaren«, flötete sie. »Hier hast du ein halbes As, such uns Gebäck dafür aus, für mich auf jeden Fall etwas mit Blätterteig und Honig.«

Irgendetwas stimmte da nicht. Xenobia ging zu dem Händler, behielt Acca aber im Auge. Prompt sprach diese eine ältere Frau an. Offenbar erkundigte sie sich nach einem Ort, denn die Frau beschrieb gestenreich eine bestimmte Richtung. Acca bedankte sich und ging rasch weiter. Sollten die Süßigkeiten ein Ablenkungsmanöver sein? Als Xenobia ihrer Stiefmutter das Gebäck brachte, blieb diese an einer Gasse, die vom Forum abging, stehen und sagte: »Ich glaube, du brauchst dich nicht mehr unnötig abzuschleppen. Bring die Tasche zum Wagen und ruhe dich dort aus. Vielleicht triffst du ja eine Freundin, dann könnt ihr in Ruhe ein bisschen plaudern.«

»Oh ja, wie schön«, säuselte Xenobia und fragte sich, ob ihr Acca das wirklich abnahm. Sie lief ein paar Schritte, schielte über die Schulter und ging zurück zu der Straßeneinmündung, in der Acca verschwunden war. Die Gasse führte zwischen der westlichen Giebelseite der Forumsbasilika und einem Streifenhaus am Rande des kleinen Tempelbezirks entlang. Xenobia huschte von Schatten zu Schatten, von Hausecke zu Baum und Busch, bis die Verfolgte erneut abbog. Als Xenobia aufgeholt hatte, sah sie Acca vor dem Eingang eines Hauses stehen und warten – offenbar hatte sie angeklopft. Als geöffnet wurde, Xenobia konnte nicht sehen, von wem, streckte sie freudestrahlend ihre Arme zur Begrüßung aus und ging hinein.

Schnell war Xenobia bei der wuchtigen, abweisenden Eingangstür. Zum Glück waren zwischen den Streifenhäusern Zwischenräume und sie schlich an der langgezogenen Außenwand entlang vorbei am Vorderhaus. Fenster, an denen man lauschen konnte, gab es keine, nur kleine Belüftungsöffnungen. Doch dann horchte sie auf – helles Lachen, Frauenstimmen. Sie erkannte Acca wieder, die mit einer anderen Frau redete. Offenbar hatten sie im Innenhof zwischen Haupthaus und den rückwärtigen Nebengebäuden Platz genommen.

»Bist du verrückt?«, kicherte Acca gerade. »Wenn ich jetzt Wein trinke, trifft mich auf der Heimfahrt der Hitzeschlag.«

»Ach, ich verdünne ihn schon genügend«, sagte die Andere. Es folgte Stille, offenbar holte die Gastgeberin drinnen den Wein. Als sie ihn servierte, fragte sie. »Wie hast du denn herausbekommen, dass ich wieder in Septemiacum bin?«

»Reiner Zufall«, antwortete Acca. »Wir haben einen Hausgast, einen alten Kameraden meines Mannes. Und wie ich höre, ist der dein Kunde.«

Augenblick – war die andere Frau etwa Lais, die Hure? Neulich beim Frühstück war doch herausgekommen, dass Titus bei ihr gelegen hatte. Und dass Acca mit ihr befreundet war. Und dass Xenobias Vater ...

»Jetzt sag nur, du meinst Titus«, rief die Frau aus. Acca schien zu nicken. »Da siehst du mal, wie klein das römische Imperium ist!« Die Frauen lachten und stießen ihre Becher an.

Lais begann, von einem gewissen Masclinus zu sprechen, den Xenobia nicht kannte. »Stell dir vor, er hat einen Eselskarren mit einem Fass drauf. Wenn das vor der Tür steht, weiß man nicht, ob gerade Rotwein oder Pisse drinnen ist. Er stellt rund ums Forum und an den größeren Kreuzungen Amphoren auf, in die Männer ihren Harn ablassen können. Den sammelt er dann in seinem Weinfass, karrt ihn nach Losodica und verkauft ihn als Säure an die Gerber dort.«

»Und dann füllt er wieder die gepanschten Weinreste ins Fass, die er in der Taverne stiehlt, wo er arbeitet?« Acca schien richtig zu vermuten; es war offenbar ein Nicken von Lais, das Acca veranlasste, mit Würgegeräuschen einen Brechreiz anzudeuten. »Das ist jetzt aber nicht der Wein, den du mir vorsetzt, oder?«

»Was denkst du denn, was du bekommst, ohne zu bezahlen?« Beide Frauen lachten.

»Und in diesem Elend strampelt Masclinus immer noch herum«, stellte Acca ernüchternd fest.

»Ja, und Titus ist quasi schuld daran.«

Acca schien verblüfft: »Jetzt sage nicht, Titus ist derjenige, der ihn damals reingeritten hat!« Offenbar nickte Lais. »Bei den Göttern! Und der lässt sich wieder hier blicken?«

Xenobia bekam nun die Geschichte von Titus und Masclinus zu hören: Titus wollte immer schon höher hinaus als die anderen. Sein Anteil am Gewinn der Geschäfte, die er zusammen mit seinen Legionärs-Kameraden Publius, Masclinus und anderen am Caracalla-Tor* gemacht hatte, war ihm damals zu wenig gewesen. Um ihn zu vermehren, spekulierte er damit. Masclinus ließ sich anstecken, machte mit der Armee einen Vertrag. Der verpflichtete ihn, im folgenden Jahr eine riesige Menge Hafer zu einem festgesetzten Preis zu liefern, deutlich über dem gerade auf dem Markt üblichen Einkaufspreis. So ging die Armee manchmal vor, um ihre Verpflegung sicherzustellen und fest kal-

* Limes-Tor bei Rainau-Dalkingen im Ostalbkreis

kulieren zu können, obwohl man in den vergangenen Jahrzehnten den Nachschub eher durch direkte Steuerabgaben von den Bauern sicherte.

Masclinus musste den Hafer also nur billig einkaufen und gleich wieder zum höheren vertraglich festgesetzten Preis an die Armee weiter verkaufen. Es wäre das schnelle Geld gewesen. Aber im Vertragsjahr gab es eine Missernte, damals begannen die trockenen Sommer, wie sie in der Folgezeit immer öfter zu beklagen waren. Jedenfalls stiegen die Preise für Getreide enorm – weit über den Verkaufspreis, den Masclinus mit der Armee vereinbart hatte. Aber Vertrag war Vertrag, er musste zum vereinbarten Preis liefern und das Getreide teurer einkaufen, als er es weiter verkaufen konnte. Titus hingegen hatte keinen Schaden davon getragen – er hatte noch im Vorjahr Hafer billig eingekauft, eingelagert und jetzt mit Gewinn verkauft. Masclinus verlor, was ihm von seinen bisherigen Profiten geblieben war. Darüber hinaus musste er Schulden machen, für die sogar noch ein Großteil seiner Veteranen-Abfindung drauf ging. Nach seiner Entlassung aus der Armee investierte er den Rest in Wein, Weib und Würfel, blieb in der Taverne in Septemiacum hängen, lebte von einem Hungerlohn und armseligen Geschäften nebenher. Er war immer noch ein drahtiger Kämpfer – Lais schilderte, wie er einem ekelhaften Freier von ihr im Zweikampf den Arm ausgekugelt hatte. Aber sie beschrieb auch, wie er immer hagerer wurde, ausgezehrt, mit Ringen unter den Augen, fahler Haut, schäbigen Bartstoppeln.

»Das hat er nicht verdient«, schloss Lais die traurige Geschichte.

»Meinst du, Titus hilft ihm jetzt wieder auf die Beine?«, wollte Acca wissen.

»Ich hoffe es«, sagte Lais. »Masclinus gab ihm Ratschläge, wo er seine Geschäfte anleiern kann. Er drohte Titus wohl, ihm irgendwelche Halunken auf den Hals zu hetzen, falls er ihn betrügt.« Sie fuhr fort: »Ich kenne Titus und ich kenne die Halunken – mit denen wird Titus leicht fertig.«

»Man müsste Masclinus in den Hintern treten, dass er endlich mehr Einsatz zeigt, als nur leere Drohungen auszusprechen.« Acca klang auf unheimliche Weise entschlossen.

Die Fahrt von Losodica zum Kastellvicus am kahlen Berg erschien Lucius ganz anders als die Reise bis hierher. Wie Titus vorhergesagt hatte, häuften sich hier die Bauernhöfe, Getreidefelder und Äcker. Dann eine Erinnerung an das Damoklesschwert, das seit Jahrzehnten über dem Land hing – die Alemanneneinfälle: Zwischen Sträuchern und wuchernden Gräsern ragte die Brandruine eines Bauernhofes heraus.

Die Ebene stieß an einen dichten, von Natur aus undurchdringlichen Forst. Aber die römischen Straßeningenieure kannten keine Hindernisse, hatten einst die hoch aufgeböschte Straße durch eine Schneise voran getrieben. Auf einigen Meilen waren nur die Geräusche des Waldes zu hören, dann drang ein Hämmern und

Klopfen an die Ohren von Lucius und Titus: Legionäre entrissen einem Steinbruch Baumaterial und luden es auf Fuhrwerke. Dann endlich gab der Wald das letzte Stück römisches Land frei. Die Straße führte in die Senke zu Kastell und Vicus; dahinter erhob sich der kahle Berg*.

Lucius war diesmal so lange weggeblieben wie noch nie. Als er am Abend des dritten Tages zusammen mit seinem Geschäftspartner nach Hause kam, konnte Xenobia ihn nicht einmal richtig begrüßen. Ihr Vater machte ihr den Platz beim Tor streitig und entrüstete sich, wie sein Fuhrmann einfach für drei Tage verschwinden konnte, um Privatgeschäften nachzugehen. Titus Nantius erinnerte ihn in durchaus gutmütigem Ton daran, dass Lucius weder sein Sklave sei, noch eine regelmäßige Bezahlung erhalte. Ob er sich eigentlich schon einmal Gedanken gemacht habe, wie der Knabe, der bald erwachsen werde, seinen Lebensunterhalt sichern solle? Ein Dasein als Knecht bei Kost und Logis wolle ihm Publius ja wohl kaum viel länger zumuten, schließlich war er als Sohn eines Legionärs Römer, also Bürger erster Klasse. Wenn sein Vater aus Persien zurückkehre, erwarte er sicherlich, dass Publius seinem Schützling zu gewissen Perspektiven verholfen habe.

Das bremste Publius tatsächlich ein. Ihr Vater hatte es wie so vieles wohl »bis nach der Ernte« aufge-

---

* Hesselberg

schoben, sich Gedanken um Lucius zu machen. Auf dem Hof war es eine gängige Spöttelei – schlug ein Hofbewohner dem anderen eine Bitte ab, imitierte er Publius: »Warte bis nach der Ernte«, was soviel hieß wie: »Vergiss es«.

Publius räumte ein, sein Fuhrknecht könne sich ja ruhig etwas dazu verdienen, aber die Arbeit auf dem Hof dürfe deswegen nicht liegen bleiben. Titus erklärte großmütig, er werde am nächsten Tag mit den Geschäften aussetzen.

Xenobia half Lucius, die Pferde zu versorgen und wollte ihn dann nach hinten ins Heu ziehen. »Zu erschöpft«, winkte er ab. »Aber du darfst mir trotzdem an den Beutel fassen«, lachte er und führte ihre Hand unter seine Tunika – zum Lederbeutel, in dem es klimperte. »Acht Sesterzen, also zwei Denare«, sagte er stolz. »Und das ist nur der Anfang. Titus hat einen Großkunden aufgetan. Der nimmt uns ab, so viel wir heranschaffen können.«

»Einen Alemannen?«

Lucius überlegte eine Sekunde, ob er ihr dieses Geschäftsgeheimnis anvertrauen könnte. Schließlich nickte er.

»Also doch. Das hat Titus von vornherein so geplant, stimmt's?«

»Was weiß ich. Und wenn schon?« Er nahm sie bei den Schultern: »Xenobia, weißt du überhaupt, was das bedeutet? Wir schwimmen hier in Getreide, ich kann Unmengen davon auftreiben. Und bei den Alemannen drüben ist es Mangelware, die zahlen Höchstpreise.«

»Sie hungern, ihr nutzt das aus und verlangt Wucherpreise.«

»So ist nun mal der Markt, Angebot und Nachfrage.« Markt, Angebot, Nachfrage – Xenobia hörte sehr wohl, dass Titus Nantius aus dem Mund des kleinen Fuhrmannes sprach. »Und wir leben an einer Stelle, wo der Unterschied extrem ist«, fuhr Lucius fort. »Xenobia, es geht nicht mehr darum, dass ich karrenweise für meine Fuhrmannsdienste entlohnt werde. Ich bin jetzt Unternehmer. Ich organisiere fünfzig Wagenladungen in eigener Verantwortung, Titus wird mir das Kapital dafür vorstrecken. Ich werde andere Fuhrleute anstellen und Großtransporte organisieren. Wir verdienen hunderte, tausende Denare!«

»Titus wird den Löwenanteil verdienen«, unkte Xenobia. »Weißt du überhaupt, wie viel er von den Alemannen bekommt?«

»Ich weiß, wie viel ich bekomme. Das wird reichen für alles, was ich dir einmal bieten will.«

Er malte ihr eine Traumwelt aus – Atriumhaus mit Boden- und Wandheizung, ein Triclinum mit herrlichen Fresken an den Wänden, ein Bad aus purem Marmor. Und das alles würde auch nicht in ländlicher Einöde zwischen Wiesen und Äckern stehen, sondern in einer großen Stadt zwischen Tempeln und Foren, Amphitheatern, Arenen mit Gladiatoren und Wagenrennen.

Wieder hörte Xenobia den Zungenschlag von Titus Nantius heraus.

Die alemannischen Jäger hielten an, als sie einen kleinen Fluss erreichten. Unwillkürlich lauschten sie alle.

»Ich höre nichts mehr«, stellte Bedja fest. »Sie haben aufgegeben.«

»Wieso laufen wir eigentlich davon wie Hasen?«, murrte Wulf.

»Sieh dir den Hasen an, der an deinem Pferd hängt, dann weißt du es«, rief Bedja. Die Männer lachten. Sie waren keine Feiglinge, aber vernünftig genug, einem unnötigen Kampf aus dem Weg zu gehen. Und einen Kampf hätte es wohl gegeben mit Jägern, die ihnen nachsetzten, nur weil sie deren Hund getötet hatten.

Sie tränkten die Pferde, dann entschied der Sippenälteste: »Wir reiten am Fluss entlang nach Süden. So kommen wir nach Hause und vorher vielleicht noch zu einem Dorf, wo wir unsere Tauschgeschäfte abwickeln können.«

Auf ein Dorf stießen sie am nächsten Tag, aber sie hatten kein Glück. Sie wollten Werkzeuge gegen Dinkel-Saatgut eintauschen, und bei den Alemannen in dieser Siedlung gab es auch reichlich Überschüsse zum Tauschen. Aber andere waren Gibuld und seinen Leuten zuvor gekommen und hatten viel für ein paar Säcke Getreide gegeben. Enttäuscht zogen die Männer weiter.

Spät am Nachmittag zügelten sie ihre Pferde. Vor ihnen versperrte ein berittener Krieger den Weg.

»Haben sie uns doch erwischt!«, stieß Ebo zwischen den Zähnen hervor.

»Ich glaube nicht, dass uns die anderen Jäger so weit verfolgten«, meinte Wulf.

»Was will er dann?«

Lucius verbrachte den Tag auf dem Hof, wie mit Xenobias Vater vereinbart. Publius Annaeus hatte ihm viel Arbeit aufgehalst, zumal er sicher war, dass der junge Kerl bald wieder losziehen würde – Publius wusste, wie es war, wenn man Blut geleckt hatte bei guten Geschäften.

Ab dem frühen Nachmittag musste sich Publius keine Sorgen mehr machen, dass Lucius davon lief. Was da beim Hof ankam, zog alle in den Bann: die neue Erntemaschine. Von weitem erinnerte sie an einen zweirädrigen Karren mit zwei Deichseln links und rechts neben dem Pferd, das ihn zog und gleichzeitig den Mann trug, der die Maschine anlieferte. Vorne waren die Deichseln mit einem Querbalken verbunden, so dass das Pferd regelrecht eingerahmt war. Zwischen den Rädern befand sich ein einfacher offener Kasten. Statt in einer Rückwand endete der Boden hinten an der Kante in einem Band aus waagrecht aneinander gereihten V-förmigen, eisernen, messerscharfen Dreiecken.

Mindestens zehn der Hofbewohner drängten sich aufgeregt um das Gerät und rätselten um seine Funktionsweise. Artissius, der Verwalter, brachte das Zugpferd aus dem Stall und führte es zur Maschine. Dort wechselte es Lucius gegen das andere Pferd aus. Gemäß den Anweisungen des Mannes, der das Gerät gebracht hatte, spannte er es genau andersherum ein, das Pferd stand also zwischen den Deichseln mit dem Kopf am Kasten. Der Mann ergriff hinter dem Tier die Deichseln und drückte, so dass es sich in Bewegung setzte. Er hob und senkte den Kasten so lange, bis die Reihe der metallenen Zähne vorne genau unterhalb der Ähren lag. Die Zuschauer konnten nun erkennen, wie genial einfach der Mechanismus funktionierte: Indem sich die Maschine vorwärts bewegte, fuhr die scharfe Metallkante wie eine Sense ins Getreide. Jede Ähre geriet automatisch zwischen zwei der messerscharfen Dreiecke, wurde von der rollenden Maschine abgeschnitten und fiel in den Kasten. Artissius lief vorneweg und schob den Dinkel nach hinten, um Platz für das rasch nachströmende Getreide zu schaffen. In kürzester Zeit war eine ganze Reihe abgeerntet.

»Um das alles wie gewohnt abzumähen, hätte ich fast einen ganzen Tag gebraucht!«, rief Tuccius. Der Kasten war voll mit Dinkelähren und ausgelösten Körnern. Um sie zu dreschen und zu worfeln, also die reinen Körner zu erhalten, benötigte man nur noch einen Teil des bisherigen Arbeitsaufwandes, denn die sonst störenden Strohhalme standen ja noch auf dem Feld. Sie konnten nach der Ernte in Ruhe gemäht oder später einfach untergepflügt werden.

Nun war also das Rätsel gelöst, wie die riesige Ernte jemals eingeholt werden sollte. Alle Hofbewohner hatten sich das gefragt seit dem Pflügen im letzten Jahr, als Publius das Dinkelfeld rund um die Hälfte vergrößerte. Polla und Flacceia hatten sich angeblich schon auf die kräftigen, knackigen Schnitter gefreut, die Publius eigentlich zur Ernte hätte einstellen müssen.

Der Hofherr klopfte dem Lieferanten und Erbauer der genialen Maschine begeistert auf die Schultern, fachsimpelte mit ihm. Der Verwalter und Lucius mussten sich alles genau erklären lassen. Jeder war aufgeregt; bei Xenobia verwandelte sich die Aufregung in Lust. Sie schnappte sich Lucius, als der bei der Maschine nicht mehr gebraucht wurde und zerrte ihn weit ins Dinkelfeld hinein. Dort richteten sie sich ein Liebesnest ein, legten es mit ihren Kleidern aus und rieben ihre verschwitzten Körper aneinander. Nur ganz knapp behielt die Vernunft die Oberhand über die Begierde, als Lucius im Eifer des Klammerns, Umarmens, Keuchens, Krallens, Hineinstoßen der Zungen fast in sie eingedrungen wäre. Keine Sekunde zu früh schob sie ihn weg und schon ergoss er sich. Lucius fiel schwer atmend zu Boden, sie wischte hektisch das klebrige Zeug mit einem Zipfel seiner Tunika von den Schenkeln.

»Bei Amor und Psyche, so geht das nicht weiter«, sagte sie mit einer Sorge, die jede Erregung zerstörte. »Wir können uns nicht mehr lange beherrschen. Ich will aber nicht in Angst leben, ein Kind zu kriegen.«

»Ich werde uns etwas besorgen, um das zu verhüten«, versprach Lucius, noch immer außer Atem. »Dann können wir richtig loslegen.«

Lucius war verwirrt angesichts der ganzen Widersprüchlichkeiten. Das Geschäft war hervorragend angelaufen – sechs Fuhren Dinkel hatte er an diesem Tag durch das Limestor zum Alemannen-Markt hinüber gekarrt. Zwei Wagenladungen davon hatte er selbst beschafft bei einem Bauern zwischen Septemiacum und Losodica. Er fühlte sich nicht mehr wie ein Bauernjunge, sondern wie ein Mann, ein Unternehmer. Und wie ein Mann stieß auch er mit Titus und dem alemannischen Kunden an, als dieser die Ware bezahlte.

Dann, auf einen Schlag, behandelte Titius ihn wieder wie ein Kind, schickte ihn weg vom Alemannenmarkt, voraus in die Taverne des Vicus. Lucius befürchtete, sein Partner wolle ihn aus weiteren Geschäften hinausdrängen, denn Titus und der Alemanne hatten darüber gesprochen, womit sie abgesehen von Getreide vielleicht noch Handel treiben konnten. Er beobachtete die Beiden noch, während er sich an Karren und Zaumzeug zu schaffen machte, wurde aber nicht schlau aus deren Mimik und Gestik. Jedenfalls erschien ihm Titus immer unzufriedener.

Dann, in der Taverne, wurde er wieder wie ein Mann behandelt – eine Hure, die gerade vergeblich versucht hatte, mit einem Legionär ins Gespräch zu kommen, setzte sich zu ihm. Sie unterhielten sich und es war wie ein kleiner Triumph für ihn, mit der Frau zusammen hinaus zu gehen – auch, wenn es nicht deswegen war, was die anderen Männer vermuteten.

»Ich habe dir gestern meine Treue bewiesen«, lachte Lucius, als er im Heu mit Xenobia zusammen lag. »Gestern hat sich eine Hure an mich rangemacht, während Titus in eine Besprechung vertieft war.« Xenobia war befremdet, aber nicht einmal über seine Derbheit. Vielmehr über sein Davontreiben in eine andere Welt – er war tagelang unterwegs, klimperte großspurig mit seinem Geldbeutel, verkehrte mit Alemannen, hing wie ein Soldat in zwielichtigen Spelunken ab und prahlte mit seinen Erlebnissen dort. Nun schilderte er die Ratschläge, die ihm Pamphila, so hieß die Hure, gegeben hatte – zum Beispiel, welche Stellung fürs erste Mal am Schönsten sein sollte.

»Ich zeige es dir«, sagte Lucius. »Drehe dich um.« Sie legte sich auf die Seite, er schmiegte sich von hinten an sie, spürbar bereit.

»Aber du tust es jetzt nicht, hörst du?«, rief sie über die Schulter.

»Nein, du sollst nur wissen, wie es geht.«

»Hat es dir deine Pampfdingsda auch so direkt gezeigt?«

»Sie hat es nur erklärt, ich schwöre es. Darum müssen wir es jetzt ausprobieren. Also, nimm den rechten Schenkel hoch. So komme ich dann von hinten ganz leicht – aaaaah!« Xenobia warf sich zur Seite und kniff die Beine zusammen. Ein heißer Erguss auf ihrem Hintern signalisierte das vorzeitige Ende der Liebeslektion.

»Verdammt noch mal, bist du verrückt?«, herrschte sie ihn an, während sie sich einmal mehr seine Tunika als Putzlappen griff. »Das nennst du, was zum Verhüten zu besorgen?«

»Ich habe doch etwas besorgt, meine Venus, mein Püppchen, meine süße Seele. Hier, sieh her, was mir Pamphila verkauft hat.« Damit griff er in ein Leinenbeutelchen und hielt ihr etwas Graues unter die Nase – ein Wollknäuel. Kam er jetzt mit irgendwelchem magischen Schnickschnack daher? Doch er zog noch ein Tonfläschchen hervor. Es enthielt ein Gemisch aus Öl von Wacholderbeeren, Honig und Zedernharz. Das töte den Samen wirksam ab, sei seit Jahrhunderten erprobt. Xenobia sträubte sich, die Wolle mit dem klebrigen Zeug zu tränken und sich ›da unten reinzustopfen‹.

Lucius griff erneut in den Beutel, hielt ein Zäpfchen in die Luft – Granatapfelschalen und Gallapfel, gemahlen und zu einer kleinen Eichel geformt. Angeblich ebenfalls sehr wirksam und erprobt. Und noch eine dritte Möglichkeit, ganz ohne Herumhantieren im Intimbereich, beschrieb er: Sie könne nach der nächsten Menstruation jeden Tag einen Extrakt von der Silphiumpflanze, in Wein aufgelöst trinken.

Xenobia konnte sich für keine der Lösungen sonderlich begeistern. Ihre Lust war verflogen, an diesem Abend lief nichts mehr. Aber sie versprach, sich mit den Verhütungs-Utensilien anzufreunden. Lucius war leicht eingeschnappt, weil sie nicht honorierte, dass er die Mittel herangeschafft hatte, die ihnen endgültig zur höchsten Lust verhelfen konnten.

Eines Abends stimmte etwas nicht mit Lucius, das sah Xenobia ihm schon an, als er alleine auf seinem Karren zum Tor herein zockelte. Er stierte vor sich hin und trotz seiner zusammengesackten Haltung und dem hängenden Kopf merkte sie, wie es ihn innerlich hin- und herriss, als zerfräßen ihn Zweifel und Angst vor einer verkehrten Entscheidung.

Sie griff ins Zaumzeug des Ochsen, führte ihn in den Stall und begann, abzuschirren. »Mit dir stimmt doch etwas nicht. Los, raus damit!«, sagte sie. Manchmal klappte es, auf derart abrupte Art Worte herauszuklopfen wie ein in der Kehle steckendes Apfelstück.

Diesmal wich er aus, suchte nach erklärenden Worten: »Ach, weißt du, das ist jetzt schon ein großer Brocken. Zehn Fuhren durchzuführen, ist gut und schön. Aber fünfzig organisieren zu müssen, da hast du zu viel auf einmal um die Ohren.«

»Erzähl mir doch nichts von deinen Säcken, die du spazieren fährst«, blieb sie beharrlich. »Das geht jetzt schon zu lange so, als dass es dich noch bedrücken könnte.«

»Worum soll es denn sonst gehen?« Lucius sah sie so müde an, dass er sie fast überzeugte.

»Zum Beispiel, dass dich Titus über den Tisch zieht und du dich herauswinden willst?«

»Nein, das ist es nicht. Ja, ja, Titus holt heraus, was nur geht, das stimmt schon.«

»Auch aus dir.«

»Ja, auch aus mir. Aber er lässt mir, was mir zusteht. Glaub es mir.« Damit hatte er sich verraten. ›Glaub es mir‹ stand bei Xenobia schon immer unter dem Verdacht der absoluten Unglaubwürdigkeit.

Der Beutel mit dem Zäpfchen aus Granatapfelschalen und Gallapfel, dem Wollknäuel und dem Fläschchen mit der pappigen Verhütungs-Mixtur lag immer noch im hintersten Winkel unter Xenobias Bett versteckt – an einen ruhigen Abend, um sich damit hemmungslose Liebeslust zu ermöglichen, war nicht zu denken. Im Stall küssten sie sich und rieben ihre Körper aneinander, aber nicht mehr. Als sie hinüber ins Haupthaus gingen, sah sie die Runzeln auf seiner Stirn. Kurz wie ein vorüber schwirrender Pfeil. Sein Blick huschte gerade am Haus vorbei hinauf zu den Felsen mit den Höhlenkellern. Sie folgte dem Blick, sah aber nichts. Lucius bemerkte es. »Auf dem Herweg haben sich ein paar große Wolken aufgetürmt«, sagte er. »Ein Gewitter so kurz vor der Ernte kann schlimm sein.« Doch da war nichts, was auf ein Gewitter hindeutete.

III

DER MORD

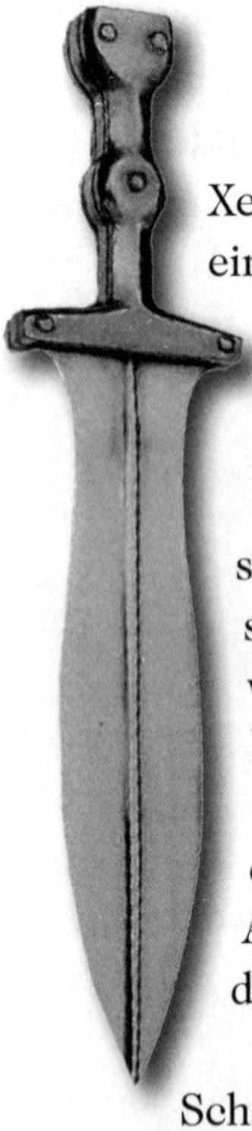

Xenobia ging beizeiten zu Bett, schlief auch bald ein. Doch die Luft war drückend und schwül. Sie wachte auf. Nur von der Hitze? Nein, irgendwo hatte ein Pferd gewiehert, es kam aus Richtung der Weide. Selbst den Tieren war es zu heiß.

Sie öffnete die Tür, doch kein Luftzug regte sich. Also tat sie, was sie sich seit einiger Zeit in solchen Nächten angewöhnt hatte: Splitternackt, wie sie war, lehnte sie sich zum Fenster hinaus. Natürlich hatte sie sich vergewissert, dass niemand mehr auf dem Hof war. Ja, die Luft von draußen war weniger stickig. Sie reckte ihre Arme nach oben und gab ihren erhitzten Körper der Fensteröffnung preis.

Nichts bewegte sich – doch, da, ganz kurz, im Schattengewirr des Birnbaumes an der Hofmauer beim Pferdestall. Xenobia schloss die Augen, bis sie an völlige Dunkelheit gewöhnt waren. Dann öffnete sie sie blitzartig – nun nahm sie jeden Kontrast scharf wahr. So zeichnete sich das Schattenbild eines Menschen ab, der im Schutz der Blätter auf der Mauer hockte. Sie brauchte keine Einzelheiten zu erkennen, um zu wissen, wer es war – Tuccius, der Sohn ihrer Stiefmutter. Das Schweinchen spähte sie schon wieder aus, tss, tssss! Und was tat sie? Entrüstet den Laden zuschlagen und sich im Zimmer verkriechen? Nein. Sie rekelte sich im Fensterrahmen, drehte sich zur Seite, dass sich die Silhouette ihrer hübschen, festen Brüste im Schimmer des Mondes abzeichnete. Es war, als flüsterte ihr der Schwänzlings-Kobold Olos* zu, sie solle ihre neuen Waffen als Frau doch nur so zum Spaß erproben. Sie streichelte mit beiden Händen über ihren Bauch, ihre Hüften und lugte dabei in seine Richtung. War er noch da? Wieder schloss sie die Augen, diesmal verband sie es mit ihrem kleinen Spielchen und warf dabei den Kopf in den Nacken, als wäre sie schon ganz erregt. Als sie wieder auf die Blätter starrte, war die Gestalt verschwunden.

Wie sollte Tuccius nun in sein Zimmer kommen, ohne von ihr gesehen zu werden? Xenobia vermutete, er sprang herunter und drang dann durch die rückwärtige Pforte in den Innenhof des Atriumhauses ein. Dieses bestand auf zwei Seiten aus Front und Seitenflügel des Hauptgebäudes, auf der dritten von einer hohen Außenmauer, durch deren Pforte Tuccius vermutlich gerade eindrang und auf der vierten, zum Berg hin, aus dem überdachten Säulengang, durch den er gleich huschen

---

* Figur der Römischen Mythen

würde. Xenobia hatte sich die Tunika übergeworfen, war aus dem Zimmer über den Gang geeilt und spähte nun aus dem Fenster vom Flur in den Hof hinunter. Wie erwartet, schlich er im Säulengang bis zur Wand der Küche und verschwand in deren Tür. Im Schein der letzten Herdglut war er deutlich zu erkennen. Xenobia nahm sich vor, Tuccius beim Frühstück in Verlegenheit zu bringen und Anspielungen auf sein nächtliches Treiben zu machen. Doch dazu kam es nicht.

Am nächsten Morgen fand man die Leiche des Ehrengastes Titus Nantius. Er war ermordet worden.

Die junge Flacceia hatte in aller Frühe die Kühe und Ziegen im Stall auf der oberen Weide gemolken. In der Felsenhöhle hatte sie die Milch kühl gestellt, auf dem Rückweg von der Anhöhe herab fiel ihr Blick auf den blutüberströmten Leichnam, der in einer Felsmulde lag. Ihre Schreie hatten alle aufgeweckt und jeder war hinauf zu den Felsen geeilt.

Sie standen nun um den Toten herum, starr vor Entsetzen. Xenobias Vater fasste sich als erster, kniete neben den Leichnam, begutachtete ihn und stellte fest: »Ein Mord, kein Zweifel.« Titus war offensichtlich durch einen Stich ins Genick umgekommen. »Bringen wir ihn hinein, bevor es richtig warm wird.« Auf einer Trage schafften ihn die kräftigsten Männer zum Hof und bahrten ihn in der Wagenremise auf.

Publius Annaeus bemühte sich, den ersten Schock der Hofbewohner aufzufangen. Besonders besorgt und verängstigt zeigte sich Vibia, die Mutter von Lucius – der junge Fuhrknecht war seit Tagen fort, außerhalb der schützenden Mauern. Und jetzt trieb dort draußen ein Mörder sein Unwesen. Er hatte den Mann umgebracht, an dessen Seite ihr Sohn Tag für Tag umher zog und mit dem zusammen er viel Geld verdiente. Was, wenn der Mörder auch ihren Sohn abpasste? Publius versuchte sie zu beruhigen, indem er ihr erklärte, Lucius habe weit vom Hof entfernt zu tun. Er geleitete sie persönlich zur allmorgendlichen Versammlung vor dem kleinen Haustempel neben der Herdstelle im Innenhof. Die Opfergaben an den Göttervater Jupiter sowie die Laren* und Penaten** in Gestalt von Bronzefiguren in dem Tempelchen an der Wand fielen üppiger aus als sonst: Erstens hatten etliche Hofbewohner beim Frühstück kaum Appetit gezeigt, so dass reichlich Speiseopfer übrig waren. Zweitens galt es, Beistand angesichts eines Verbrechens zu erflehen, das über dem Hof lastete. Myrtis, das Töchterchen des Bäckerpaares, hatte einen Wiesenblumenstrauß gepflückt, den sie nun opferte. Tullia legte einen Arm voll noch nicht ganz reifer Ähren vor dem Haustempel nieder. Der Hofherr bat im Namen der Bewohner um Trost und Segen an diesem Tag. Natürlich fügte er hinzu, Jupiter möge alle Götter anhalten, den Mörder zu entlarven und den armen Titus Nantius gut im Hades aufzunehmen. Danach blieben alle unwillkürlich sehr nahe zusammen wie ein Haufen Küken, die gerade den Fuchs gesehen hatten. Xenobia hielt sich an ihren Vater und hörte, wie er den Verwalter fragte: »Was meinst du? Ein Raubmord?«

---

* Schicksalsgeister der Familie
** Geister von Haus und Herd

»Ich denke schon«, sagte Artissius. »Er kam nachts von der Straße her. Die meisten Morde geschehen durch Wegelagerer.« Im Römischen Imperium wurde es fast als natürliche Todesursache angesehen, durch Straßenräuber umzukommen. Sie stand gleichauf mit Krankheit und Altersschwäche. »Titus hatte einfach Pech, dass ihn heute Nacht umherstreunende Strolche kommen sahen.«

»Mag sein.« Der Hofherr klang keineswegs überzeugt. »Aber Titus war ja nicht irgendwer. Über seine Geschäfte wusste jeder auf dem Hof Bescheid. Bestimmt war er auch in Septemiacum bekannt – in den Spelunken, wo er sich mit anderen Geschäftemachern traf. Und in Losodica. Und am Limes, bei bestechlichen Offizieren, Kunden, geschwätzigen Huren.«

»Du hattest etwas gegen seine Geschäfte, was?« fragte der Verwalter.

»Ach Artissius, tu doch nicht so. Du weißt doch längst, dass ich deswegen Streit mit ihm hatte, oder?« Artissius nickte. »Dann hast du ja auch schon heraus bekommen, dass Titus ursprünglich meine Ernteüberschüsse aufkaufen und weiter verschachern wollte.«

»Woher wusste er eigentlich, dass du heuer viel mehr als sonst angebaut hast?«, wollte Artissius wissen.

»Das wusste er nicht. Aber er hatte schon immer ein gutes Gespür für den richtigen Zeitpunkt. Deswegen glaube ich auch nicht, dass er aus Zufall einem Mörder ins Messer lief.«

»Und was sollen wir deiner Meinung nach tun?«, fragte der Verwalter. »Die Beamten in Septemiacum oder Aelia rühren erst einen Finger, wenn wir ihnen den Täter zu ihnen bringen. Wie willst du den finden?«

»Ich habe keine Zeit für so etwas, jetzt, kurz vor der Ernte. Aber bei der Ala haben sie gute Leute dafür.«

»Bei deiner alten Einheit? Wieso sollten die sich um den Mord kümmern?«

Anstatt eine Antwort zu geben, wies Publius seine Tochter an: »Xenobia, geh in den Stall und bring meine Satteltasche in die Küche. Sie sollen sie mit Proviant für einen Tag füllen. Ich reite zur Ala und hole jemanden, der den Fall aufklärt.« Als Xenobia weg war, fuhr er zum Verwalter fort: »Der Präfekt wird mir diesen Gefallen tun. Titus war schließlich ein Veteran und er kannte ihn noch. Und da ist schließlich auch noch Lucius. Ich habe dem Kommandeur einen Gefallen getan, als ich den Jungen und seine Mutter hier aufnahm. Es könnte sein, dass Lucius ein Stück weit in der Sache drinnen hängt.«

»Wo ist der Kerl überhaupt?«, fragte Artissius.

Publius schüttelte den Kopf. »Ich habe Vibia gegenüber nur so getan, als ob ich das wüsste. Es bleibt nur zu hoffen, er war letzte Nacht wirklich weit weg von hier und hat Zeugen dafür.« Damit wandte er sich zum Gehen. »Ich bin bis heute Abend wieder da. Du musst die Leute beschäftigen, damit sie nicht in allzu tiefe Sorge verfallen. Lass sie das Totenlager schmücken und alles zur Waschung, Ölung und Einkleidung der Leiche vorbereiten. Aber das Ritual beginnt erst, nachdem der Leichnam untersucht wurde.«

Der Verwalter postierte Tuccius später am Tag auf dem Höhenrücken über den Höhlen, um die Männer bei ihrer Rückkehr aus dem Reiterkastell zu melden. Ausgerechnet Tuccius, dachte Xenobia. War er letzte Nacht gar nicht im Baum gesessen, um ihren Körper zu beobachten, sondern um ungesehen wieder in den Hof zu kommen? Sie war wach geworden, weil sie ein Pferd hatte wiehern hören. Aus Richtung der Weide – zwangsläufig auch die Richtung, in der das Verbrechen geschah. War das Tier durch den Mord aufgeschreckt? Handelte es sich gar um das Reittier des Opfers? Dann war Xenobia im Augenblick des Mordes aufgewacht und hatte kurz darauf Tuccius entdeckt, wie er von außen auf die Hofmauer kletterte.

Kehrte er da gerade von der Tat zurück?

Nun kam ihr Lucius in den Sinn. Da war sie wieder, die Erinnerung an diesen seltsamen letzten Abend mit ihm. Lucius war aufgeregt, bedrückt gewesen, sah immer wieder mit düsterem Blick hoch zu den Felsen, wo man später die Leiche fand. Hatte er …? Xenobia brach derartige Gedanken ab. Ihr wurde übel, als sie ahnte, was dem Schrecken über den Mord noch folgen sollte – schmutzige Verdächtigungen, Grübeleien in schlaflosen Nächten, die Angst, mit einem Mörder unter einem Dach zu wohnen, vielleicht lebenslange Ungewissheit, wenn man ihn nicht fand. Ganz zu schweigen von den Legionären, die nun auf den Hof kommen und jeden vernehmen würden. Vielleicht kam es sogar zu Folterungen? Ekelhaft.

Am späten Nachmittag erschallte endlich der Alarmruf von Tuccius und er winkte aufgeregt mit beiden Armen. Xenobia rannte mit den anderen zum Tor hinaus.

Das Bild, das sich ihr bot, sollte sie nie vergessen – ein Bild, das in früheren Zeiten ganze Stämme so beeindruckte, dass sie sich ohne einen Waffenschlag den Römern unterwarfen. Dabei waren es neben ihrem Vater nur zwei Reiter. Der vordere trug bewusst die ganze Pracht Roms zur Schau: Die mit Silber überzogene Prunkausrüstung war normalerweise nur bei Reiterspielen oder anderen besonderen Anlässen üblich. Die Sonne ließ Beinschienen, Brustpanzer und Helm glänzen und blitzen, eine rote Feder wehte triumphierend über dem Adler, der auf dem Prachthelm thronte. Der rote, im Galopp wallende Soldatenmantel verlieh der Gestalt des Reiters die doppelte Größe. Beim Näherkommen bestaunten die Hofbewohner die Zier-Reliefs auf der Rüstung und der silbernen Ross-Stirne, Beschläge, Riemenverteiler und Anhänger am Zaumzeug des Pferdes. Der Offizier trat in voller Schlachtbewaffnung auf, mit Langschwert, Dolch, Stoßlanze und mehreren Wurflanzen im Futteral. Sein Begleiter war bei weitem nicht so prächtig ausgestattet, beeindruckte dennoch in seinem Kettenhemd mit verstärkten Schulterpanzerungen und ebenfalls voller Bewaffnung. An einem langen Riemen führte er ein Ersatzpferd mit sich.

Der Verwalter stand am Tor einige Schritte vor den übrigen Hofbewohnern und verneigte sich. Der Offizier streckte den rechten Arm zum Gruß aus und stellte sich vor: »Antonius Aquila, Gerichtsoffizial der Präfektur der Ala secunda Flavia milliaris Alexandrina.« Aquila –

der Adler. Symbol der römischen Legionen – und der Römer, die hoch hinaus wollten.

Antonius Aquila ritt zum Haupthaus, stieg ab und ging hinein. Sein Begleiter, er hieß Decimus, stellte sicher, dass die Pferde ordentlich versorgt wurden, entnahm eine Schreibtafel aus der Satteltasche und folgte seinem Herrn. Im Innenhof hatte der Verwalter eine rustikale Mahlzeit auftischen lassen, doch Antonius Aquila und sein Schreiber beachteten sie nicht weiter. Aquila legte in der Geste eines siegreich zurückgekehrten Feldherrn Helm, Umhang, Schwert und Panzer ab und verlangte, die Leiche zu sehen.

Xenobia betrachtete das Gesicht von Antonius, das reifer wirkte als es den dreiundzwanzig Jahren entsprach, die er zählte. Ein durch und durch römisches Gesicht: Länglich, fast hager mit Falten zwischen Nasenflügeln und dem leicht hervortretenden Unterkiefer. Die Nase war schmal, ragte aber kühn hervor. Die dunklen Augen wirkten – ja wie wirkten sie? Weder ein angenehmes noch ein abschreckendes Gefühl sprach aus ihnen. Protz und Stolz, den die Rüstung zur Schau trug, drückten sie nicht aus. Überhaupt schien jede Gefühlsregung im Augenblick hinter großer Disziplin verborgen.

Die Männer gingen in die Wagenremise. Xenobia schlich um das Gebäude durch den Hühnerhof und lauschte am Durchlass zum Stall. Eine Weile lang war nichts zu hören, Antonius schien das Mordopfer zu begutachten. »Hast du schon nach einem Arzt geschickt?«, fragte er schließlich. Ihr Vater verneinte und sagte, die Wunden seien doch offensichtlich. Ein Heilkundiger finde vielleicht weniger Offensichtliches – unscheinbare, aber entscheidende Verletzungen, Spuren von Gift oder einem Kampf, belehrte ihn Aquila. Also schickte man nach einem Arzt. Der traf am Abend ein, aber zu dieser Zeit war es noch lange hell genug für die Untersuchung. Er fand nichts, was man nicht schon wusste.

Als er seinen Reisewagen bestieg, nutzte der alte Ulpian die Gelegenheit und sprach ihn auf seine hartnäckigen Schmerzen im Kreuz und der linken Schulter an. Ohne ihn näher zu begutachten, erklärte der Arzt vom Kutschbock herab, er solle so oft wie möglich heiße Bäder nehmen und darin Gymnastik machen. Ulpian wollte ins Detail gehen, doch der Arzt trieb das Zugpferd an und fuhr grußlos davon.

Er war noch nicht richtig vom Hof, da machten sich die Frauen auch schon daran, die überfällige Pflege der Leiche nachzuholen. Sie wuschen sie, ölten sie ein und kleideten sie in eine lange, mit Borten verzierte, frische Tunika. Das blutverschmierte zerfetzte Gewand des Toten verbrannten sie.

Am nächsten Morgen rief der Hofherr einige Namen auf und beorderte die Hofbewohner zu Antonius Aquila ins Herrenhaus. Die Verhöre begannen.

Schließlich war Xenobia an der Reihe. Unwillkürlich erschauerte sie, so wenig sie auch mit der Sache zu tun hatte. Im Halbdunkel des kleinen Raumes stand ein Tisch, daran saß Aquila wie ein Richter, flankiert von seinem Schreiber mit aufgeklappter Wachstafel. Er musterte sie prüfend. Dann fragte er nach ihrem Namen. Beim Alter log sie ein Jahr dazu und gab an, siebzehn zu sein – sie wollte nicht für ein Kind gehalten werden. Die nächsten Fragen bezogen sich darauf, was sie über das Mordopfer generell wusste. An den gelangweilten Mienen sah sie, dass sie hierzu nichts zu sagen hatte, was nicht schon gesagt war; der Schreiber notierte auch kaum etwas. Wo sich Titus Nantius aufgehalten hatte, bevor er ermordet wurde, wusste sie nicht; dass er bei einer Prostituierten war, habe sie gerüchteweise gehört.

Ob ihr in der Nacht etwas Besonderes aufgefallen sei? Xenobia log, sie hätte durchgeschlafen und nichts mitbekommen. Schon vor dem Verhör hatte sie sich vorgenommen, niemanden der Hofbewohner zu belasten. War Tuccius wirklich der Täter, würde der Ermittler das schon herausfinden. War er es nicht und Xenobia lenkte einen Verdacht auf ihn, der ihn am Ende zu Unrecht in die Löwengrube brächte, könnte sie sich das nie verzeihen.

Jetzt legte Antonius die Hände auf die Tischplatte, wirkte angespannt. »Weißt du, wo sich Lucius befindet?«

Xenobia schüttelte den Kopf.

»Es heißt aber, ihr stündet euch nahe?« Sie starrte ihn an. Er hatte sie schon ausgeforscht. Das erzeugte bei ihr augenblicklich Trotz und Abwehr und sie gab sich keine Mühe, es zu verbergen. Ja, Lucius werfe ein Auge auf sie, aber das täten junge Männer eben allgemein mit jungen Frauen.

Er lehnte sich zurück und lächelte, ihre großen, blauen, funkelnden Augen fest im Blick. War da Anerkennung, gar Bewunderung? War er es so sehr gewohnt, dass die Menschen vor seinem Richtertisch kleinlaut wurden, dass es ihn verblüffte, wenn sich jemand gegen ihn erhob?

»Ich muss in der Situation eines Mordes auf jede Besonderheit achten«, sagte er. Aha, er rechtfertigte sich vor ihr. Und sein Blick glitt in einem Moment, als die Disziplin nachließ, auf ihre Brüste, die sich im Rhythmus des erregten Atmens hoben und senkten. So kurz dieser Moment auch sein mochte, er reichte, um in Xenobia ein Gefühl der Überlegenheit aufwallen zu lassen. »Was ist mit den Geschäften, die Lucius zusammen mit dem Mordopfer abwickeln wollte?«, fragte der Gerichtsoffizial. »Darüber hat er doch sicherlich mit dir gesprochen?«

Natürlich, die dubiosen Geschäfte waren längst schon zur Sprache gekommen. Dumm, dass sie nicht von sich aus damit angefangen hatte, jetzt wirkte sie ein wenig wie ertappt. Sie ärgerte sich. »Als Fuhrmann hatte er viel mit Getreidetransporten zu tun und bekam einiges von dem Handel mit«, sagte sie. »Titus hatte wohl das nötige Kapital für solche Geschäfte und so taten sie sich zusammen.«

»Und du weißt wirklich nicht, wo er sich aufhält. Habt ihr euch denn nicht verabschiedet? Das tut man doch, wenn man sich näher steht.« Wo er recht hatte, hatte er recht. Tatsächlich hatte sich Xenobia etwas gekränkt gefühlt, als Lucius nach all seinen Liebesschwüren ohne ein Wort des Abschieds verschwunden war.

»So nah, dass man sich für jeden Schritt voreinander rechtfertigen muss, standen wir uns auch wieder nicht«, erwiderte sie.

Antonius überlegte. »Ich bräuchte noch jemanden, der mir assistiert, wenn ich die Tat rekonstruiere. Das kannst du machen, wenn du schon zufällig da bist.«

Wenn du schon zufällig da bist – Es ärgerte Xenobia, dass er sich mit solch einer billigen Floskel an sie heran machte. Aber dass er es tat, verursachte ein Kribbeln in ihr.

Außer Xenobia nahm Antonius nur noch Flacceia mit, von der er sich zeigen ließ, wo sie den Leichnam gefunden hatte. Irgendetwas erschien ihm unstimmig. Er suchte den Boden ab und richtete dann seine Aufmerksamkeit auf eine Stelle direkt an der Straße, etwa dreihundert Fuß* von dort entfernt, wo die Leiche gelegen hatte. Er ging hinunter, tastete den Boden ab und rieb dann etwas zwischen seinen Fingern – getrocknetes Blut. Xenobia kam neugierig näher, Flacceia blieb zurück.

Er zeigte Xenobia den Blutfleck an der Straße. »Hier geschah die Tat, kein Zweifel«, erläuterte er. »Der Mörder schleppte den Leichnam dann dort hinüber und verbarg ihn in der kleinen Senke zwischen den Felsen. Titus Nantius kam wahrscheinlich auf der Straße aus Richtung Septemiacum. Bleibt die Frage: Warum wurde er genau an dieser Stelle ermordet?«

»Wer sich auskennt, verlässt für gewöhnlich hier die Straße und nimmt die Abkürzung über den Ausläufer des Höhenzuges«, erklärte Xenobia. »Das ist viel kürzer als weiter vorne der Weg von der Straße zum Haupttor des Hofes.«

---

* 90 Meter

»Wer weiß von dieser Abkürzung?«

»Nun ja, jeder, der öfter aus dieser Richtung zum Hof kommt.«

»Also die Hofbewohner.«

»Natürlich, aber – meinst du, es war jemand von uns?«

»Ein Straßenräuber hätte kaum zufällig an dieser abgelegenen Stelle auf Opfer gewartet.« Antonius stellte sich neben den Blutfleck, das Gesicht dem Hof zugewandt. Er versetzte sich in den Augenblick des tödlichen Angriffs. Sein Blick war auf den Boden gerichtet. »Es war Nacht. Titus kam mit dem Pferd.« Antonius ging in die Knie, tastete eine Felsritze mit der Hand ab, schob einen Steinbrocken zur Seite. »Kein gutes Gelände für das Pferd. Schon gar nicht nachts. Ich wäre vielleicht abgestiegen.« Er blickte sich um. »Die Senke, in der die Leiche lag.« Er deutete mit der Hand hin, sah aber Xenobia an: »Gehe einmal hinüber.« Flacceia rief er zu, dass sie wieder zum Hof zurückkehren könne. Nichts schien ihr mehr gelegen zu kommen.

Xenobia stellte sich in die Senke. »Lege dich hin«, wies Antonius sie an. Sie tat es, konnte ihn nicht mehr sehen – dann war sie also auch für ihn außer Sicht. »Schleich dich an.« Gebückt kam sie aus dem Versteck. Ja, es wäre ein guter Hinterhalt gewesen. Jetzt war sie ganz die ›keltische Katze‹, huschte behände auf den Mann zu, der mit dem Rücken zu ihr stand und damit beschäftigt war, ein imaginäres Pferd am Zügel zu nehmen.

»Und jetzt versuche, mich anzugr...« Weiter kam er nicht. Ihre Hand packte ihn am Genick. Genau dort, wohin der Mörder seinen Dolch gestoßen hatte. Der prächtige Offizier fuhr zusammen. »Verflucht, du hast mich …«

»… zu Tode erschreckt?« Xenobia sah ihn mit Unschuldsmine an. Dann grinsten sie beide – die Rekonstruktion des Falles war ihnen gelungen. Antonius ging umher und suchte nach weiteren Spuren. Dabei dachte er laut nach: »Titus Nantius war sein halbes Leben lang römischer Legionär, im Kampf bestens ausgebildet. Ich frage mich, wem es gelingen konnte, ihn zu besiegen.«

»Du bist auch römischer Legionär und ich hatte dich am Genick, ehe du es merktest«, erinnerte ihn Xenobia.

Antonius warf den Kopf zurück und lachte. Ihre dreiste, selbstbewusste Art gefiel ihm. Und so wie jetzt gefiel er ihr auch – herzliches Lachen, das die kleinen schwarzen Locken durchschüttelte. Jetzt wirkte er nicht mehr älter, als er wirklich war, jetzt hatte sie den lebensfrohen Mann von dreiundzwanzig Jahren vor sich, der in ihm steckte. Wie oft der wohl hinter der Fassade des römischen Offiziers hervor kam?

»Ja, ich denke, dass Heimtücke die Kampfkunst aufwiegen kann«, sagte er. »Ich berücksichtige auch, dass Titus ein in die Jahre gekommener Veteran und wahrscheinlich sogar angetrunken war. Trotzdem erstirbt der Kampfinstinkt eines Soldaten nie. Der Angreifer muss ihm überlegen gewesen sein.«

»Du meinst, ein ausgebildeter Kämpfer?« Der Gedanke war ihr willkommen, denn Tuccius war kein Krieger und Lucius auch nicht.

»Zumindest benutzte der Angreifer eine Soldatenwaffe – einen Pugius.« Dieser Breitdolch war früher bei Legionären üblich. »Er ist aus der Mode gekommen, aber es gibt noch viele davon.« Schon war die Erleichterung wieder weg. Ein altmodischer Pugius. Ihr Vater besaß so einen aus seiner Militärzeit. Tuccius war der Sohn seiner Frau und natürlich standen ihm deren Räume offen. Auch der Raum, wo der Dolch aufbewahrt wurde. Und auch Lucius kannte sich in den Räumlichkeiten aus, hatte dort oft seine Anweisungen als Fuhrmann entgegen zu nehmen.

»Vielleicht kannte das Opfer den Täter ja und erwartete nichts Böses von ihm«, überlegte Antonius weiter. Also doch jemand vom Hof. Es gefiel ihr nicht, dass er immer wieder zu diesem Schluss kam. Ungewollt gab Antonius dem Unbehagen, das in Xenobia hochkroch, ein Gesicht – auch, wenn er versicherte, es könne durchaus jemand aus der Stadt gewesen sein. Deswegen wollte Antonius Aquila später in den Vicus Septemiacum reiten, um herauszufinden, ob jemand Titus und einen möglichen Begleiter gesehen hatte.

Er sprang auf und reichte ihr die Hand, um ihr hoch zu helfen. Gemeinsam gingen sie ein Stück die Straße hinunter. Er deutete mit dem Kopf hinauf zum Hügelkamm: »Willst du mir heute bei einem Abendspaziergang Gesellschaft leisten?«

»Warum nicht?« Sie versuchte, so belanglos wie möglich zu klingen.

Doch Antonius sah, wie sie den Schweiß von den Handflächen an ihrer Tunika abwischte.

»Was ist das denn?« Der Alemanne hatte die Holzschüssel auf dem Tisch entdeckt.

»Na, das ist ja eine herzliche Begrüßung.«

Ebo zog seine Frau am Arm zu sich und küsste sie flüchtig. »Und, was ist es nun?«

»Na, Brei.«

»Das sehe ich selbst. Woraus?«

»Zwei Handvoll Körner.« Noch bevor sie sich über die Jagdbeute des Mannes freuen konnte, verfiel Amda wieder in die Bitterkeit, die über dem Leben der Sippe lag. »Ich musste sie von Matizo förmlich erbetteln, es hätte nur noch gefehlt, dass er mich vor sich knien ließ. Du weißt, dass er zu einem noch größeren Idioten wird, wenn er den Sippenältesten vertreten darf.«

»Er dürfte den großen Vorrat gar nicht mehr antasten«, nahm ihn Ebo nun auch noch in Schutz. »Wir müssen alles für die Saat aufheben, es ist sowieso schon ein Drittel weniger als im letzten Jahr.«

»Lieber werden die Kinder einen halben Tag lang satt, als dass die Aussaat in der nächsten Dürre verkommt. Ich konnte wirklich nicht mehr warten. Unsere letzte Hirse habt ihr ja als Proviant mitgenommen; Erbsen, Linsen und Pferdebohnen sind noch nicht reif. Feha hat schon gefragt, ob sie jetzt ihr ganzes Leben lang von Kuh- und Ziegenmilch leben muss. Und Huno wollte mich überreden, das Schwein zu schlachten.«

»Er weiß doch, dass das für den Winter ist.«

»Für uns ist das ganze Jahr über Winter.«

»Ja, schon gut, bald gibt es ja gebratenes Fleisch.« Ebo sagte das zu seinem Sohn, der aufgewacht war und sich auf dem Stroh aufrichtete. Freudestrahlend sah

Huno den Vater an, doch er war bleich und schwach. »Wir haben als Beuteanteil einen Hasen bekommen. Wulf zieht ihm draußen das Fell ab.«

»Warum kommt ihr denn jetzt erst zurück?« wollte Amda wissen.

»Es wird immer schwieriger. Alles ist viel leer gejagt«, antwortete Ebo. »Die Tiere ziehen sich weiter und weiter zurück. Abgesehen von den paar Hasen haben wir einen Hirsch erlegt, das war alles.«

»Dann mache ich mal draußen Feuer.« Amda ging zur Tür. »Den Brei heben wir auf. Habt ihr sonst noch was mitgebracht?«

»Ein paar Schwarzwurzeln.« Das war nicht die Antwort, die sie erhofft hatte. Einen Sack voll Dinkel hätte Ebo besorgen wollen. Dafür hatte er extra die Feldhacke mit der kostbaren Eisenkante und die Bronzesichel als Tauschwaren mitgenommen. Es hatte also wieder nicht geklappt.

»Beeren?«, fragte Amda. »Die Kinder haben sie doch so gerne.«

Ebo schüttelte den Kopf. »Alles abgegrast.«

Der kleine Huno war allein schon durch den Anblick des Hasen am Spieß wieder zu Kräften gekommen. Bis das Fleisch durchgebraten war, vertrieb sich der Junge die Zeit, um drüben vor der großen Hütte die zurückgekehrten Jäger und ihre Beute zu begutachten. Als er wieder heran gehüpft kam, rief er schon von weitem: »Da ist ein Fremder mitgekommen! Mit einem richtigen Langschwert!«

Amda sah ihren Mann fragend an. Fragend und misstrauisch. Fremde Krieger hatten noch nie Gutes bedeutet. Mit den Kriegern kamen Krieg und die Verzweiflung. Am Ende standen geschunden heimgekehrte Krieger, von denen womöglich einer mit gebeugtem Haupt zu ihrer Hütte kommen und erklären musste, warum ihr Mann nicht mehr dabei war. Erlebt hatte sie derartige Szenen selbst noch nicht. Jedenfalls nicht bewusst; sie war noch sehr klein, als der Römerkaiser Caracalla damals Rache übte für die ersten großen Einfälle der Alemannen. Sie war mit der Bitterkeit ihres Vaters groß geworden, der seinen über alles geliebten Bruder und etliche Freunde dabei verloren hatte.

»Ich weiß nicht, was er will.« Ebo hörte sich an, als ob er sich verteidigen müsste. »Er ist uns im Wald begegnet. Hat nach dem Anführer gefragt und sich nur mit ihm unterhalten.«

»Worüber denn?«

»Ich habe sie nicht belauscht. Bin doch keine Frau.«

Amdas Bruder Wulf meinte munter: »Es muss wichtig sein, er redet seit einem Tag und einer Nacht auf Gibuld ein. Sie werden beraten, wie es weiter gehen soll.«

»Was glaubst du, wie es weiter gehen soll?«, fragte Amda. »Rinder und Ziegen heranschaffen?«

»Und Getreide von den Römern«, meinte Wulf. »Das haben wir schon einen Winter zu lang hinaus geschoben. Wir beschaffen uns Tauschwaren und bringen sie zum Limes.«

»Was für Tauschwaren?«

»Wir könnten sehr weit in den Norden oder Osten ziehen und wertvolle Felle erbeuten.«

»Das dauert Monate«, warf Ebo ein. »Derweil verhungern unsere Frauen und Kinder.«

»Nehmen wir sie mit.«

Ebo schüttelte den Kopf. »Das tun schon zu viele. Denk dran, wie wir beinahe mit den anderen Jägern aneinander geraten wären. Das riskiere ich nicht.«

»Das einzige für die Römer Wertvolle, das wir besitzen, trage ich auf dem Kopf«, sagte Amda wieder einmal. Unweigerlich blickte Ebo auf die dick geflochtenen Zöpfe, die lang genug waren für einen doppelten Haarkranz. Ja, dieses blonde Haar würden die Römer in purem Gold aufwiegen und noch einiges drauflegen. Sogar die Cäsaren trugen Perücken daraus, sagte man. Aber für Ebo wäre es, als verlöre er selbst Haar und Würde, wäre die Frau an seiner Seite kurz geschoren wie eine Sklavin.

Abends trafen sich Decurio Aquila und Xenobia außerhalb der Hofmauer zu ihrem verabredeten Spaziergang oben auf der Weide. Sie nahmen den von unten nicht einsehbaren Weg den Hügel hinauf. Über den Felsenhöhlen mit den Vorratsräumen schlenderten sie den Hügelkamm entlang.

Sie setzten sich ins Heidegras und blickten über Bauernhof und Tal hinweg. »Horaz hat das hier beschrieben – die ideal angelegte Villa rustica«, brach Antonius das Schweigen und zitierte den Dichter: »Denke dir Höhenzüge in langer Folge, geschieden durch schattigen Talgrund. Im Kommen lässt der Sonnengott auf der rechten Seite den Blick ruhn und wenn sein Wagen enteilt, taucht der Abschiedsstrahl die linke Talwand in abendlichen Duft.« Unweigerlich blickten sie auf das goldene Licht auf dem gegenüber liegenden Höhenzug.

Dann deutet Antonius hinüber zur Sumpfwiese östlich der Villa rustica. Unter dem fetten Gras dort sammelte sich das Wasser in einer Felssenke und kam als Quelle heraus. Der Bach wurde ins Badehaus geleitet und staute sich im großen Becken, das gleichzeitig als Zisterne diente. Der Wasserauslass führte in einen Teich beim Badehaus, der wiederum die Bewässerungsanlage im Getreidefeld speiste. »Dazu eine Quelle – kühler und reiner zieht nicht der Hebrus durch Thrakiens Lande«, beschrieb Antonius das Gewässer weiter mit den Worten von Horaz. »So fließt sie, heilsam für alle Gebrechen, für Kopf und Leib. Dies verborgene Plätzchen, dies traute und gar liebliche Heim verbürgt dir mein ungestörtes Wohlsein inmitten Septemberschwüle.«

Sie sah ihn von der Seite an – Wie konnte ein Mensch so schnell die Welten wechseln? Gerade noch in den Abgründen von Heimtücke, Mord und Menschenjagd – und jetzt diese wunderschönen Worte, die sie Hof, Bach und Tal mit völlig anderen Augen sehen ließen, ihr eine Ahnung gaben, wie wunderbar man diese Welt sehen und erleben konnte.

»Was sagen denn die Hofbewohner so unter sich, wenn kein Ermittler dabei ist?«, fuhr Antonius mit auflockernder Selbstironie fort.

»Bis jetzt geht jeder von Raubmord aus«, sagte Xenobia. »Immerhin fehlt der Geldbeutel, den er immer am Gürtel trug. Wo ist eigentlich der Rest seines Vermögens?«

»In einer Schatulle im Zimmer deines Vaters.«

»Bei den Göttern, dann war der Mörder vielleicht nach der Tat da und hat das Geld geraubt? Dort, wo ich schlafe?« Sie hatte in jener Nacht tatsächlich eine finstere Gestalt umherschleichen sehen – Tuccius. Wollte er da an die Schatulle? Warum erzählte sie Antonius immer noch nichts von ihrer Beobachtung? Er wollte doch nur den Mörder fassen, um sie zu beschützen. Nun ja, sie und die anderen Hofbewohner.

Xenobia fragte, warum er noch nicht in der Schatulle nachgesehen hatte. »Die läuft mir nicht weg«, antwortete Antonius. »Ein Verdächtiger, den ich durch die Befragungen ausfindig machen könnte, vielleicht schon.«

Xenobia bebte angesichts der Vorstellung, das Verbrechen wäre so nahe an ihre Kammer herangetragen worden. Antonius legte seinen Arm um ihre Schulter und drückte ihren nackten Oberarm. Ja, es stimmte, was man sich sagte – die helle Haut der keltisch-stämmigen Mädchen fühlte sich besonders zart an. Antonius spürte, dass sie sich ein wenig versteifte und wollte den Arm fast wieder herunter nehmen. Sie griff nach seinem Handgelenk. Schade, jetzt würde sie seine Hand weg ziehen.

Nein, sie hielt die Hand einfach nur fest.

Und jetzt? Der Feind duldet kein Zögern, Soldat! hätten ihm seine Kameraden jetzt derb lachend geraten. Er näherte sein Gesicht dem ihrem. Als sie den Kopf wegdrehte, legte er seine Nase auf ihren Hals und stieß den heißen Atem aus. »Deine Nackenhaare sträuben sich«, flüsterte er.

Sie griff an seine Hüften, weil sie ihn eigentlich fortstoßen wollte. Eigentlich. Das sagte ihr Kopf. Ihr Bauch und ihre Hände sagten: Was für Muskeln – und das an der Hüfte! Wie fühlen sich die Arme erst an? Und der stramme Hintern? Der muss so fest sein wie der einer Marmorstatue. Schon machten sich die Hände auf den Weg. Längst waren auch seine Hände unterwegs. Etliche heiße Schauer und ungehörige Berührungen später kam sie wieder zu sich. Ja, sie wollte sich ihm hingeben, aber nein, nicht gleich am ersten Abend. Sie löste sich von ihm und nahm ihn auf dem Rückweg bei der Hand.

Der Wein hatte Lucius tief und fest schlafen lassen, doch die für ihn ungewohnten Geräusche der Provinzhauptstadt Aelia Augusta Vindelicorum, das Poltern der eisenbeschlagenen Karrenräder auf dem Straßenpflaster und das Rufen der Straßenhändler, die ihre Waren feilboten, weckten ihn früh. Er war froh darum, denn er wollte diesen besonderen Tag auskosten.

Zunächst machte er sich auf zum Cordio Maximus und ritt auf der Prachtstraße zwischen den monumentalen Gebäuden bis zur Markthalle. Ihre Fassade hatte etwas von einem Tempel, ein Dachfirst auf Säulen und hohe Wände umrahmten den Zugang zu den Schätzen. Erst hinter dem Portal gab die Halle ihre Geheimnisse preis: Ein gut 200 Fuß langer Innenhof tat sich auf, voller Holzbuden und Stände, erfüllt mit Düften von Ingwer, Kampfer, Zimt, Aloe, Nelken, Kurkuma und mehr aus den östlichen Provinzen. Vornehme Frauen streiften umher, gut gekleidet mit Tunika und der Stola über dem Kopf, unter der Kaskaden von raffiniert gedrehten Locken herab fielen. Meist folgten ihnen Dienerinnen, in den Armen oder auf den Köpfen Körbe, aus denen Hammelkeulen, Salate, Spargel, Rettiche, Kräuter und Früchte erster Wahl quollen. Die besseren Geschäfte befanden sich in den Nischen des umlaufenden Säulenganges. Lucius begriff, was das wahre Leben bedeutete, als er mit dem Beutel voller Geld hier entlang schlenderte in dem Gefühl, das alles besitzen zu können. Ein Stand war überfüllt mit Amphoren, die edle Siegel begehrter Weine aus Spanien und Nordafrika trugen, anderswo konnten die Amphoren, Fässer und Schläuche den Inhalt raffiniert gewürzter Fischsaucen und Öle nicht verbergen, so duftete es. Fläschchen und Tiegelchen mit Parfums und Salben, kleine Bündel betörend duftenden Sandelholzes, Regale voller bronzener und tönerner Statuetten oder Geschirr aus rot glänzender glasierter Terra Sigliata mit Reliefs, die Geschichten von heldenhaft geschlagenen Schlachten, dramatischen Gladiatorenkämpfen oder ausufernden Gelagen erzählten, in allen Farben und Metallen schillernder Schmuck, feine, golddurchwirkte Kleider, mit Edelsteinen verzierte Sandalen – bei den Göttern, war die Welt schön! Er kaufte für Xenobia ein blaues Kleidchen aus durchschimmerndem Nesselstoff und eine Fibel in Form eines Pferdekopfes mit tiefblauen Glaseinlegearbeiten. Der Preis war enorm. Doch an das

Geld, mit dem er bezahlte, war er so leicht gekommen, dass es keinen Grund zur Reue gab.

An einer Häuserwand direkt am Forumsplatz entdeckte er eine Aufschrift teils aus roter Farbe, teils aus Holzkohle. Zum Glück hatten ihm Publius Annaeus und der Verwalter einigermaßen Lesen, Schreiben und Rechnen beigebracht; als Fuhrmann musste er mit Lieferlisten und Rechnungen etwas anfangen können. Also entzifferte er: »Zwanzig Gladiatorenpaare des Decimus Lucretius Satrius Valens und zehn Gladiatorenpaare des Decimus Lucretius Valens Junior werden im Theater kämpfen, jeweils am 8., 9., 10., 11. und 12. September. Es gibt ordentliche Tierhetze und Sonnensegel werden aufgezogen. Geschrieben hat das Aemilius Celer, allein bei Mondschein.« Lucius merkte sich die Tage und nahm sich vor, einmal den Attraktionen beizuwohnen, vielleicht sogar zusammen mit Xenobia. Als erster Vorgeschmack auf das Großstadtvergnügen, sozusagen.

Lucius suchte nach weiteren derartigen Ankündigungen, vielleicht hatte er ja Glück und am selben Tag war noch etwas geboten. Tatsächlich entdeckte er in einer kleinen Seitengasse einige Wandaufschriften. Nicht ganz so sorgfältig gemalt, eher hingekritzelt, las er: »Wer einen Platz für sein Vögelchen sucht, frage nach Attike, die kostet 16 Asse«. Das kam ihm teuer vor, doch daneben stach »4 Asse« aus einem Text heraus. Lucius wurde allerdings enttäuscht: »Maritimus leckt dir die Muschel für 4 Asse, Jungfrauen willkommen.« Lucius trollte sich, das war hier wohl nicht so ganz seine Welt.

In einer Garküche gönnte er sich noch einen Eintopf, bevor er einen Streifzug zum Kapitoltempel und dem Statthalterpalast unternahm. Den Nachmittag würde er im Bad neben dem Palast genießen.

Der Dolch ihres Vaters ließ Xenobia keine Ruhe. Sie schlich ins Zimmer ihres Vaters. Sie öffnete die Truhe mit den Soldatensachen. Der Dolch lag obenauf – Ihr Vater hatte ihn getragen, als er zur Ala geritten war, um Antonius Aquila zu holen. Aber wahrscheinlich hatte er ihn nicht einmal aus der Scheide gezogen. Sie ging damit ans Fenster und überprüfte die Klinge. Keine Blutspuren. Das Metall war makellos matt, schon lange unbenutzt. Oder gründlich gereinigt. Gereinigt – der Mörder musste etwas vom Blut seines Opfers abbekommen haben. War noch etwas davon an seinen Kleidern? Xenobia schlich hinüber zur Kammer von Tuccius. Die Kleider, die hier auf einer Holzbank lagen, waren leicht verschmutzt, aber Blut konnte sie keines entdecken. Bei nächster Gelegenheit würde sie die Kleider, die er trug, unauffällig aus der Nähe mustern. Wie weit war es schon gekommen? Xenobia hielt ihren eigenen Stiefbruder eines Mordes für fähig. Und ihren geliebten Lucius.

IV

VERDÄCHTIGUNGEN

Lucius hörte als erstes vom Tod seines Geschäftspartners durch den alten Ulpian, der vor dem Pferdestall saß, aus einem Rinderknochen einen Werkzeuggriff schnitzte und stolz erklärte, er habe die Aufgabe, den Leichnam von Titus Sempronius zu bewachen und niemanden hineinzulassen. Die Nachricht schien gar nicht richtig zu Lucius durchzudringen – wie in Trance ging er ins Haupthaus, wo Decimus ihn

Das Kastell der Reitereinheit Ala Flavia milliaria im heutige Aalen, dessen Name von »Ala« herrührt

schnell abfing, bevor er mit anderen Hofbewohnern reden konnte.

In dem kleinen Verhörraum musterten sich der Wagenknecht und der Reiteroffizier argwöhnisch. Antonius Aquila wies Lucius den Schemel vor dem Tisch zu, klappte die Schreibtafel auf und nahm den Griffel. Auf die Frage, wo er in den letzten drei Tagen war, erklärte Lucius, er habe sich in Aelia vergnügt und Geschenke für seine Freundin Xenobia eingekauft, beim Preis log er ein Drittel weg. Woher er das Geld hatte, wollte der Decurio wissen. Lucius sagte, es stammte aus den ersten Getreideverkäufen, gab aber nur ein Viertel der tatsächlich verkauften Menge an.

Aquila fragte im Plauderton, ob Lucius oft nach Aelia Augusta komme. Viel zu selten, antwortete Lucius, das letzte Mal vor etwa einem Jahr. Da habe er den Verwalter fahren müssen, weil dieser Geschäfte zu erledigen hatte. Was Titus Nantius am Tag des Mordes vor hatte, wollte der Decurio wissen. Titus habe weitere Handelspartner für noch größere Geschäfte ausfindig machen wollen, also habe er sich wohl an Limesdurchlässen

umgesehen, vielleicht am Caracalla-Tor. Das sollte ein paar Tage dauern und Lucius nutzte die Zeit für den Ausflug nach Aelia.

»Ich werde deine Tage zu rekonstruieren wissen«, bemerkte Antonius.

»Ich werde deine Tage zu rekonstruieren wissen!«, äffte ihn jemand mit einer wüsten Grimasse draußen heimlich neben dem Fenster nach – Xenobia. Sie ärgerte sich einmal mehr über die arrogante Art des Soldaten – andererseits war sie immer noch neugierig, was passieren würde, wenn sie seine Zungenspitze und die Arme auf ihrem Körper nicht mehr länger abwehrte.

Dass ausgerechnet jetzt Lucius daherkommen und ihr teure Geschenke machen musste! In der letzten Nacht hatte sie das schlechte Gewissen ihm gegenüber noch damit abgetan, dass außer jugendlichen Schwärmereien, ein paar verstohlenen Küssen und heftigen Streicheleien ja noch kein festes Band zwischen ihnen geknüpft war. Sie war der Ansicht, es stand ihr zu, zwei Verehrer erst einmal genauer zu begutachten. Jetzt saßen sich beide Männer als Ermittler und Verdächtiger gegenüber.

»Möglicherweise war Titus bei einer Hure in Septemiacum«, fuhr Antonius fort. »Auf dem Heimweg geschah der Mord.«

»Meinst du, Lais hatte damit zu tun?«, fragte Lucius.

»Wer?«

»Na, Lais ...« Lucius biss sich auf die Lippen. Xenobia machte große Augen.

»Ich habe ihren Namen nicht erwähnt.« Das klang wie eine zuschnappende Falle. »Woher weißt du von ihr?«

»Ja, woher?«, sinnierte Lucius, als ob er selbst überrascht wäre. »Ich glaube, Titus hat einmal zu später Stunde beim Umtrunk geprahlt, dass er öfter zu ihr geht. Ja, so war es.«

»Gut, lassen wir das für heute.« Antonius Aquila ritzte noch in beunruhigender Weise einige Notizen in seine Tafel, klappte sie zu und entließ den Fuhrknecht.

Lucius verbarg, kaum dass er alleine war, den Großteil seines Geldes erst einmal in seiner Kammer. Sobald alle schliefen, würde er es unter einer losen Diele im Küchenfußboden verstecken. Sollte Aquila danach suchen, wäre der Raum, wo tagsüber die meisten Leute verkehrten, das letzte Versteck, auf das er käme.

Nachdem sich Amda satt gegessen hatte, schlenderte sie hinüber zum Platz inmitten der Ansammlung von Wohnhütten, Grubenhäusern und Vorratskammern auf Pfählen. Auch die Ältesten waren schon fertig mit dem Mahl, von dem Hirsch lagen nur noch Knochen in der Asche. Der Eimer kreiste, aus dem jeder der Alemannen das Bier mit seinem Krug schöpfte.

Der Gast war unübersehbar: Groß gewachsen, muskulöse nackte Arme, die Unterarme martialisch mit Lederriemen umwunden. Neben ihm steckte demonstrativ ein kostbares eisernes Langschwert im Boden, wie ein Feldzeichen. Als freier alemannischer Krieger trug er einen seitlich gebundenen Haarknoten. Die Augen ruhten geschützt unter der vorkragenden Stirn;

ausgeprägte Wangenknochen und eine kühne Nase ließen auf ein ebenso kantiges, energisches Kinn unter dem kurzen Vollbart schließen.

»Vadomar hat sich mit einigen Anderen zusammengetan ...«, setzte gerade Bilja an.

»Mit vielen Anderen«, verbesserte ihn Vadomar, der fremde Krieger. »Sehr vielen.«

»Ja. Jedenfalls sind sie entschlossen, der Not ein Ende zu machen«, fuhr Bilja fort. Dann geriet er ins Stocken. Er war nie ein großer Redner gewesen, mehr ein junger Mann der Tat. Und Sohn des Sippenältesten Gibuld.

»Wir können unsere Not nicht mehr hinausschieben«, nahm nun Gibuld selbst das Wort auf. Für Amda klang es, als ob er es vorher eingeübt hätte. »Es gibt kaum noch jemanden in unseren Wäldern und Tälern hier, der weiß, wie er den nächsten Winter überstehen soll.«

»Ihr habt ja sogar schon mit dem Sommer Schwierigkeiten, wie ich höre«, mischte sich der fremde Krieger ein. Eigentlich eine Ungehörigkeit, ungefragt im Kreis der Ältesten das Wort an sich zu reißen. »Eine ganze Sippe hat sich schon den Römern als Sklaven angeboten, wenn die sie nur ernähren.«

»Und? Haben die Römer sie genommen?«, fragte der alte Gremma in abweisendem Tonfall. Amda atmete auf: Sehr gut, zumindest einer schien nicht dem offenkundigen Bann des Kriegerhünen verfallen zu sein. Sie mochte es nicht, wenn Menschen versuchten, ihr Angst zu machen. Die Angst, die sie schon hatte, reichte vollauf.

»Nein«, antwortete der Krieger. »Nicht einmal zu Sklaven haben sie es gebracht. Andere zogen durch die Wildnis, um zu sehen, was noch zu holen ist. So wie eure Leute. Immer wieder stoßen solche Haufen aufeinander und kämpfen um die spärliche Beute. Unser Volk schlägt sich die Köpfe ein für ein paar Hände voller Beeren und die Kadaver halbverhungerter Hasen. Bevor wir uns selbst gegenseitig überfallen und ausplündern ...«

»... wollt ihr die reichen Römer ausrauben«, vollendete Gremma den Satz. Alle Männer sahen ihn an, als ob es nun an ihm läge, sich für den rettenden Beutezug gegen die Römer zu entscheiden. Stattdessen fragte er Vadomar: »Hast du einen Großvater?«

»Ich hatte einen, natürlich«, antwortete der Krieger.

»Und hat der dir nicht von früheren Raubzügen gegen die Römer erzählt? Wie sie ausgegangen sind?«

»Doch. Es gibt diese alten Geschichten.«

»Hast du diese ›alten Geschichten‹ auch denen da erzählt?« Damit zeigte er auf Bilja und den Sippenältesten. Der Krieger schwieg. Gremma antwortete für ihn: »Jeden Raubzug haben die Römer gnadenlos bestraft. Ihre eisernen Reiter verfolgten unsere Leute bis weit ins Land hinein und machten sie nieder.«

»Das haben damals die Römer in die Welt gesetzt«, gab Vadomar zurück. »Bestätigt hat das niemand.«

»Weil niemand mehr zum Bestätigen da war.«

»Ranziges Fett«, winkte der Krieger ab. »Das ist zwanzig Jahre her.« Dann drehte er den Spieß um: »Seit dieser Zeit ist viel passiert. Damals waren wir Alemannen und die anderen Stämme und Sippen im

Norden armselige, ungeordnete kleine Haufen. So wie eure Siedlung hier – auf sich allein gestellt, verloren. Jede Missernte, jeder kleine gegnerische Angriff konnten den Untergang bedeuten. Aber viele haben sich seitdem zusammengeschlossen zu Stammesverbänden mit mächtigen Häuptlingen. Die Römer wissen sie zu fürchten seit dem ersten Cheruskerfürsten.«

»Armin!« Gibuld hob seinen überschäumenden Krug, um auf die erste vernichtende Niederlage der Römer, die Varusschlacht vor über zweihundert Jahren, anzustoßen. Und um das Wort zurück zu gewinnen. »Wir Alemannen sind dabei, ein mächtiges Volk zu werden«, fachte nun er das Feuer weiter an. Vadomar lehnte sich zurück und nahm einen Schluck Bier. Amda knirschte mit den Zähnen. Sahen das die anderen denn nicht? Jetzt hatte Vadomar es geschafft und den Sippenältesten dazu gebracht, an seiner Stelle die Leute zu einem Feldzug aufzuhetzen. »Es ist kein Haufen, der sich da gerade im Süden zwischen uns und der Römermauer in den Wäldern sammelt«, schwärmte Gibuld. »Es ist ein Heer.«

Antonius hatte den Verdacht, dass Lucius nicht einfach aufs Geratewohl die Reise nach Aelia Augusta unternommen hatte. Er wusste, dass sich jemand vom Land meist nur in die riesige, unübersichtliche, hektische Stadt wagte, wenn er dort einen Anlaufpunkt hatte, also jemanden kannte. Er bestellte Artissius, den Verwalter ein – Lucius hatte ja erwähnt, dass er mit ihm vor einem Jahr in die Provinzhauptstadt gefahren war. Artissius bestätigte das, er hatte Glasscheiben gekauft, weil im Haupthaus bei einem Hagelsturm etliche zu Bruch gegangen waren. Die Hofherrin Acca hatte darauf bestanden, dass kein heimisches Glas verwendet wurde, das man in Rahmen auf feinem Sand auszog wie dünnen Teig und das durch den Sand, der das Glas vom Untergrund trennte, trüb wurde. Nein, es musste das viel teurere, völlig klare Glas sein, das als Zylinder geblasen wurde, den man dann aufschnitt und zu einer Scheibe ausrollte. So etwas fertigte hier in Aelia nur die Filiale des begehrten Glasmachers Salvius Gratus, der seine Hauptwerkstatt im oberitalienischen Aquileia hatte.

Auf die Frage, ob Lucius damals irgendwelche Kontakte geknüpft hatte, musste Artissius erst überlegen. »Ach ja, er hat sich mit Mamercus, dem Werkstattgehilfen angefreundet«, fiel es ihm wieder ein. »Nun ja, was heißt angefreundet, wir waren ja nicht einmal zwei Tage da. Aber ich kann mich erinnern, dass wir uns Sorgen machten, weil sie losgezogen und erst ziemlich spät am Abend wieder zurückgekehrt sind.«

Antonius wusste genug.

Xenobia quälte nach dem Belauschen des Verhörs von Lucius das Wissen, dass dieser sie reich beschenken wollte und sie ihm beibringen musste, dass mit der Liebelei vorerst Schluss war. Um die peinliche Begegnung noch hinauszuzögern, schlich sie hinüber zur

Schmiede und besuchte ihren Bruder Atto. Der alte Ulpius war bei ihm und rieb sich die Hände, weil er wieder ein Geschäft mit dem Schmied abgeschlossen hatte. Der hatte bei ihm wieder einmal vier Libri* Bohnerz bestellt, das er einschmelzen und zu einem kostbaren Werkzeug verarbeiten wollte. Ulpius kannte einige Eisenerz-Fundstellen in den nahen Wäldern und verdiente so manchen Denar damit. Zusammen mit seinen Knochenschnitzereien, die er auf dem Markt losbrachte, hatte er ein gutes Einkommen neben Kost und Kammer für das tägliche Mithelfen auf dem Hof.

Von Atto erfuhr Xenobia, was sich wohl im Moment gerade im Haupthaus abspielte: »Sie wollen die Schatulle öffnen, in der das Vermögen von Titus liegt. Vater war hier und sagte, ich solle mich bereit halten, sie vielleicht aufzubrechen.«

Xenobia rannte natürlich hinüber, schlich die Treppe hinauf und spähte durch den offenen Türspalt ins Zimmer. Tatsächlich wurde Atto bald geholt und schaffte es, die Schatulle mit Hilfe zweier dünner Nägel zu öffnen. Es befanden sich eine ansehnliche Menge an Goldmünzen und auch etliche Denare und Sesterzen darin.

»Der Mörder wusste nichts von der Schatulle, zumindest hat er es nicht geschafft, hier einzudringen«, schloss Publius daraus.

»Und wenn er nur einen Teil genommen hat?«, überlegte Antonius.

---

* Ein Libra (Pfund) entspricht etwa 330 Gramm

»Warum hätte der Räuber das meiste drin lassen sollen?«, fragte Acca.

»Damit es nicht auffällt, dass er überhaupt etwas genommen hat. Zum Beispiel, weil es jemand vom Hof war, der keinen Verdacht auf sich lenken will.« Verrannte sich Antonius gerade in diese Theorie?

Xenobia huschte rechtzeitig in ihr Zimmer, bevor die anderen kamen. Vom Fenster aus beobachtete sie, wie der Offizier sein Pferd aus dem Stall holte, sattelte und weg ritt. Als sie wieder hinaus gehen wollte, stieg Lucius gerade die Treppe hinauf. Mit halb ausgestreckten Armen hielt er ihr wie eine Opfergabe ein Gewand hin, auf das er eine Brosche gebettet hatte. Er präsentierte es ihr mit den feierlichen Worten: »Ich liebe dich. Das ist für dich.«

Xenobia musterte die schönen Dinge, erklärte aber, das ginge deutlich über einen Liebesbeweis hinaus – es sei eher schon ein Hochzeitsgeschenk. Und davon fühle sie sich überrumpelt. Er betonte, er wolle ihr doch nur zeigen, dass das mit dem gemeinsamen Leben im Luxus kein leeres Gerede sei. Schließlich sprach er es endlich an: »Stimmt es tatsächlich, was sie mir da angedeutet haben?«

Xenobia war erleichtert – sie brauchte es ihm nicht mehr beizubringen, er hatte schon von seinem Rivalen gehört. »Lucius, das mit Antonius ist nicht mehr und nicht weniger als mit dir«, versuchte sie, die Situation zu verharmlosen. »Ich gefalle ihm eben. Und mir gefällt, dass ich ihm gefalle.«

Lucius ließ das Kleid sinken. Dann fasste er sich endlich: »Xenobia, lass dich doch nicht blenden. Da kommt so ein toller Reiter in seiner glänzenden Rüstung daher und schon am ersten Abend ... Na ja.«

»Was heißt hier ›na ja‹?«, fuhr Xenobia auf. »Dass ich eine Schlampe bin, die man leicht herumkriegt? Gilt das auch für deinen Plunder da? Was muss ich denn dafür tun?«

»Xenobia, das ist doch etwas ganz anderes. Wir kennen uns doch schon so lange. Ich habe dir ein Versprechen gegeben und das hier soll der Beweis sein, dass ich es auch halte.«

Xenobia legte ihm den Zeigefinger auf den Mund. Er lächelte glücklich über diese intime Geste. »Lucius, hör zu: Das mit uns plätscherte unbeschwert dahin. Wir hatten alle Zeit der Welt und warteten beide, was so passieren würde. Das war schön.«

»Wirklich? Du fandest es also schön, ja?«

»Ja. Aber dann platzte dieser Mord in die ganze Beschaulichkeit.«

»Und dieser Antonius Aquila mit seiner Rüstung und seinem großartigen Gehabe.«

»Ja, auch er. Jedenfalls ist mir das alles zu viel im Augenblick. Weißt du was? Ich sage jetzt einfach gar nichts zu deinen Geschenken und du nimmst sie vorerst wieder mit. Wir warten ein paar Tage, bis sich die ganze Aufregung gelegt hat.«

Lucius schien einverstanden, immerhin hatte er sich etwas Hoffnung erkämpft. Sie schob ihn zur Tür hinaus. »Das ist aber kein Plunder!«, maulte er.

»Und ich bin keine ›Na ja‹«.

Sie ließ sich auf das Bett fallen, doch Stimmen vor der Tür hielten sie davon ab, endlich zur Ruhe zu kommen. Sie klangen verhalten und doch dramatisch. Eine gehörte Lucius, die andere seiner Mutter Vibia, die ihm offenbar nachgeschlichen war. Das war typisch für sie – Xenobia kannte Vibia nicht anders als huschend, Stimme und Kopf senkend, ausweichend, besorgt, verängstigt. »Lucius, es ist so gekommen, wie ich es dir gesagt habe – du bringst uns ins Gerede, lädst dir Schande auf. Ich muss den Leuten hier ausweichen, weil sie mich auf deine Taten ansprechen.«

»Ach Mutter, du weichst auch allen aus, wenn ich keine schrecklichen Taten begehe«, antwortete er.

»Lucius, das ist kein Spaß. Sag mir, was hast du angestellt? Der Offizier da unten hat dich verhört wie einen Verbrecher. Der hat doch etwas gegen dich in der Hand. Sag deiner Mutter, was los ist. Bitte.«

»Der Dummkopf hat gar nichts in der Hand. Es kommt ihm gelegen, dass ich passender Weise im rechten Augenblick mit viel Geld und Geschenken für meine Geliebte angekommen war. Das ist alles, woran er sich aufhängt.«

Die Geschenke für Xenobia waren war längst nicht alles, woran sich Antonius aufgehängt hatte. Er war nach Septemiacum geritten, um beim Präfekten des Vicus einen Beamten zu finden, der gerade entbehrlich war. So formulierte er es natürlich nicht. »Ich suche jemanden, der vertrauenswürdig und von guter Auffassungsgabe ist, um einen speziellen Auftrag in Aelia Augusta auszuführen«, sagte er.

Schnell fand sich ein Schreiber, den die Aussicht auf eine Dienstreise in die Provinzhauptstadt reizte. Antonius erklärte ihm, er müsse herausfinden, ob Lucius in den vergangenen Tagen Kontakt mit einem gewissen Mamercus aufgenommen hatte, Gehilfe in der Glaswerkstatt von Salvius Gratus. »Wenn ja, muss ich ganz detailliert wissen, was er von ihm wollte. Bedränge ihn ruhig, falls er behauptet, sie zogen nur durch die Tavernen. Unser Fuhrknecht hatte einen Haufen Geld dabei, den er zwei Tage zuvor noch nicht besaß. Wir müssen wissen, wo das her kam und inwieweit er in den Mord verwickelt ist.«

»Du kannst dich auf mich verlassen«, sagte der Schreiber.

Dieser verdammte Tresterwein*, was hatte er auch solche Mengen davon trinken müssen. Kopfweh bekam man keines von dieser verwässerten Brühe, aber er glaubte, es zerreißt ihm die Blase. Mühsam setzte er sich auf die Bettkante. Schon regte sich die Frau, sie hatte einen allzu leichten Schlaf. Er stand auf, tastete im Dunkeln nach der Tür, schlurfte hinaus. Auch draußen war es finster, aber der Weg zum Abort war nicht weit. Das herrliche Gefühl der Erleichterung, jetzt wieder schnell ins Bett, sich an ihren nackten, warmen Körper schmiegen.

* Wein, den man gewinnt, indem man die Rückstände beim Keltern, den Trester, wässert und ein zweites Mal auspresst.

Wie hatte er es noch rechtzeitig gespürt? Hörte er den Atem in dieser stillen, schwülen Nacht? Sah er den Schatten aus dem Winkel der Augen, die sich an die Dunkelheit gewöhnt hatten? Oder war es einfach sein Instinkt für die Gegenwart einer Bedrohung? Jedenfalls spürte er, dass keine Zeit mehr war, sich umzusehen. Er ballte eine Faust, schwang den ausgestreckten Arm auf Kopfhöhe nach hinten und warf sein ganzes Gewicht in den Schlag.

Treffer.

Seine Knöchel schmetterten seitlich gegen einen Schädel, der Gegner schrie dumpf auf. Im Drehen setzte er mit der anderen einen Faust einen Hieb in die Magengrube nach, auch der saß mit voller Wucht. Jetzt entwaffnen. Er griff nach dem rechten Arm des Gegners, packte erst mit einer Hand den Ärmel, dann mit beiden Händen den ganzen Arm und schlug ihn gegen die Bretterwand des Aborts.

Ein Fehler – die Waffe war in der linken Hand. Doch er spürte, wie der andere damit ausholte, der Schwung riss den ganzen Oberkörper nach links. Als der Angreifer zustechen wollte, duckte er sich weg und ließ sich gegen dessen Beine fallen. Der Stoß ging ins Leere, der Angreifer taumelte, beide lagen am Boden. Die Hand, die das Messer führte, holte erneut aus. Diesmal erwischte er den richtigen Arm, packte ihn mit beiden Händen. Das wiederum hieß, dass der Angreifer im Gegensatz zu ihm den rechten Arm frei hatte. Mit der Faust schlug er gegen den Hinterkopf, nochmal und nochmal. Er ließ den Angreifer los, rollte zur Seite, sprang auf. Der andere kam genauso schnell hoch.

Jetzt standen sie sich gegenüber wie Ringer, nur dass einer immer noch ein Messer hatte. Der Angreifer stürzte nach vorne und wollte zustechen – zu berechenbar, das hatte der Andere kommen sehen und vorher die Arme ausgebreitet. Jetzt schlug er die Hände zusammen, als würde er klatschen, krallte sich dabei aber am Unterarm des Angreifers fest. Er riss dessen ganzen Körper im Kreis herum, als würden sie tanzen.

Dabei war er zu sehr fixiert auf das Messer. Auf das eine Messer. Das zweite Messer in der rechten Hand sah er noch kommen, aber zu spät. Er spürte nur noch den Stich in der Seite, der Schmerz fuhr ihm wie ein Blitz in die Brust. Der Abwehrgriff, mit dem er seine Kampfkunst bewiesen hatte, geriet zum Klammern eines Sterbenden. Der Angreifer drehte sich hinter ihn und hielt seine Arme fest, doch da hauchte er sein Leben schon aus.

Mit offenem Mund starrten die Gäste nach oben. Eine gigantische Halle. Über achtzig Reiter waren in Reih und Glied auf ihren Pferden angetreten, in voller Pracht und Bewaffnung – so, wie Antonius wenige Tage zuvor am Hof angekommen war. Auf einem Podest vorne stand der Truppenkommandeur und Alenpräfekt Marcellus Vetus, flankiert von Fahnen und Feldzeichen. Der Leichnam von Titus Nantius, dem Veteranen der Ala secunda Flavia milliaria, war vor dem Kommandanten auf einem Prunkwagen aufgebahrt.

Den Leichnam hatten tags zuvor Soldaten vom Bauernhof ins Kastell der Ala überführt. Xenobia und die anderen Gäste waren noch vor Sonnenaufgang zu der Begräbnisfeier aufgebrochen, die der Kommandeur ihrem Vater und dem gemeinsamen verstorbenen Kameraden zuliebe ausgerichtet hatte. Wer Bezug zur Ala hatte, war eingeladen – also der Hofherr Publius Annaeus mit Familie und auch Lucius mit seiner Mutter als Familie eines Soldaten der Ala, der gerade ehrenvoll in Persien kämpfte. Für Xenobia und die anderen weiblichen Gäste gab es nur einen Haken: Frauen und Sklaven war der Zutritt ins Kastell ohne Ausnahme streng verboten. Sie mussten draußen auf den Trauerzug warten.

Drinnen erinnerte der Kommandeur an die ruhmvolle Zeit, in der »Titus Nantius die Ala und die Ala Titus Nantius war«, sprach von unsterblichem Ruhm und Glanz und der Tragik, dass solch ein ehrenvolles Leben durch die Hand eines gemeinen Verbrechers endete.

Vier schwarze Pferde setzten den Prunkwagen in Bewegung, vorneweg stimmten Hornbläser tiefe, schwere Töne an, draußen schlossen sich Klagefrauen an, die sich die Haare rauften und die Arme schluchzend zum Himmel reckten. Nach Anweisung eines Decurios folgten dem Wagen die Hofbewohner, Veteranen und einstige Kameraden des Toten. Die Reiter, zwei Turmae-Einheiten auf je zweiundvierzig Pferden, bildeten eine Parade, angeführt vom Kommandeur auf einem schwarzen Streitross. Die vorderen acht trugen prächtige silberne Reitermasken mit unwirklichen

Gesichtszügen höherer Wesen, eingerahmt von üppiger Lockenpracht, handwerklich detailliert herausgearbeitet. Die Masken wurden bei Reiterspielen und Paraden getragen und entsprachen bei der Trauerfeier den Ahnenmasken, mit denen normalerweise bezahlte Schauspieler die Vorfahren des Toten darstellten, die ihn im Hades begrüßten.

Der Zug führte geradewegs zur Halle hinaus, über eine der vier Hauptstraßen des Kastells. Xenobia, ihre Stiefmutter und die Mutter von Lucius reihten sich vor dem Tor nach den Klageweibern in den Zug ein. Bald säumten die ersten Grabstätten mit zum Teil aufwändigen Steinen die Straße; manche schlicht mit kurzen Inschriften, andere hoch aufragend mit eingemeißelten Abbildungen der Toten, oftmals Legionäre in Rüstung. Oft waren noch, kleiner als der Verstorbene, Familienmitglieder oder Kameraden abgebildet. Nach gut einer Meile gelangten sie zum Bustum, dem Scheiterhaufen direkt über der offenen Grabstätte von Titus. Acht Soldaten stellten die Tragbahre mit dem Toten darauf. Der Präfekt selbst entzündete die Scheite mit den Worten Senecas: »Asche macht alle gleich. Ungleich werden wir geboren, gleich sterben wir.« Für die Trauernden vom Hof, die früheren Kameraden und den Kommandeur war der Sitte gemäß das Totenmahl ein Stück vom Grab entfernt aufgetischt. Während des Mahls verbrannte der Scheiterhaufen und stürzte Stück für Stück in die Unterwelt, den Hades – Titus Nantius ging nun ins Reich der Manen, der Totengeister, ein. Die beiden Turmae ritten zurück ins Kastell, wo für sie eingedeckt war.

Der Kommandeur saß zwischen seinen Stabsoffizieren und schickte immer wieder nach dem einen oder anderen zivilen Gast. Als Xenobias Vater zum Präfekten gebeten wurde, vergaß sie das Essen völlig und hing an den Lippen der Beiden. Marcellus Vetus redete ernst, ja streng auf ihren Vater ein. Der legte seine Hände erst beschwörend auf seine Brust, dann kehrte er die Handflächen abwehrend nach außen. So kannte sie ihn gar nicht – er musste seine Unschuld beteuern, wirkte kleinlaut.

Xenobia konnte sich ausrechnen, dass es um die Geschäfte ging, die Soldaten und Veteranen heimlich machten. Das wurde wohl stillschweigend geduldet, nun aber war ein Mord geschehen, der seine Vorgeschichte in eben solchen Geschäften hatte. Publius Annaeus beteuerte wohl, dass er mit den alten Angelegenheiten abgeschlossen hatte und sich aus den neuen heraus hielt. Xenobia wusste, dass das stimmte; dennoch war sein Hof Dreh- und Angelpunkt des Geschehens. Genau darauf schien der Kommandeur abzuzielen und ihrem Vater nahe zu legen, zur schnellen Aufklärung des Falles beizutragen.

Publius war entlassen, der Kommandeur sah zu Lucius. Xenobia wurde nervös – sollte er jetzt von diesem mächtigen Mann in die Mangel genommen werden? Nein, der Blick wanderte weiter zu Antonius Aquila. Ein einfacher Soldat zitierte ihn zum Kommandeur. Xenobia stach eine Geste ins Auge: Die waagrecht ausgestreckte Hand des Befehlshabers in zackiger, schlagartiger Bewegung. Was bedeutete das? Deckel drauf und Schluss?

Speisen und Getränke ergaben sich im gleichen Tempo der Vergänglichkeit wie der Scheiterhaufen, dessen Brandschutt mit den Überresten der Leiche nun fast vollkommen in der Grube verschwunden war. Der Präfekt leitete die Zeremonie der Grabopfer ein, indem er einen Teller mit Essen in die Asche fallen ließ – Symbol für die Versorgung mit allem, was man im Hades brauchte. Publius Annaeus folgte mit dem Weihrauchopfer und warf einen Räucherkelch hinein. Xenobia spürte die starke Gluthitze, als sie selbst den Gaben eine Öllampe zufügte, die Titus Licht ins finstere Totenreich bringen sollte. Ein alter Veteran gab schließlich eine Kupfermünze dazu, den Lohn für den Fährmann über den Styx, den Grenzfluss des Hades.

Auf dem Weg zurück ins Kastell ging Xenobia hinter Antonius Aquila, der sein Pferd durch einen Knecht hatte zurückführen lassen. »Das kann er aber vergessen«, sagte er gerade zu seinem Assistenten. »Auf so einen Fall habe ich lange gewartet. Ich werde ihn nicht ungelöst ad acta legen. Ich nicht.«

»Hat der Kommandeur das verlangt?«, fragte Decimus verwundert.

»Nein. Aber ich soll alle Beteiligten abklopfen und tunlichst nachweisen, dass keiner etwas mit dem Mord zu tun hat.«

»Das hat er gesagt?«

»Nein, Decimus, das hat er nicht gesagt. Aber gemeint. Siehst du, das ist der Unterschied zwischen uns – ich kann einem Höhergestellten richtig zuhören und weiß, was er zwischen den Zeilen sagt. Darum werde ich auch einmal ein Höhergestellter sein und du nicht.« Deciumus war schon lange klar, dass dieser Fall eine Sprosse auf der Trittleiter von Antonius sein sollte. »Die Sache bringt mich nicht weiter, wenn ich Vetus zufriedenstelle, indem ich die Wogen glätte«, fuhr Antonius fort. »Im Gegenteil, die Wellen sollen bis zum Provinzpräfekten schlagen. Und weiter. Ich habe es doch nicht zum Gerichtsoffizial gebracht, um mich jetzt selbst auszubremsen. Wenn der Fall groß genug heraus kommt, kann Rittmeister einer Turma der Lohn werden.« Er träumte weiter: »Ich könnte zum Ritter ernannt werden, immerhin entstamme ich einer tüchtigen Soldatenfamilie. Und warum soll nicht noch mehr kommen, viel mehr? Präfekt der Ala, dann steht mir die Welt offen – Senator in Rom.«

Decimus grinste – ganz so, als hoffte er, im Fahrwasser der Woge selbst mit nach oben gespült zu werden. Dass er mit diesem Grinsen fast schon aus der Rolle fiel, machte Xenobia jetzt erst bewusst, wie unauffällig sich Decimus stets benahm, obwohl er doch allgegenwärtig war. Gerade hatte er Antonius zugestimmt, wiederholt, bestätigt, höchstens hier und da etwas nachgebohrt. Aber er hatte nichts preisgegeben von seinen Ansichten, Absichten, von dem, was ihn bewegte. Aber da musste etwas sein, sonst hätte man ja nicht ihn ausgewählt, Antonius zur Seite zu stehen. War diese Unauffälligkeit nichts anderes als ein Lauern? Lauern auf einen Fehler von Antonius, der ihn zu Fall brachte, den Decimus aber ausbügelte, um sich an seine Stelle zu setzen? Anzusehen war Decimus derartige Berechnung oder gar Hinterhältigkeit nicht. Würde man zehn Gesichter übereinander zeichnen, kämen wohl die

Züge von Decimus heraus, die alles und nichts sagten. Und würde man alle Haarfarben zusammen mischen, käme ebenfalls seine heraus, so durchschnittlich war sein Äußeres.

Etwa zur selben Zeit kam ein Reiter in den Bauernhof galoppiert. Aulus, der Bäcker, nahm ihn in Empfang. Der Ankömmling trug eine Tunika aus feinem Stoff, mit teuren Borten verziert. Er nahm eine Ledertasche vom Sattel.

»Führe mich zu Antonius Aquila«, sagte er zu Aulus, als wäre er ein Sklave. Der klärte ihn auf, wer alles auf dem Begräbnis war.

»Dieser Lucius auch?«, bemerkte der Mann sorgenvoll. Die Frage des Bäckers nach dem Grund für die Besorgnis ignorierte er. Vielmehr blickte er in Richtung Westen und überlegte, ob er zur Ala reiten solle. Die Nachricht für den Ermittler Antonius Aquila erschien ihm sehr brisant. Möglicherweise brachte sie die entscheidende Wendung in den Fall, ja vielleicht sogar die Lösung. Andererseits kam er direkt aus Aelia Augusta und hatte schlichtweg keine Lust mehr, nochmals -zig Meilen zu reiten.

»Wenn sie zurück sind, soll Aquila zur Präfektur von Septemiacum kommen oder einen Boten schicken.« Er hängte die Tasche wieder an den Sattel. »Außer ihm darf aber absolut niemand davon erfahren, hörst du?« Er stieg aufs Pferd und ritt mit knappem Gruß davon.

»Was war denn das für ein eingebildeter Haufen Pferdemist?« Polla trat aus der Küche zu ihrem Mann.

»So einen müssen wir nicht kennen«, sagte Aulus. »Aber es scheint sich etwas getan zu haben bei den Ermittlungen.«

Beim Kastell stellte Xenobia fest, dass es noch einen Programmpunkt auf dem Campus, dem Exerzier- und Übungsgelände gab – eine Turma veranstaltete ein Reiterturnier. Dazu standen sich zwei Reihen Berittene gegenüber. Jeweils ein Reiter jeder Gruppe ritt zur Mitte, wo sie grellbunt bemalte Übungsspeere aufeinander warfen. Zwei Schiedsrichter zählten die Treffer und kürten schließlich eine Gruppe zu den Siegern.

Danach wurden die Frauen wieder in eine Herberge geführt. Den Männern erwies der Decurio, der schon die gesamte Trauerzeremonie geleitet hatte, die Ehre, sie ins Herz des Kastells zu führen. Von der Vorhalle betraten sie durch eine der großen Türen einen Innenhof, dessen Mitte ein Reiterstandbild auf einem Sockel beherrschte. Ein Nymphaeum, ein großes Wasserbecken mit einer farbigen Neptun-Statue, war den Wassergottheiten geweiht, die täglich tausend Soldaten und fünftausend Pferde vor dem Verdursten bewahrten. Den Hof umgaben Säulengänge, an denen Schreib- und andere Amtsstuben der Kommandantur lagen. Doch die Besucher durchschritten den Hof geradewegs zur Seele der gesamten Einheit, dem Fahnenheiligtum. Von dessen Vorraum ging es einige

Stufen hinab zu einer halbrunden Apsis, wo auf einem hölzernen, halbkreisförmigen Podest die Feldzeichen der Ala prangten. Publius Annaeus verneigte sich vor ihnen und die anderen taten es ihm gleich, so ehrfurchtgebührend war diese Stätte. In einem Kellerraum unter den Feldzeichen lagerte der Schatz der Ala mit den Soldgeldern.

»Ich führe euch nun zu eurer Unterkunft für die Nacht«, sagte der Decurio mit ungewohntem Lächeln, das auf eine Überraschung hinzudeuten schien. Sie verließen Kommandantur und Vorhalle. Als sie die Giebelseiten einiger Baracken passierten und in den Durchgang zwischen zwei der gigantischen hölzernen Baracken einbogen, war die Überraschung mit einem fassungslosen, erfreuten »Nein!« von Publius Annaeus aufgeklärt: Ihnen wurde genau die Unterkunft angewiesen, die er einst als Reitersoldat der Ala bewohnt hatte. In einer ungewohnt herzlichen Geste packte er den Offizier an den Schultern. »Bei Jupiter, was machst du mir für eine Freude!« rief er mit Tränen in den Augen. »Im Palast an der Seite des Cäsaren hätte ich nicht lieber übernachtet.«

»Befehl des Kommandeurs«, wehrte der Decurio bescheiden ab.

Sie gingen an einem der langen, abgeschrägten Vordächer entlang. Vereinzelt saßen Soldaten da, pflegten Zaumzeug und Waffen, spielten Mühle, würfelten. Etwa in der Mitte des Gebäudes öffnete der Decurio eine Tür und bat die Gäste herein. Sie gelangten zunächst in einen Stall mit vier Pferden – Soldat und Reittier bildeten nicht nur im Feld eine

Symbiose, sie teilten auch die Unterkunft. Eine Tür in der Rückwand führte in einen schlichten Wohnraum mit Tisch, vier Hockern, Gestellen für Waffen, Kleidung und Ausrüstung sowie einer Herdstelle. Die vier hier einquartierten Soldaten hatten es geräumt. Eine schmale Treppe führte nach oben in den Schlafraum. Dieser lag höher als der Stall, weshalb in der Außenwand Platz für ein Fenster direkt über dem Stalldach war. Von der Schlafkammer führte eine Leiter auf den Dachboden, der als Vorratslager für Futter diente. Aus dem Heu und zusätzlichen Strohkissen hatte man weitere Schlafgelegenheiten geschaffen, da ja mehr als wie sonst üblich vier Mann hier übernachteten.

Zurück auf dem Hof machte sich Antonius am nächsten Tag gleich auf den Weg zur Präfektur in Septemiacum, als Aulus ihn über den Boten informierte.

Kurz, nachdem er zurück war, hörte Xenobia, wie ihr Vater nach Lucius rief. Er musste wieder ins Verhör. Xenobia stellte fest, dass das Fenster fest verschlossen war, aber ihr Vater war mehr als deutlich zu vernehmen: »Das kannst du doch keinem erzählen! – Lügen, Lügen, Lügen!« schrie er. »Du bist auf direktem Weg ans Kreuz oder in die Tiergrube! – Glaubtest du wirklich, wir alle zusammen sind noch dämlicher als du? – Da kommst du nicht mehr heraus, Junge!«

Mehr konnte sie nicht mehr hören; erst zum Abendessen kam Xenobia an ihren Vater heran. »Am Tag des

Mordes hat er sich mit einem riesigen Bernstein davon gemacht!«, lüftete Publius das Geheimnis. »Für fünf Aurei hat er ihn an einen vornehmen Bürger in Aelia verkauft.« Fünf Goldmünzen – ein kleines Vermögen. Das konnte nicht mit rechten Dingen zugehen. Im ersten Augenblick verlor Xenobia fast ihren Glauben an die Unschuld von Lucius.

»Hat Lucius gesagt, wie er zu dem Stein kam?«, fragte sie.

»Oh ja, er hat es gesagt.« Publius wurde lauter und lauter, die Zornesröte schoss ihm ins Gesicht. Acca legte ihre Hand auf den Arm ihres Mannes, als ob sie ihn damit beruhigen konnte. »Seinem Freund in Aelia erzählte er, der Stein sei ein Erbstück seines Vaters respektive Großvaters, der ihn angeblich vom Caracalla-Feldzug mitgebracht hatte«, fuhr er fort. »Uns wollte er weismachen, er habe den Stein als Anzahlung von Titus bekommen – als Lohn und Kapital für künftige Einkäufe von Dinkel. Ein fünfhundert Sesterzen teurer Stein für einen Fuhrknecht. Und kurz darauf ist der Besitzer des Steins ermordet!«

Ganz unvermittelt stand Antonius in der Tür. Acca stützte sich auf den Ellbogen und bot ihm einen Liegeplatz neben Xenobia an. »Ein Bernstein passt gut zum Schicksal von Lucius«, philosophierte Antonius bei einem Becher Wein. Auf die fragenden Blicke hin erklärte er: »Nun, laut Ovid sind Bernsteine Göttertränen. Genau gesagt, die Tränen der Heliaden, der Töchter des Sonnengottes. Nachdem ihr Bruder Phaeton vom Sonnenwagen gestürzt und umgekommen war, verwandelten sie sich vor lauter Trauer in Bäume.

Die Tränen, die sie um ihn weinten, erstarrten zu Bernstein.«

Diesmal konnte Xenobia den schönen Dichterworten nichts abgewinnen.

Zu Wurst, Brot und Früchten schilderte Antonius Einzelheiten zum Ausflug von Lucius: Er war davon ausgegangen, dass sein alter Bekannter Mamercus durch den Handel mit teils sehr kostbaren Glasgefäßen den einen oder anderen reichen Kunden kannte, der vielleicht Interesse an dem Bernstein hatte. Die Überlegung ging auf, Mamercus führte ihn zum Palast eines Großgrundbesitzers und dessen Verwalter kaufte das außergewöhnliche Stück, ohne zu zögern. Mamercus kassierte fünfundsiebzig Sesterzen als Provision.

»Das alles hat Mamercus einfach so erzählt?«, fragte Xenobia.

»Als ein Beamter vor ihm stand, der in einem Mordfall ermittelte, schon«, antwortete Antonius.

»Gut, Lucius hat sich da in seine Lügen um diesen Bernstein versponnen. Aber wo siehst du die Verbindung zum Mord?« Xenobia dachte daran, was sie selbst alles verschwiegen hatte – zum Beispiel, dass sie Tuccius in der Mordnacht auf der Mauer des Haupthauses gesehen hatte. Aber deswegen war sie noch lange keine Verbrecherin. Sie wollte Tuccius eben nicht unnötig in Verdacht bringen. Wie würde sie das erklären, wenn Antonius dahinter käme? Sie müsste sich etwas ausdenken. Lügen eben. Und wieder wurde ihr klar: Jeder hatte etwas zu verbergen und im falschen Licht betrachtet, konnte eine entdeckte Lüge schnell zum Verhängnis werden.

»Ich habe schon in etlichen Mordfällen ermittelt und ich kann euch sagen, in keinem davon hatten sich so schnell so viele Indizien zu solch einem klaren Bild zusammengefügt«, erklärte Antonius. »Die Lügen alleine würden ja schon genügen. Dazu wusste Lucius den Namen der Hure, bei der Titus kurz vor dem Mord war. Auch das Auftauchen dieses ungemein wertvollen Bernsteins wäre für sich schon ein Volltreffer. Lucius verschwindet am Tag des Mordes und verschachert tags darauf heimlich den Stein in Aelia! Was soll ich einem Richter denn noch alles an Beweisen präsentieren?«

»Zunächst müsstest du widerlegen, dass Lucius den Bernstein tatsächlich von Titus Nantius als Bezahlung und Investition für weitere Einkäufe bekam« spielte Xenobia nun den Anwalt von Lucius. »Warum sollte es nicht so sein? Die Geschäfte waren in vollem Gange, dafür gibt es sicherlich viele Zeugen.« Sie fuhr fort: »Aber erst einmal musst du den Beweis widerlegen, dass Lucius zur Tatzeit weit weg war – er hatte den Hof doch Stunden vor dem Mord verlassen und war am nächsten Vormittag in Aelia.«

»Er kann zurückgekommen sein«, erwiderte Antonius. »Dann wäre noch mehr als genug Zeit gewesen, Titus aufzulauern, zu ermorden und wieder nach Aelia zu reiten.«

»Ich würde mir auch wünschen, wir könnten seine Unschuld beweisen«, versicherte Acca. »Aber aus seinem Lügengespinst kommt Lucius nicht mehr heraus, so leid mir das tut.«

Xenobia taxierte sie. Da war sie wieder, diese Scheinheiligkeit, mit der Acca sie damals vom Markt wegschicken wollte, um ungestört mit Lais zu reden – über Titus Nantius, seine früheren Missetaten, wie man Gerechtigkeit schaffen konnte, indem man sein Geld gerecht verteilte. Hatten sie es am Ende getan, mit einer Tat den widerlichen Titus bestraft und sein Geld gerecht verteilt? Es war für sie zum Greifen nah gewesen, eine Schatulle voll mit seinem Gold stand direkt neben ihrem Bett. Den kleinen Haken, dass es nicht ihres war, durch einen Raub gerade zu biegen, hätte den Durchbruch für Accas Träume von einem vornehmen Stadthaus bedeutet, vielleicht sogar in Aelia oder Campodunum. Und für Lais und Masclinus wäre auch noch genug übrig geblieben.

Hatten die drei sich verschworen?

Wieder kam Xenobia Accas Sohn Tuccius in den Sinn, der in der Mordnacht über die Mauer in den Hof gekommen war. Gehörte auch er der Verschwörung an und Acca hatte ihn mit dem Mord beauftragt? Der Gedanke widerstrebte Xenobia, aber er spann sich ganz von selbst weiter, genährt von weiteren Gedanken: Tuccius war als Sklavenkind groß geworden, ohne Identität, das Niedrigste, was im römischen Reich existieren konnte. Es gab keinen Vater, er klammerte sich an seine Mutter, sie war seine ganze Welt, alles, was er hatte. Sie flößte ihm ihren Ehrgeiz mit der Muttermilch ein, doch woher hätte er die Kraft und den Stolz nehmen sollen, etwas Großes zu vollbringen? Publius hatte einmal versucht, ihn in der Reiter-Ala unterzubringen, doch das war jämmerlich gescheitert. So dämmerte er auf dem Bauernhof dahin, ständig von seiner Mutter kritisiert. Wenn sie ihm ausgemalt hatte, dass er jetzt, mit einer einzigen mutigen Tat, sein und ihr Leben für immer zum Besseren wenden konnte – ja, dann wäre er tatsächlich dazu fähig gewesen. Vielleicht.

Xenobia schauderte ob ihrer schlimmen Gedanken, in denen sie die Menschen um sich herum der schlimmsten Verbrechen bezichtigte, die man sich vorstellen konnte. Aber sie kramte nun einmal verzweifelt nach einer Erklärung, warum es nicht Lucius gewesen sein konnte. Ein Mord, der letztendlich darum begangen wurde, um sie mit teuren Geschenken zu beeindrucken – da wäre sie ja so etwas wie eine Mittäterin gewesen.

V

ANDERS, ALS ES SCHEINT

»Auf der anderen Seite der großen Mauer soll es ein großes befestigtes Lager mit tausend römischen Reitern geben«, entgegnete Gremma auf Vadomars Beschreibung der Alemannen-Armee, die sich angeblich vor der Limes-Mauer sammelte. »Tausend. Männer und Pferde mit eisernen Rüstungen.« Und an Vadomar gerichtet: »Dagegen kommen einige Tausend wie du nicht an. Wie viele seid ihr?«

»Ich weiß nicht, wie viele von uns am Ende zusammen kommen«, lenkte Vadomar ein. »Ja, ehrwürdiger alter Mann, du hast recht, von den tausend Reitern habe ich auch schon gehört. Ich habe aber noch anderes gehört – zum Bei-

Weihestein für Jupiter Dolichenus, gefunden in der Nördlinger Polizeigasse

spiel, dass es schon lange keine tausend mehr sind. Die Truppen entlang der großen Mauer sind stark ausgedünnt – die Römer brauchen viele Soldaten für Kriege in fernen Ländern, zum Beispiel bei den Parthern. Die haben sie von überall zusammengezogen – vor allem von den Kastellen an der Grenze hier und am Rhenus*. Sie sind längst nicht mehr so stark wie früher.«

»Woher willst du das wissen?«, zweifelte Gremma.

»Die Mauer hält nicht alles fern. Händler, die herüber kommen, erzählen von unterbesetzten Kastellen. Auch über Alemannen, die sich als Bedienstete bei den Römern verdingen, sickert immer wieder etwas durch.«

»Gerüchte. Ich werde nicht Männer meiner Familie in einen Kampf gegen Legionäre ziehen lassen, von denen man nur hofft, sie seien gar nicht da«, sagte Gremma. »Vielleicht wurden ja Truppen abgezogen. Aber was, wenn sie schon wieder zurückgekehrt sind?«

»Das hätten wir bemerkt«, schloss Vadomar vielsagend.

»Du bist sicherlich ein tapferer Krieger.« Gremmas Ton klang nicht so anerkennend wie seine Worte. »Aber die da haben bei weitem nicht so viel Kriegserfahrung wie du.« Wieder deutete er auf die anderen Männer des Dorfes. »Wir haben kaum richtige Waffen.«

»Wir haben Beile, mit denen man nicht nur Bäume fällen kann«, widersprach Matizo, der Stellvertreter des Stammesältesten. Ein schlechtes Zeichen, dass er Partei für den Krieger und den Krieg ergreift, dachte

---

* Rhein

sich Amda. Matizo stellt sich immer erst hinter eine Meinung, wenn er sicher sein kann, dass es die Meinung der Mehrheit ist. Er spricht nur aus, was schon als besiegelt gilt.

»Ein Messer hat jeder von uns«, fügte Bedja hinzu. »Ich habe noch ein zweites, daraus mache ich mir eine Speerspitze. Und der Wald schenkt jedem von uns eine Keule.« Bedja, Sohn des Sippenältesten, war ein vernünftiger Mann. Manchmal verwechselte er Vernunft zu sehr mit Anpassung; er war im Grunde nicht besser als Matizo und schloss sich der stärksten Seite an. Bisher war die vorherrschende Meinung gewesen, unter sich zu bleiben und die Angelegenheiten der Sippe selbst zu regeln. Das schien nun vorbei. Amda begriff, dass die wenig erfolgreiche Jagdpartie zur endgültigen Resignation geworden war. Und dass sie nicht zufällig auf Vadomar, den Krieger, gestoßen waren. Auch der war auf die Jagd gegangen – auf die Jagd nach Menschen, aus denen er Kriegsvolk machen wollte.

»Das ist der richtige Geist!« Vadomar stieß seinen Krug anerkennend gegen die seiner Nachbarn. »Und dieser Kampfgeist ist die entscheidende Waffe, alles andere kommt schon von selbst. Glaubt ihr, Armins Krieger hatten damals mehr Waffen, als sie zwei stolze und schwer bewaffnete Legionen in Grund und Boden hauten? Die Germanen waren nicht für Waffen gefürchtet, sondern für ihre unbändige Angriffslust und ihre Tapferkeit. Damit kamen sie an die Waffen ihrer Gegner und wüteten noch schlimmer. Und das könnt ihr auch – beim bevorstehenden Feldzug werden entschlossene Reiter wie ich und eure Sippenführer durch die Tore der Mauer brechen und die Römer überrennen. In den ersten Siedlungen und Bauernhöfen erbeuten wir Pferde und schon wird das Fußvolk zu Berittenen. Eine Lanze für jeden Reiter hält der Häuptling bereit, der den Heerzug anführt. Als Gabe an seine Gefolgsleute, wie es die Sitte will.«

»Wer ist dieser Häuptling, dem wir uns unterwerfen sollen?«, fragte Gremma. »Und was hast du mit ihm zu tun?«

»Der Häuptling heißt Agishar«, verkündete Vadomar, als riefe er ihn als den neuen Herrn der Sippe aus. »Und er macht euch nicht kleiner, sondern größer. Er macht euch von armseligen Bauern, die ängstlich dem Winter entgegen zittern, zu großen Kriegern, die im Winter lachend ihre Beute verprassen und auf Festen in einer warmen Halle mit überladenen Tischen von ihren Heldentaten erzählen.«

»Na los, bringt noch zwei Eimer voll Bier«, rief der Sippenälteste nach hinten. »Wir feiern schon einmal unseren Sieg.« Wüstes Gelächter erschallte.

»Nenne mir einen anderen Weg, wie wir die Kinder lebendig über den Winter bringen sollen.« Amda drehte sich erschrocken um. Ihr Mann Ebo war wohl schon eine Weile hinter ihr gestanden.

Amda wusste keine Antwort.

Abends hallte ein lautes Klopfen durch Haus und Hof – Xenobias Bruder Atto brachte Halterungen für Riegel an Tür und Fenster bei Lucius an. Aulus und

Polla wurden ausquartiert, ihr Zimmer zum Kerker für Lucius umgebaut. Ihr Vater erklärte, dies sei ein Entgegenkommen von Antonius, denn der müsste Lucius sonst in den Kerker der Ala schaffen lassen.

Ohne groß zu überlegen, suchte Xenobia Antonius auf. Der fragte Xenobia ganz spontan: »Wie sieht es aus – gönnen wir uns wieder einen kleinen Abendspaziergang?«

Xenobia war entsetzt. Antonius hatte gerade ihren Freund eingekerkert, der vielleicht als Mörder abgeurteilt und von wilden Bestien zerfetzt werden sollte. Und jetzt dachte er an nichts weiter, als an dessen Geliebter herumzufummeln. Nie im Leben, du widerliches Monster, dachte sie. »Ja«, hauchte sie, »warum nicht?« Sie genoss es, falsch zu sein und Hingebung zu heucheln – für nichts auf der Welt hätte sie die Gelegenheit verpasst, ihn auf eine andere Spur zu lenken, wichtige Informationen aus ihm heraus zu locken oder wie auch immer zur Rettung von Lucius beizutragen. Auch, wenn sie Lucius als Liebhaber zurückgewiesen hatte – er blieb ein Freund, dem sie niemals zutrauen konnte, einen Menschen heimtückisch abzustechen. Antonius hingegen erschien ihr immer mehr, als suchte er nicht nach dem Täter, sondern nach einem Opfer, das er den Göttern für seinen Aufstieg darbringen konnte.

Sie wollte es schnell hinter sich bringen, also machten sie sich gleich auf den Weg. Sie sprachen kein Wort, während sie den Berg bis zum Höhlenkeller erklommen. Stumm setzten sie sich ins trockene Heidegras und blickten auf die Gebäude des Hofes hinab, die in der goldenen Abendsonne leuchteten.

»Wie kannst du so gefühlvoll sein und zugleich solch ein Widerling?« stieß sie hervor.

»Du meinst meine Arbeit als Ermittler?«

»Ja. Ich könnte nie die Frau an der Seite eines solch arroganten Trampels sein.«

»Sehr gut«, grinste Antonius sie an.

»Ach, du willst mich gar nicht an deiner Seite haben? Ach so, der Ritter will nur ein paar feurige Ritte, was? Aber nur oben sitzen, wie auf einer frisch gezähmten Stute, was?«

Er kam ihrer Ohrmuschel so nahe es ging und flüsterte: »Nicht nur ein paar Ritte. Durch mein ganzes Leben will ich mit dir reiten. Das würde ich nicht wollen, wenn du ein duckmäuserisches Bauernweib wärst und nicht aufbegehren würdest.«

Sie sah ihn verständnislos an: »Was soll das Gefasel? Du bist ekelhaft und freust dich, dass mir das nicht gefällt?«

»Nein, dass du dich wehrst. Unser Reich besteht nur aus zwei Arten von Menschen – den Unterworfenen und denen, die sich nichts gefallen lassen. Und meine Familie soll ein kleines römisches Reich sein, wehrhaft bis ins Mark.«

»Ich brauche diesen Scheiß mit Unterworfenen und Herrschenden nicht«, sagte sie und rückte ab, verwundert darüber, wie nahe sie ihn überhaupt hatte kommen lassen. »Mein Vater sieht seinen Hof hier auch als kleines römisches Reich. Aber siehst du irgendwo Sklaven? Gekreuzigte? Halb verhungerte Elendsgestalten, die nach Abfällen von Fressorgien wühlen im Schatten der Villen von vollgefressenen

Wucherern und Großgrundbesitzern mit breiten roten Borten an den Togen? Nein, hier herrschen Friede und Geborgenheit für alle.«

»Friede und Geborgenheit! Lass unsere Ala abziehen, die Bataver vom kahlen Berg und die Dritte Legion in Castra Regia mit dazu. Kein Jahr habt ihr mehr Frieden. Die Alemannen lassen euch keinen Nagel auf dem Dach. Hier –« Plötzlich hielt er seinen Dolch in die Höhe, »das ist der römische Friede und sonst nichts.« Er rammte die Waffe in den Boden. »Friede findet ihr hier alle erst, wenn der Mörder gefangen ist. Nach diesem Frieden sehnst du dich doch auch, hmm? Du tust bloß nichts dafür. Das macht nichts, denn ich tue es für dich. Aber dann verabscheue nicht, was ich tun muss, um ihn zu finden. Das Grauen lässt sich aus den Menschen nicht heraus küssen und heraus streicheln wie die Leidenschaft aus dir.« Schon fuhren seine Fingerspitzen ihren Rücken hinauf und ein heißer Kuss traf ihren Nacken. »Ich muss es schmerzhaft anpacken, herausprügeln, zur Not herausfoltern.« Die Fingerspitzen verschwanden in der Faust, die er jetzt ballte. »Und wenn ich nicht nur einen Mörder jagen muss, sondern eine ganze Horde angreifender mordlustiger Alemannen? Soll ich dir den Anblick von ihren aufgeschlitzten Bäuchen und dem Blut ersparen, das sie auf meinen Speer kotzen, der in ihren Gedärmen steckt? Oder soll ich sie lieber durchlassen bis hier zum Hof?«

Xenobia schwieg betreten. Kam die Erregung, die er neulich in ihr erweckt hatte, aus der gleichen Quelle wie die Gewalttätigkeit, mit der sein Leben so eng verknüpft war – Wildheit, Leidenschaft, Aufregung, Herzklopfen?

Nein, aufgeschlitzte Bäuche und auf Speere gekotztes Blut hatten nichts mit Liebe zu tun.

Niemandem war aufgefallen, dass Xenobia nicht in ihrem Zimmer zu Bett gegangen war. Es war unmöglich, von dort oben herunter zu schleichen, ohne durch das Knarzen der Holztreppe Lärm zu verursachen. Und sie musste damit rechnen, dass Antonius Aquila oder sein Helfer drinnen vor der Tür des Gefängnisses von Lucius Wache hielt. So hatte sie im untergestellten Reisewagen ein paar Stunden geschlafen und schlich jetzt aus dem Pferdestall. Ungehindert gelangte sie zu dem verriegelten Fenster im Haupthaus, hier draußen sah sie niemand. Sie hob den Holzbalken aus den metallenen Haken im Fensterrahmen und öffnete das Fenster. Schon erschien Lucius – er hatte vor Aufregung nicht schlafen können.

»Xenobia! Bei Amor und Jupiter, du hältst zu mir!« Er packte ihren Kopf und küsste sie. »Kommst du, um mich zu befreien?« fragte er.

»Nein, Lucius, das wäre das Dümmste, was wir jetzt tun könnten. Das käme ja einem Geständnis gleich. Und Antonius würde dich morgen schon wieder erwischen. Nein, du bleibst schön da drinnen.«

»Warum bist du dann hier?«

»Ich will wissen, was los ist. Hast du wirklich etwas mit dem Mord zu tun? Hast du gar ...«

»Xenobia, nein!« Sein Entsetzen war echt, davon war sie überzeugt.

»Was hat es denn mit diesem Bernstein auf sich? Lucius, der bricht dir das Genick. Keiner glaubt, dass du den als Provision für ein paar Säcke Dinkel bekommen hast.«

»Es war aber so! Ich hätte davon doch auch noch die nächsten zehn Wagenladungen bezahlen sollen.«

»Für die Alemannen?«

»Darauf kommt es jetzt wohl auch nicht mehr an. Es ist nicht ausdrücklich verboten, mit ihnen Geschäfte zu machen, so lange es nicht um Waffen geht.«

»Es ist auch nicht verboten, aus dem Nichts mit einem Bernstein aufzutauchen, der deinem kurz zuvor ermordeten Geschäftspartner gehört hat. Aber es macht sich eben nicht gut.«

»Deshalb wollte ich das mit dem Bernstein ja auch verschweigen. Kein Mensch glaubt, dass das zufällig mit dem Mord zusammenfiel.«

»Ehrlich gesagt, glaube ich das auch nicht«, sagte Xenobia.

»Dann hältst du mich auch für den Mörder?«

»Nein, Lucius, das kann ich einfach nicht. Aber es hängt alles irgendwie zusammen. Könnte euer alemannischer Geschäftspartner etwas damit zu tun haben?«

»Nein, der wäre ja mit völliger Blödheit geschlagen, hätte er Titus auch nur ein Haar gekrümmt. Der Alemanne hätte doch das Geschäft seines Lebens mit ihm gemacht, so viel Dinkel bekommen, dass sein ganzer Stamm damit über den Winter gekommen wäre und noch reichlich Saatgut hätte.«

»Es stimmt schon, das wäre für ihn viel mehr wert gewesen als das Geld von Titus«, musste sie zugeben.

»Xenobia, es gibt so viele Leute, mit denen Titus in diesen zwei Wochen zu tun hatte – Hat dein Herr Reiter da überall so sorgfältig nachgeforscht wie bei mir?« Bei ›Reiter‹ machte er eine obszöne Bewegung mit dem Unterleib.

»Nein«, gestand Xenobia zögernd ein.

»Ach, und warum wohl nicht? Das kann ich dir sagen: Antonius will mich als Widersacher ausschalten. Und das hat er in zwei Tagen geschafft, alle Achtung!«

»Nein, das darfst du ihm nicht unterstellen«, erwiderte sie halbherzig. Immerhin hatte ihr Antonius geschildert, wozu er fähig wäre, um zu beseitigen, was ihm im Weg stand. Und auch, dass er auf eine Beförderung scharf war, hatte er auf der Begräbnisfeier selbst zugegeben.

»Er hat bald seine Beweise zusammen, dann kann mir keiner mehr helfen«, seufzte Lucius. »Ich habe doch nicht einmal genug Geld für einen Advokaten.«

»Der würde nicht reichen. Du bräuchtest schon einen Rhetor, der vor dem Provinzprokurator mit seinen zwanzig Geschworenen für dich spricht«, sagte Xenobia.

»Prokurator? Geschworene? Woher weißt du das ... Ah, ich verstehe – vom Gerichtsoffizial, mit dem du dich allabendlich triffst, was?«

Xenobia nickte. »Wie kann ich dir denn bloß helfen?«

»Ich glaube, weltliche Kraft kann mich nicht mehr retten. Ich brauche Magie. Bring mich zu Septimia.«

»Ihr Zimmer liegt im Obergeschoss. Die Fenster stehen alle offen wegen der Hitze«, überlegte Xenobia. Also holten sie die Leiter aus dem Pferdestall und Lucius stieg in Xenobias leeres Zimmer ein. Er schlich durch den Flur und schlüpfte vorsichtig durch Septimias Tür, die einen Spalt weit offen stand, damit die Luft durch zog.

Septimia schlief tief und fest. Das passte zu ihr, denn sie fühlte sich in der Welt der Träume, Mystik und Visionen mehr zuhause als im Leben einer alten, armseligen Frau. Lucius musste sie mehrmals kräftig anstoßen, bis sie endlich erwachte und zunächst erschrak. Dann lächelte sie auf ihre typische Weise – überlegen, wissend, mit einem Schuss Bosheit. Mit jeder kleinen Mimik und Gestik wollte sie zeigen, dass ihre mystische Welt einst siegen würde über die geometrisch streng errichtete Welt der Architekten und Landvermesser, den in Reih und Glied aufmarschierenden Legionen, den Münzen und Maßen, der grammatikalisch korrekten lateinischen Sprache. »Ja, wenn du tot bist«, wurde sie oft verlacht. »Nein, wenn die Alemannen kommen«, antwortete sie dann und brachte so manches Lachen zum Schweigen.

»Du musst diesen Antonius Aquila mit einem Fluch belegen, dass er mir nichts mehr anhaben kann«, zischte Lucius.

»Ach ja? Soll ich nicht lieber den wahren Mörder finden, um deine Unschuld zu beweisen? Oder muss ich den wahren Mörder hier im Raum suchen?«

»Du hast doch seherische Fähigkeiten, dann musst du doch wissen, dass ich es nicht bin«, schlug Lucius sie mit ihren eigenen Waffen. »Aber es würde nichts nützen, herauszufinden, wer der Mörder ist. Der ist über alle Berge und es würde ewig dauern, ihn zu fassen und herbei zu schaffen. Aber Antonius will einen schnellen Erfolg und deshalb will er mich. Ganz egal, wer die Tat begangen hat. Außerdem hat er noch einen anderen Grund, mich zu beseitigen.«

»Xenobia?« Das war nicht schwer zu erraten. Dennoch sprach Septimia den Namen aus, als wäre er ihr von einer Sibylle* persönlich eingeflüstert worden.

Lucius nickte. »Kannst du es gleich tun, hier und jetzt?«, ereiferte er sich. »Dass der Hund morgen früh tot in seinem Zimmer liegt?«

»So schnell geht das nicht, auch ein Fluch muss die rechte Zeit finden. Aber was bringt dir das? Selbst, wenn Antonius umkommt – seine Vorwürfe gegen dich leben weiter.«

»Die Vorwürfe lassen sich einer nach dem anderen entkräften. Aber sein Ehrgeiz und seine Eifersucht nicht. Also, kannst du es hier und jetzt tun?«

Die Alte beschwor ihn mit beiden Händen zur Geduld. »Damit der Fluch Bestand hat, muss ich ihn in magischer Linksschrift auf ein Bleitäfelchen einritzen und dieses in seiner Nähe deponieren. Das lässt sich alles morgen bewerkstelligen. Jetzt können wir den Text des Fluches festlegen.«

»Hast du einen Vorschlag?«, fragte Lucius.

»Wie wäre es damit: *Mars, ich überantworte dir Antonius Aquila, der mir zu Unrecht nach dem Leben*

---

* römische Seherin

*trachtet. Mach, dass er verstumme in seiner Anklage, ich binde seine Zunge. Was immer er tut, es möge ihn schmerzen, seine Glieder mögen verstümmelt sein.«**

Lucius schüttelte den Kopf: »Zu schwach. Und nicht Mars. Der Kriegsgott schont vielleicht einen Soldaten.«

»Pluto?«

»Ja, der ist besser. Der Herrscher der Unterwelt gefällt mir.«

»Also gut, was hältst du davon: *Er soll verzehrt werden; mach, dass er ohne Sinne sei, ohne Erinnerung, ohne Denkkraft, ohne Mark. Ich übergebe Antonius Aquila dir, Pluto, dass du ihn zu dir nimmst, ihn bewachst und schließlich tötest. Verwahre ihn in der Hölle.«**

»Sehr gut, der gefällt mir. Schreib ihn auf das Täfelchen. Aber da wäre noch etwas.«

»Einmal Hand lesen? Oder Knochen werfen, was die nächsten Tage für dich bringen?«

»Nein, aber vielleicht noch ein Liebeszauber. Für alle Fälle, auch wenn Antonius ausgeschaltet ist.«

»Verstehe«, seufzte Septimia. »Der wirkungsvollste Zauber ist ein Pfeil, der den Pfeil Amors symbolisieren soll.«

»Ah, gut. Pfeile hat Publius haufenweise in seiner Kammer über ...«

»Halt, halt, halt«, bremste Septimia. »Es muss ein ganz besonderer Pfeil sein. Einer, der nach dem Abschießen nie mehr den Boden berührte. Der einen

---

* Abgesehen vom Namen handelt es sich um Originaltexte gefundener alter Fluchtäfelchen

Menschen traf, in ihm stecken blieb, herausgezogen, nie abgelegt und seitdem in der Luft hängend aufbewahrt wurde.«

»Hä? Wo soll man denn so etwas her bekommen? Bei uns hat es schon seit Menschengedenken keine Schlacht mehr gegeben.«

Septimia winkte ab: »Materiona drüben in Septemiacum hat so etwas mit Sicherheit. Sie ist zwar eine lausige Handleserin, aber ihr Laden mit Talismanen und Zaubertand ist ganz gut sortiert. Den Pfeil musst du, na ja, wohl eher ich, unter Xenobias Lager legen. Du musst ihn vorher berühren. Sollte das nicht mehr gehen, berühre ich ihn mit etwas, das du am Körper getragen hast. Da finde ich schon was. Amors Geschoss kostet natürlich eine Kleinigkeit.«

»Wie viel willst du?«

»Zwanzig Sesterzen für den Pfeil und zehn für mein Fluchtäfelchen.«

»Du bekommst es morgen von Xenobia.« Das Geld war das geringste Problem für Lucius. Er hatte noch genügend unter der Diele im Küchenboden liegen; auch wenn er sein Vermögen auf Anweisung von Antonius dem Hofherrn zur Verwahrung hatte übergeben müssen.

Lucius verabschiedete sich und schlich hinüber zu Xenobias Zimmer. Unten an der Leiter wollte sie ihn gleich zu seinem Gefängnis lotsen. Lucius sträubte sich. »Was ist denn noch?« fragte sie.

Er sah sie lüstern an, nahm sie bei der Hand und zog sie in Richtung Badehaus. Wie hätte ihm Xenobia das abschlagen können? Ja, da war Mitleid, ihn in seiner hoffnungslosen Situation nicht zurückzuweisen. Und da war der Trotz, Lucius triumphieren zu lassen über Antonius, der ihn als Rivalen aus dem Weg schaffen wollte. Und schließlich wollte sie es sich und Lucius endlich gönnen, im Bad ihrer Lust hemmungslos freien Lauf zu lassen.

Schon lagen die beiden nackt im Kaltbecken und holten ausgiebig nach, wovon sie vor dem Mord geträumt hatten. Sie biss ihn in die Schulter, um nicht laut vor Lust zu schreien und auch er konnte sich kaum zwingen, halbwegs still zu bleiben. Ermattet und eng umschlungen genossen sie das Nachbeben ihrer Körper auf der Ruhebank.

Genau in diesem Augenblick fasste Xenobia ihren Entschluss. Gleich müsste sie Lucius wieder eigenhändig einsperren und dann wäre er der einsamste Mensch der Welt. Niemand würde sich bemühen, für ihn nach der Wahrheit zu suchen. Nein, das konnte sie nicht hinnehmen.

»Lucius, wo müsste ich ansetzen, um deine Unschuld zu beweisen?«, sagte sie.

Ihr Geliebter hob träge den Kopf: »Du kennst dich dort, wo wir überall waren, gar nicht aus.«

»Na, in Septemiacum kenne ich mich schon aus«, wiedersprach sie. »Es heißt doch, Titus wäre in der Mordnacht bei Lais gewesen. Mit der kann ich doch reden.«

Schweren Herzens brachte Xenobia Lucius zurück in sein Verlies.

Der bestechliche Wachoffizier war noch nicht da. Antonius nutzte die Zeit für einen Spaziergang auf dem Patrouillenweg, innen entlang an der Limesmauer – dem Ende der römischen Welt, dem letzten Monument, mit dem das Imperium beeindrucken konnte. Und beeindruckend war sie, die Kalksteinmauer, die sich von einem Horizont zum anderen zog. Weiter westlich verlief sie über sechzig Meilen weit schnurgerade durch Berg und Tal – nur um jedem Wilden auf der anderen Seite zu beweisen, zu welch gigantischer Präzision die Römer fähig waren.

Aufhalten könnte das zwei Mann hohe Bauwerk einen Ansturm tausender Barbaren nicht. Das taten die Legionäre in den nahen Kastellen, rechtzeitig alarmiert durch Signale von den Wachtürmen, die sich in Sichtweite voneinander entfernt am Limes aufreihten. Antonius sah hinüber zu der Senke, in der das Reiterkastell am kahlen Berg lag. Fünfhundert Bataver waren hier stationiert. In normalen Zeiten, jetzt war die Truppe ausgedünnt wie überall an der Grenze. Am zweiten Wachturm nach dem Tor machte Antonius kehrt. Der korrupte Decurio hatte hoffentlich ausgeschlafen.

Decurio Manus Dignus war nicht dumm. Als ihn der fremde Offizier ansprach und fragte, ob er einen gewissen Titus Nantius kannte, war ihm klar, das bei dessen Geschäften etwas schief gelaufen war. Und dass es sinnlos wäre, seine eigene Rolle dabei zu verschleiern.

Antonius Aquila wusste die Offenheit zu schätzen, ließ sich aber nicht davon einlullen. Im Gegenteil, er wusste die Flucht nach vorne als Selbstbewusstsein zu deuten, was wiederum hieß, dass sein Gegenüber kein kleiner Fisch war. Da er sich keine Mühe gab, das Gespräch vor seinen Männern zu verbergen, waren diese wohl eingeweiht.

Dennoch erschrak Dignus, als er von dem brutalen Mord hörte. Sofort ging er in die Defensive: »Bist du sicher, dass das mit unseren Geschäften zusammen hängt? Der Mord geschah ganz schön weit weg von hier.«

Antonius verschwieg aus taktischen Gründen, dass er den Fuhrknecht verdächtigte. Da er sich jedes Detail haarklein erzählen ließ, fiel nicht auf, dass er andauernd nach ihm fragte. Prompt belastete ihn Dignus, ohne es zu merken – mit einem entscheidenden Detail, das nur Antonius deuten konnte. Der wäre am liebsten aufgesprungen und hätte Lucius in seinem Kerker damit konfrontiert.

Aber er musste sich noch weiter umhorchen. Ob der alemannische Geschäftspartner von Titus denn gerade auf dem Markt im Niemandsland sei, wollte Antonius wissen. Nein, der lasse sich schon seit einigen Tagen nicht mehr blicken, sagte Dignus. Antonius wurde hellhörig – etwa seit dem Tag des Mordes? Nein, schon einige Tage vorher habe man ihn nicht mehr gesehen. Das bedeute nichts, sagte der andere Decurio, die Alemannen kämen und gingen, wie es ihnen in den Sinn komme.

Gegen den Rat von Manius Dignus begab sich Antonius zu den Alemannen hinüber, war aber nach weniger als einer Stunde wieder da. »Lass mich raten«, grinste Dignus. »Keiner weiß etwas, keiner kennt Titus oder seinen Geschäftspartner, stimmt's?«

»Richtig geraten«, gab Antonius zu. »Glaubst du, in der Taverne wird es besser?«

»Nicht besser oder schlechter als in anderen Tavernen.«

Xenobia erklärte der Frau des Verwalters, sie müsse zu einem Nachbarhof, um ein Werkzeug auszuleihen. Stattdessen machte sie sich aber auf den Weg nach Septemiacum.

Als sie an dem Haus klopfte, wo sie das Gespräch zwischen Acca und der Hure belauscht hatte, öffnete eine alte Frau. »Was willst du von der?«, fragte diese unwirsch, als Xenobia nach Lais verlangte. Xenobia behauptete, sie sollte eine Nachricht von Acca überbringen. Da rückte die Frau mit der Sprache heraus und sagte, dass sie Lais schon seit mehreren Tagen nicht gesehen hätte. »Wahrscheinlich ist ihr wieder einmal das Geld ausgegangen und sie sucht sich bei einem Kastell einen Soldaten, unter dem sie sich ein paar Asse verdient.«

Xenobia erinnerte sich an diesen Masclinus, von dem Lais und Acca gesprochen hatten. Der hatte Titus wohl an die Hure vermittelt und offenbar auch mit dessen Geschäften zu tun. »Der schläft um diese Zeit wahrscheinlich noch seinen Rausch aus«, keifte die Alte, als Xenobia nach ihm fragte, beschrieb aber die Taverne, in der Masclinus arbeitete.

Der Eingangsbereich unter den Säulen an der Vorderseite war zwar schon in die Jahre gekommen und nicht besonders gepflegt, wirkte aber auf eine gewisse Weise einladend. Xenobia pochte an die große Doppeltüre. Eine ganze Weile tat sich nichts, dann hantierte endlich jemand innen am Riegel. Ein Mann in einer für die Umgebung fast schon unpassend eleganten Tunika und mit sorgfältig in die Stirn frisierten Haaren öffnete. »Du kommst hoffentlich zum Saubermachen?«

»Äh nein, ich müsste Masclinus sprechen«, sagte Xenobia.

Der Mann, Xenobia vermutete in ihm den Inhaber der Taverne, wirkte ratlos. »Ich habe ihn selbst schon seit Tagen nicht gesehen, er lässt die Taverne einfach im Stich. Ich bin gerade gekommen und hoffe, dass er jetzt da ist.«

»Vielleicht schläft er ja noch«, meinte Xenobia.

»Du kannst gerne nachsehen.« Er führte sie durch den düsteren, schmuddeligen Wirtsraum und ließ sie zur Hintertür hinaus in einen Durchgang zwischen zwei Verschlägen. »Da kommst du in den Hof«, erklärte er ihr. »Am Brunnen vorbei geht es zur Latrine, gleich links daneben ist die Kammer von Masclinus.«

Xenobia klopfte. Nichts regte sich, aber die Türe gab nach. Xenobia steckte den Kopf hinein, sah nichts in dem fensterlosen Raum. »Hallo?« Keine Antwort. Sie ging hinein, öffnete die Tür. Licht fiel auf ein leeres Bett. Als Möbel gab es sonst nur einen Tisch und einen Hocker, aber es herrschte heillose Unordnung: Eine Amphore stand in einer Ecke, Kleider und Lumpen, kaum voneinander zu unterscheiden, lagen herum, ein verdreckter Teller stand auf dem Tisch, Hähnchenknochen waren auf dem Boden verstreut, mittendrin ein umgedrehter Tontopf. Dann fiel ihr Blick auf etwas, das sie kannte.

Der Geldbeutel des Mordopfers.

Zwei Wochen lang hatte sie ihn immer wieder bei Titus Nantius gesehen. Das markante safrangelbe Leder und der Hornknopf, der die Lasche verschloss, waren ihr sehr markant ins Auge gefallen. Die zwei Schlaufen, mit denen er am Gürtel gehangen hatte, waren durchgeschnitten.

Xenobia blickte wie ein Dieb hinaus auf den Hof, bevor sie den Beutel aufhob. Er war leer. Sie steckte ihn unter die Tunika und lief durch die Tür, über den Hof und durch den Korridor. Im Schankraum, wo der gut gekleidete Mann gerade einige Hocker zurechtrückte, rang sie nach Fassung, ehe sie so unbekümmert wie möglich sagte: »Er ist nicht da. Ich komme später wieder.« Ohne eine Antwort abzuwarten, huschte sie hinaus.

Erst auf der Straße kam die Aufregung hoch. Dieser Masclinus war der Mörder! Was, wenn er um die Ecke kam, die Ausbeulung an ihrer Tunika sah, erkennen würde, was es war? Er würde sie in den nächsten finsteren Winkel zerren und ihr die Kehle durchschneiden. Xenobia rannte. Sie rannte die Straße hoch, am Tempelbezirk entlang. Wo sollte sie vor dem Mörder Schutz suchen, bei den Göttern? Bei den Göttern. Im Tempel mit dem Jupiter-Dolichenus-Weihestein, den sie mit ihrem Vater unzählige Male besucht hatte.

Sie lief durch die Toröffnung in der Umfriedungsmauer, durchquerte den von einem Säulenumgang eingerahmten Hof mit dem heiligen Brunnen, eilte die Treppe hoch.

Sie betrat das Innerste des Heiligtums, verbeugte sich vor der Statue des soldatischen Jupiter Dolichenus, auf einem Stier stehend mit Doppelaxt, Schwert, Blitzbündel und in Feldherren-Montur. Schon oft war sie hier mit ihrem Vater gewesen, der als Soldat diese militärische Form der obersten Gottheit besonders verehrte. Der Stifter des Steines, Lucius Saturninus, in der Inschrift auf der Vorderseite verewigt, war ein Offizier und guter Freund ihres Vaters.

Xenobia selbst fühlte sich vor allem den Göttinnen verbunden, die auf dem Sockel dargestellt waren: Auf der großen Rückseite Iuno Regina, die Gattin Jupiters, die sich in einem Spiegel betrachtete und auf einer Hirschkuh stand, neben einem Topf, aus dem Weinranken empor wuchsen. Die Schmalseiten des Sockels gebührten der geflügelten Fortuna und Venus, die sich ebenfalls in einem Spiegel betrachtete, den ein kleiner Amor hielt. Xenobia fand sich wieder in den Göttinen, die Gefallen an ihrer eigenen Schönheit fanden – kokettierte sie doch selbst gerne mit ihren Reizen. Wie erst neulich in jener Nacht, als sie sich vor Tuccius zur Schau stellte – und schon war der Schrecken des Verbrechens wieder da, bis in diese heilige Halle war er eingedrungen. Tuccius war damals ja vielleicht gerade vom Überfall auf Titus zurückgekehrt, womöglich als Komplize von Masclinus, vor dem sie sich hierher geflüchtet hatte.

Es nützte alles nichts, auch der Gott und die Göttinnen konnten ihr nur kurz Zuflucht bieten. Sie eilte hinaus, am Brunnen vorbei durch das Tempeltor und dann rannte sie wieder, bis zum Forumsplatz. Sie starrte die wenigen Menschen an, die ihr in der Mittagshitze begegneten. Sinnlos, sie hatte Masclinus ja noch nie gesehen, wie sollte sie ihn da erkennen? Weiterrennen, hinaus zum Vicus, zur Straße, die zum Hof führte.

Als sie nicht mehr konnte, sich am Straßenrand erschöpft ins Gras sinken ließ, nach Luft rang und sich umsah, merkte sie, dass es hier noch schlimmer war als in den Straßen und Gassen: Die Menschen und Häuser hatten wie ein Schutz gewirkt und ihr das Gefühl gegeben, im äußersten Notfall um Hilfe schreien zu können.

Hier draußen kam ihr nichts und niemand zu Hilfe, wenn der Mörder hinter einem Strauch oder einem Hügel hervor stürzte. Und, bei den Göttern, das war ja die Straße, an der es passiert war, wo er auf der Lauer gelegen hatte!

Sie bekam Angst wie noch nie in ihrem Leben und lief, lief, lief. Bestimmt hatte niemand zuvor ohne Reittier die Strecke von Septemiacum zum Hof so schnell bewältigt. Sie lief am Hof vorbei aufs Feld hinaus, zum Vater. Der kam ein Stück auf sie zu, so dramatisch wirkte ihr Anblick, wie sie schweißnass, mit blutrotem Gesicht, stolpernd, mit beiden Armen Rettung suchend, angetaumelt kam. Der Geldbeutel, den sie ihrem Vater wortlos hin hielt, war schweißdurchtränkt. Publius riss ihn an sich, begriff mit vor

Schreck geweiteten Augen, was es war. »Wo hast du das her?«, schrie er.

Xenobia leerte in einem Zug einen Wasserkrug. »Masclinus«, keuchte sie und erzählte knapp, was sie erlebt hatte. Sie schlief auf einem Büschel Stroh ein, noch bevor Publius Annaeus das Feld verlassen hatte. Er ging bedächtig, den Beutel in der Hand, den Kopf nachdenklich gesenkt.

Am Hof war sein Entschluss gereift: Er entfernte im Haupthaus den Riegel der Tür, hinter der Lucius eingesperrt war, öffnete und rief hinein: »Komm raus, bleibe aber auf dem Hof.« Da kam auch schon Decimus aus dem Raum nebenan und sah Publius fragend an. Der hielt ihm den Geldbeutel vors Gesicht. »Gehört dem Mordopfer«, sagte er. »Masclinus hatte ihn.«

»Beim Hades, wo ist der Kerl?«, wollte Decimus wissen.

»Über alle Berge. Ist Antonius noch nicht zurück?«

Decimus schüttelte den Kopf. »Er ist zum Limes geritten und hört sich dort um. Vor morgen ist er nicht zurück.«

Sie überlegten, wohin es Masclinus nach der Tat getrieben haben konnte, wo er vielleicht Freunde hatte. Decimus kam zu dem Schluss: »Diese Überlegungen führen zu nichts – Masclinus würde nie zu Leuten gehen, auf die wir kämen.«

Publius stimmte ihm nickend zu. »Wenn er wirklich viel Geld erbeutet hat, geht er irgendwo hin, wo er noch nie war. Er ist ein Mörder, er will nirgends erkannt werden.«

»Wenn schon, würde ich nach Süden gehen«, versetzte sich Decimus in die Lage von Masclinus. »Die Via Claudia hinunter.«

»Er hat vier Tage Vorsprung«, bemerkte Publius. »Wahrscheinlich reitet er das Pferd von Titus – ein Prachttier, mit dem kommt er besser voran als jeder Andere.«

In diesem Augenblick führte Aulus den Esel mit dem Karren herein, auf den sie Xenobia zum Schlafen gebettet hatten. Decimus hielt ihn an, setzte sich auf die Ladefläche, nahm sanft Xenobias Schulter und weckte sie. Er wollte wissen, ob ihr außer der Tasche noch etwas aufgefallen sei – Münzen, eine Waffe, blutverschmierte Kleider oder irgendein Hinweis auf die Flucht von Masclinus.

»Ich war vorher bei Lais und auch die ist seit Tagen schon verschwunden«, fiel Xenobia ein.

»Dann haben sie gemeinsame Sache gemacht«, schlussfolgerte Decimus. »Wenn sie zusammen geflohen sind, kommen sie nicht so schnell vorwärts.«

Xenobia war wesentlich entspannter als bei ihrer Ankunft, fühlte sich geborgen. Fast war es ein intimer Moment, wie sie so auf ihre Ellenbogen gestützt lag und Decimus ansah. In seinem Gesicht stieß sie wieder auf dieses unverbindliche Lächeln. Es tat gut in einer Umgebung, die fast nur aus bedrückten oder verängstigten Gesichtern bestand. Aber wieder empfand Xenobia diese immer gleiche Miene als Maske. War Decimus, der devote Assistent und Schreiberling, in Wirklichkeit der Raffinierteste von allen? Hatte auch er Gefallen an ihr gefunden? Vielleicht wartete er nur auf den richtigen Zeitpunkt, während sich seine Konkurrenten gegenseitig das Wasser abgruben – der eine durch seine Geldgier, der andere durch seine Brutalität. Auf jeden Fall hatte er einen zwanglosen Augenblick geschaffen, der für sie wie Balsam war.

Doch schon musste er wieder seinen Pflichten folgen. Lucius wies er an: »Sattle mein Pferd, schnell.« Er sprang vom Karren und rief Publius zu: »Wie weit sie auch gekommen sein mögen, ich jage jemanden hinterher. Ich mache einen Gewaltritt nach Aelia Augusta und schicke Soldaten von dort weiter die Via Claudia hinunter. Dazu brauche ich eine Beschreibung von Masclinus und Lais.« Der Hofherr gab wieder, woran er sich erinnerte. Wesentlich genauer konnte der altgediente Kavalleriesoldat das Pferd nebst Zaumzeug von Titus Nantius beschreiben.

Wenige Augenblicke später galoppierte Decimus davon.

Das Blut spritzte Amda mitten ins Gesicht. Doch nach dem ersten heftigen Strahl hielt sie den bauchigen Tonkrug genau richtig, um es aufzufangen. Ebo wischte das Langschwert ab und machte sich daran, das Schwein aufzuschlitzen, es mit Hilfe seines Schwagers Wulf auszunehmen, an den Ast zu hängen und dann in zwei Hälften zu teilen.

Nach Manier der Jäger schnitt sich Wulf ein Stück der dampfenden Leber heraus und aß sie roh. Die Eingeweide waren am verderblichsten, aus ihnen würde das Schlachtmahl bestehen. Ansonsten galt es, möglichst viel Fleisch möglichst lange haltbar zu machen. Das Gestell war schon errichtet, um so viele Würste, wie die Darmhäute hergaben, zu füllen und zu räuchern. Der alte Balgo kam mit einem Fässchen, dessen Boden handbreit mit kostbarem Salz aus den Sippenvorräten bedeckt war. Damit würden er und Amda später Pökelfleisch machen. Balgo genoss, ebenso wie Wulf und die Kinder, die Schlachtfest-Stimmung.

Ganz anders Amda: »Mir kommt das hier vor, als brächten wir ein Opfer dar. Wem opfern wir eigentlich unser Schwein?«

»Na, Wotan natürlich, dass er uns Beute beschert, die das Schwein hundert Mal aufwiegt«, sagte Wulf munter.

Amdas Mann blieb ernst: »Wir opfern es Frigg, auf dass sie uns Hoffnung gebe. Unsere letzte Hoffnung, aus dem ewigen Elend herauszukommen, Saatgut und Milchkühe aufessen zu müssen, um Jahr für Jahr weniger statt mehr zu haben.«

»Wir opfern es gar niemandem«, sagte der alte Balgo. »Sonst bekämen wir selbst ja nichts. Das Schwein ist für unsere Krieger hier. Die geben uns Hoffnung und Beute. Darum sollen auch sie das Schwein haben, nicht die Götter.«

Niemand widersprach dieser Ehrlosigkeit den Göttern gegenüber. Die hatten sich als machtlos erwiesen gegenüber der Furcht, die jeder in sich trug. Erst mit dem Entschluss zum Befreiungsschlag war Hoffnung aufgekeimt.

Aber in Amda wuchs die Furcht weiter. Sie gipfelte jetzt in der Vorstellung, alles münde in eine Katastrophe – Wulf oder Ebo oder gar beide kämen nicht zurück, Amda müsste als Witwe mit ihren halbwaisen Kindern vor den rachsüchtig tobenden Römern fliehen. Wie Tiere würden sie ohne Vorräte Wälder und Sümpfe durchstreifen, immer hungrig, bis endlich der Winter käme und sie alle zusammen in einer Frostnacht erlösen würde.

Die anderen Frauen mahlten gerade die ohnehin schon spärlichen Saatgutvorräte zu Mehl. Die Krieger mussten reichlich Vorräte mit sich führen, hatte Vadomar befohlen – der große Häuptling Agishar würde zwar Festmähler ausrichten, Bier und sogar Römerwein fließen lassen, aber ein großes Heer konnte auch er nicht wochenlang ernähren, bis es endlich losschlagen und Beute machen konnte.

Als sich zwei Tage später die gut vierzig Männer der Sippe auf dem großen Platz sammelten, bemühten sich die Frauen, Kinder, Greise und Wächter, die zurückblieben, sie für den Kampf zu begeistern. Manche ließen sich davon anstecken, anderen war übel vor Angst. Sie ritten schließlich davon, geführt von Gibuld mit seinem stolzen Helm, an der Seite die Schildträger aus seiner Familie und Vadomar, der als Fremder gekommen war und sie nun in die völlige Ungewissheit führte. Hinten folgten die Männer, die jeweils zu zweit auf einem Pferd sitzen mussten – es war mehr als die Hälfte des gesamten Haufens, auch Ebo und Wulf gehörten dazu. Die Familie besaß nur ein Pferd; das andere, auf dem Wulf zur Jagd geritten war, hatten sie sich leihen müssen. Der jeweils zweite Mann sollte sich später beim Angriff ins Fußvolk einreihen und hoffen, dass die Reiter für ihn ein Pferd erbeuteten. Die hintersten dieser wenig heldenvoll erscheinenden Gestalten führten noch eine Kuh als lebenden Proviant mit.

Xenobia schlief direkt auf dem Karren wieder ein und kletterte erst zum Abendessen herunter. Dort schlang sie Brot und Schinken hinunter wie ein Löwe.

Ihr Vater sagte zum Verwalter: »Was würdest du anstelle des Mörders machen, Artissius? Vielleicht doch lieber über Campodunum nach Südgallien? Massilia?* Kann man da leichter untertauchen?«

»Auf jeden Fall zuerst nach Aelia«, sagte Artissius. »Jeder andere Weg von hier fort wäre zu langsam. Da hat dieser Decimus schon richtig reagiert. Ich denke, die Offiziere, mit denen er dort spricht, beschließen ohnehin, Suchtrupps in alle Richtungen loszujagen.«

Xenobia beobachtete ihre Stiefmutter Acca. Sie hatte noch kein Wort gesprochen, war leichenblass, aß fast nichts und starrte ins Leere. Was war los mit ihr? Hatte sie Angst, weil das Mordkomplott aufflog? Masclinus und Lais waren entlarvt und geflohen. Wenn man sie fasste, kämen sie nicht umhin, auch Acca zu verraten.

---

* Marseille

Falls dein Verdacht stimmt, sagte sich Xenobia. Aber ihre Verschwörungstheorie verfestigte sich zusehends. Xenobia ging noch einmal detailliert durch, wie es wohl gewesen war:

Titus lacht seinen alten, heruntergekommenen Kameraden aus und verweigert ihm eine Teilhabe am Geschäft. Die beiden Frauen hetzen Masclinus auf – schließlich hatte Titus, das Schwein, ihn ja schon einmal reingeritten und war ihm quasi etwas schuldig. Masclinus alleine ist zu willensschwach, um etwas zu unternehmen.

Also schmieden sie ein Komplott: Sie erledigen Titus gemeinsam und holen sich sein Geld. Lais weiß genau, in welcher Nacht er bei ihr ist und spät nachts auf der einsamen Straße heim reitet. Masclinus, trotz allem immer noch kampferfahren, soll ihm dann auflauern und ihn töten. Er nimmt ihm die Geldtasche und den Schlüssel-Fingerring ab und – verdammt, wie gut fügte sich hier der Auftritt von Accas Sohn Tuccius ein! Tuccius geht in der Mordnacht hinaus, vielleicht half er Masclinus ja, indem er das Mordopfer im entscheidenden Moment ablenkte. Auf jeden Fall nimmt er den Schlüssel in Empfang und kommt wieder ins Haupthaus, um die Schatulle zu erleichtern. Da sah ihn Xenobia dann, erst im Baum, dann im Hof.

Bei den Göttern – Tuccius hatte sie ja auch gesehen! Würde er seiner Mutter Acca gestehen, dass es eine Zeugin gab? Wenn ja, würde Acca ... War es das, woran Acca gerade dachte, was sie so aus der Fassung brachte? Ob sie ihre eigene Stieftochter ...

Xenobia zwang sich, ihre Gedanken weiter zu spinnen: Tuccius brächte seiner Mutter den Schlüssel, die öffnet unbemerkt die Schatulle, in der Nantius sein Vermögen deponierte und holt die Hälfte oder zwei Drittel heraus. Ob Acca etwas davon Tuccius gab, damit er es als Anteil dem Mörder weiter reichte? Egal. Jedenfalls suchen Masclinus und Lais das Weite. Er musste Lais erst noch von dort holen, wo sie unmittelbar zuvor noch mit dem Mordopfer zusammen gelegen war. Wahrscheinlich in der Kammer von Masclinus, natürlich, nach einer feucht-fröhlichen Nacht in der Taverne. Dort holt Masclinus sie ab, verliert die Geldtasche beim eiligen Packen und sie reiten davon.

Alles passte. Xenobia konnte sich keine annähernd so perfekte Geschichte vorstellen. Sie wagte es kaum, ihren Blick auf Acca und Tuccius zu lenken. Acca wirkte immer noch sehr mitgenommen, Tuccius aß ungerührt seine Mahlzeit. Xenobia war der Appetit vergangen. Sie stand auf und verließ den Innenhof. Ihr Geliebter folgte ihr kurz darauf. Sollte sie ihn einweihen? Nein, erst würde sie noch nach Beweisen suchen, nach dem Ringschlüssel oder einem Teil der Beute. Sie verkroch sich mit Lucius im Heu bei den Pferden.

Das junge Paar schlief wild und ungestüm miteinander. Xenobia pfiff auf die Verhütungsmittel, wusch sich nur an der Tränke gründlich aus. »Die armen Tiere, die das morgen saufen müssen!«, scherzte Lucius. Er, befreit von Verdacht, Gefangenschaft und Samendruck, schlummerte selig ein. Doch Xenobia, voller Sorge, dass ihre Stiefmutter und ihr Stiefbruder einem Mordkomplott angehörten und sie vielleicht als Zeugin beseitigen wollten, lag wach. Sie kam zu einem letztendlich beruhigenden Schluss: Sobald Antonius Aquila wieder da wäre und sie zur neuen Sachlage vernähme, würde sie ihn unumwunden auf die Freundschaft zwischen Acca und Lais, der Hure stoßen. Und warum sollte sie jetzt noch länger hinterm Berg halten, dass sie Tuccius in der Mordnacht gesehen hatte? Ja, Antonius würde es wieder richten. Mit diesem Gedanken schlief sie doch noch ein, eng an Lucius geschmiegt.

VI

DIE ALEMANNEN KOMMEN INS SPIEL

Xenobia fand die alte Septimia bei der Tiermühle. Sie führte den Esel im Kreis herum, eine lange Stange war auf seinem Rücken festgeschnallt und steckte in einem runden Mühlstein, der auf einer steinernen Wanne dem Lauf des Esels folgte und das darauf ausgestreute Getreide zu Mehl zerrieb. Xenobia nahm Septimia die Arbeit ab, das fertige Mehl zur Mitte in ein Loch zu kehren, wo es in den darunter stehenden Eimer rieselte. Aus einem weiteren Eimer schaufelte sie frische Körner in die Bahn des Mühlsteins.

Sie tat das nicht aus reiner Hilfsbereitschaft, sondern wollte etwas von Septimia wissen. Die freute sich über die Gesellschaft und plapperte gleich drauf los, wie Lucius ihr heute Früh die Hände geküsst hatte aus

Dankbarkeit über ihren erfolgreichen Zauber. »Gestern hatte ich gerade das Fluchtäfelchen angefertigt, da kam er auch schon frei.« Septimia kicherte: »Ich hoffe, der Fluch gegen Antonius hat sich nicht auch so schnell erfüllt – dann geht es ihm nämlich sehr schlecht.« Die alte Frau lachte noch mehr, als sie an den nächsten Zauber-Auftrag von Lucius dachte – den magischen Liebespfeil zu besorgen und unter das Bett der jungen Frau zu legen, die gerade neben ihr Körner unter den Mühlstein streute.

Dann kam Xenobia scheinbar ganz belanglos auf das Thema, das sie wirklich interessierte: »Sag einmal, ich habe gehört, dass meine Stiefmutter Acca und die Hure Lais alte Bekannte sind. Was weißt du denn davon?« Xenobia wollte einfach die Hintergründe erkunden, bevor sich immer weiter das Bild von der Mörderbande im eigenen Haus verfestigte.

Mit einem Schlag wurde Septimia sehr ernst. Schweigend trottete sie neben dem Esel her. Xenobia glaubte fast schon, die alte Frau hätte sie nicht gehört. Doch dann fing sie an: »Es sind beide Freigelassene.«

»Was, Lais auch?« Freigelassenen Sklaven, vor allem Sklavinnen, haftete etwas Ruchvolles an, wobei immer eine gewisse Bewunderung mitschwang. Grund für die Freilassung waren meist große Verdienste, beispielsweise als Händler oder Handwerker seinem Herrn zu so viel Geld zu verhelfen, dass es die Kaufsumme für den Sklaven um ein Vielfaches übertraf. Oder wenn eine Sklavin ihren Herrn als Gefährtin glücklich gemacht hatte, so dass er sie in seinem Erbe nicht nur mit Geld, sondern auch mit der Freiheit bedachte.

Aber gerade in solchen Fällen schwangen oft Gerüchte und Verdächtigungen mit: Wie hat sie ihn glücklich gemacht? Mit zügelloser Lust, wie es sich in einer normalen römischen Ehe nicht gehörte, so viel war klar. Wie weit gingen wohl die Praktiken dieser Frauen, die auf dem Sklavenmarkt oftmals nach ihren Reizen ausgewählt worden waren? Hatten sie den Herrn hörig gemacht und waren sie in Wirklichkeit die Herrinnen? Hatten sie mit dem Testament und vielleicht sogar beim Ableben nachgeholfen?

Was Lais betraf, konnte Septimia genau mit einer derartigen Geschichte aufwarten: Ihr Mann hatte die Keramik-Werkstatt aufgebaut, in der dünnwandige Gefäße und feines raetisches Geschirr unter der Anleitung eines zugewanderten Meisters hergestellt wurden. Der Mann von Lais war darüber hinaus noch Vorsitzender im örtlichen Verein der Ton- und Ziegelhersteller. Da sie nach seinem Tod zur Hure geworden war, war sie vorher wohl auch nicht gerade zimperlich mit ausgefallenen Liebespraktiken und gefälligen Spielchen, konnte man vermuten. Jedenfalls habe sie ihren Herrn becirct, ihr die Freiheit zu schenken und sie zur Frau zu nehmen. Man munkelte, dass sie ihm wohl auch im Drogenrausch so manches Zugeständnis entlockt hatte; jedenfalls fanden sich Frauen, die Lais Stechäpfel, blauen Lotos oder Cannabis verkauft haben wollten. Da durfte man sich dann schon fragen, ob sie nicht auch mit gefährlicheren Substanzen wie geflecktem Schierling vertraut war und ihren Herrn vergiftet hatte. Schließlich war er in nicht allzu hohem Alter und für viele überraschend gestorben.

Xenobia zweifelte an, dass eine Frau, der es doch gut ging, ihren Versorger umbringen sollte – zumal sie danach ja offensichtlich ins Elend der Hurerei verfallen war und demzufolge nicht viel geerbt haben konnte.

»Man muss nicht immer alles mit Logik erklären«, winkte Septimia ab. »Vielleicht hatte sie mehr Geld erwartet, vielleicht dachte sie, mit der Freiheit kommt von selbst ein besseres Leben.«

Viele Vermutungen, dachte Xenobia, nicht ohne eine weitere hinzuzufügen: Das Bild, das Septimia von der Hure zeichnete, passte gut in das Szenarium vom Mordkomplott – Lais kannte das Leben in Wohlstand und würde bestimmt vieles tun, um es wieder zu erlangen. Vielleicht war sie ja die treibende Kraft hinter der Intrige. Denn Acca kam in den Erinnerungen der alten Septimia noch einigermaßen glimpflich davon: Gut, sie war auch eine Freigelassene und niemand außer ihr wusste genau, womit sie sich die Freiheit verdient hatte. Erzählungen, Bemerkungen und Eindrücke, die Xenobia von ihrer Stiefmutter gesammelt hatte, ergaben eher, dass Acca in ihrem Ehrgeiz beigetragen hatte, Vermögen und Ansehen ihres Herrn und späteren Gatten zu mehren. Bei Xenobias Vater versuchte sie das ja auch, nur eben mit mäßigem Erfolg. Ihr erster Mann war wohlhabender Öl- und Weinhändler und zudem noch Curator im Konvent römischer Bürger von Septemiacum, also Vorsitzender der besseren Männer mit römischer Staatsbürgerschaft. Das wusste Xenobia schon, Acca hatte es oft genug »nebenbei« erwähnt. Was ihr neu war und sie erst jetzt von Septimia erfuhr, war, dass ihr Mann mit dem von Lais geschäftliche Verbindungen gepflegt hatte – er belieferte den Ölhändler mit kleinen Amphoren, in die Öl und Wein aus den riesigen Transportgefäßen umgefüllt wurden. Acca schien der Freundin wohl etwas unter die Arme gegriffen zu haben, als sie ohne Mann dastand und von dessen erwachsenen Kindern aus erster Ehe vor die Tür gesetzt wurde.

Wann Accas erster Mann gestorben war, wusste Septimia nicht mehr so genau, doch es schien erwiesen, dass er einer Krankheit zum Opfer gefallen war. Er hatte Acca genügend Geld hinterlassen, um mit ihrem Sohn einige Jahre bescheiden leben zu können, doch für eine dauerhafte Existenz hatte es nicht gereicht. So hatte sie sich nach einem neuen Mann umgesehen und eben Publius Annaeus gefunden, als dessen Frau bei Xenobias Geburt gestorben war. Xenobia wusste, dass Septimia die Vermutung wegließ, dass Xenobias Vater und seine Kameraden Masclinus und Titus als Legionäre Kunden bei Lais waren und Acca, nun ja, auch irgendwie mit ihnen bekannt gewesen war.

»Ich glaube, die Zeit der Ungewissheit, als Acca mit ihrem Kind und wenig Geld einem ungewissen Schicksal entgegen sah, hat sie sehr geprägt«, schloss die alte Septimia. »Die Furcht, arm zu werden, steckt ihr einfach in den Knochen. Deshalb kann sie nie genug Luxus um sich haben, der ihr diese Angst nimmt.«

Nie genug. Ja, das konnte Xenobia nur bestätigen, diese ewige Unzufriedenheit Accas. Ob das als Antrieb zu einem Mordkomplott reichte? Warum nicht?

Mit dem Mord selbst hätte sie ja nichts zu tun gehabt. Dafür sahnte sie eigentlich ganz gut ab.

Xenobia erschauderte. Was für barbarische Unterstellungen.

Sie hatte gerade den Mehleimer gefüllt, da hörte sie ihren Vater über den ganzen Hof fluchen: »Verdammt soll er sein, diese Riesenratte! Wenn ich es ihm nicht noch extra eingeschärft hätte!« Er kam aus dem Pferdestall.

»Was ist denn los?«, fragte Xenobia.

»Lucius ist abgehauen. Ich habe ihn beschworen, es zu lassen. Heimtückisch – erst geht er noch schön mit aufs Feld, irgendwann merke ich, dass er weg ist. Mitsamt meinem Reitpferd – da, sieh.« Sie sah, dass es nichts zu sehen gab. »Er hat wieder nur seine Geschäfte im Kopf«, donnerte der Vater weiter. »Da lässt er als Fuhrmann sogar die Ernte liegen. Jetzt hat er sein wahres Gesicht gezeigt: Für sein verfluchtes Geld verrät er alles, lässt jeden im Stich.«

»Er war zwei Tage lang eingesperrt und konnte sich um nichts kümmern«, versuchte Xenobia, ihren Vater zu besänftigen.

»Der wird noch viel länger eingesperrt sein. Ich sperre ihn selbst ein. Ach was, ich kette ihn an den Karren, damit er nur noch tun kann, was er tun muss.«

Am Nachmittag kündigte eiliges Hufgetrappel wieder einmal Außergewöhnliches an. Es war Antonius Aquila, der geradewegs am Hof vorbei aufs Feld hinaus stürmte. Dort hin hatte sich Xenobia mittlerweile zur Arbeit begeben, so konnte sie die Neuigkeiten mithören: »Lucius hat den Bernstein gar nicht von Titus«, erzählte Antonius ihrem Vater, kaum dass er vom Pferd gesprungen war. »Titus hatte keinen Bernstein. Definitiv nicht.«

»Woher weißt du das?«, fragte Publius. Er sprach leiser als der sehr erregte Antonius, doch Xenobia war auch schon näher gekommen beim Zusammenrechen des Strohs.

»Von Manius Dignus, dem zuständigen Wachoffizier am Limestor beim kahlen Berg. Er hatte auf einem Bernstein als Bestechung für sein Dulden des Großhandels bestanden. Die Steine sind selten geworden und extrem begehrt.«

»Aber Titus hatte keinen?«

»Dignus schwört es.« Antonius hob unwillkürlich kurz die Schwurhand. »Er drohte, den Handel platzen zu lassen ohne Stein. Da hat Titus wirklich aufgegeben und sich abgewandt. Hätte er einen Bernstein gehabt, er hätte ihn hergegeben. Erst als der Decurio sicher war, dass keiner da war, lenkte er ein und gab sich mit Geld zufrieden.«

»Und wenn Titus den Stein schon vorher seinem Geschäftspartner gegeben hat?«

»Dann hätte er ihm das kostbare Ding wieder weg genommen. Der Stein hätte ja nichts genützt zum Bezahlen von Getreide, das man nicht mehr los brachte. Außerdem bin ich sicher, Titus hätte niemals einem Fuhrmann etwas überlassen, um das man sich dermaßen reißt.«

»Bleibt also die Frage, woher Lucius den Stein hatte«, sagte Publius Annaeus.

»Da gibt es nur eine Möglichkeit – von einem Alemannen.«

»Nun ja, es ist einerlei. Er hat den Stein jedenfalls nicht vom Mordopfer. Der endgültige Beweis, dass er unschuldig ist.«

»Wie, endgültig?«

»Ach, du kannst es ja gar nicht wissen. Masclinus ist der Mörder. Wir haben die Geldtasche von Titus in seiner Kammer gefunden.«

»Und Masclinus selbst?«

»Auf und davon. Dein Decimus setzt ihm bereits auf der Via Claudia nach.«

Antonius schüttelte den Kopf, unwillig, unzufrieden, fast zornig. Nichts war es mit der schnellen, glatten Lösung. Die Dinge begannen, ihm zu entgleiten. »Ich muss mich mit Lucius unterhalten«, sagte er. »Ich muss wissen, was er mit den Alemannen zu schaffen hatte.«

»Das weißt du doch, er verkauft ihnen Getreide«, sagte der Hofherr. »Im Übrigen ist er nicht mehr eingesperrt.«

»Was?«

»Ich habe ihn frei gelassen, nachdem seine Unschuld fest stand.«

»Bist du verrückt geworden?« Antonius verlor die Beherrschung. »Einen Gefangenen des Gerichtsoffizials freizulassen! Wieso hat Decimus das nicht verhindert?«

»Der respektiert eben die Entscheidungen des Herrn auf diesem Hof«, entgegnete Publius.

»Und wo ist Lucius jetzt?«

»Ähm, er ist heute früh weg geritten und kümmert sich um seine Geschäfte.«

»Das hast du ihm erlaubt?«

»Nein.«

»Wer hat die Geldtasche bei Masclinus eigentlich gefunden?«, wollte Antonius wissen.

»Xenobia«, sagte ihr Vater.

Wütend ballte Antonius beide Hände zu Fäusten. »Pah! Seine Geliebte.«

So, das reichte. Xenobia marschierte auf ihn zu, trug dabei den Rechen wie eine tödliche Waffe. »Wage es nicht, zu behaupten, Lucius hätte mir die Tasche gegeben, um sie Masclinus unterzuschieben!« schrie sie. Niemand mehr arbeitete auf dem Feld, alle Augen waren auf sie gerichtet. Antonius schien erstaunt, wie nahe sie war. »Und wieso scheißt du wegen der Geldtasche überhaupt noch herum? Du bist doch selbst mit einem Beweis angekommen, dass Lucius unschuldig ist, oder?«

»Das kommt darauf an.«

»Worauf kommt es an?«, rief sich Xenobias Vater wieder in Erinnerung.

»Lucius hat Not gegen Elend getauscht«, antwortete Antonius. »Er hat etwas sehr Wertvolles von einem Alemannen angenommen. Das könnte auf Verrat hinauslaufen.«

»Verrat? Wie kommst du denn auf so einen Scheiß!« Das war jetzt wieder Xenobia. »Du willst ihn mit aller Gewalt aus dem Weg schaffen, was?«

Antonius wurde ernst. »Es ist unheimlich am Limes«, sagte er, zu Publius Annaeus gewandt. »Ich habe es selbst erlebt. Die Ruhe vor dem Sturm.« Publius zog fragend die Augenbrauen hoch. »Ein guter Teil der Alemannen hat sich vom Markt bei dem Tor zurückgezogen. Etwas geht vor.«

»Es ist Erntezeit«, sagte Artissius, der Verwalter. »Sie haben wohl nicht viel, aber einbringen müssen sie es auch.«

»Das ist es nicht.« Antonius schüttelte den Kopf. »Manius Dignus hat es mir geschildert – es gab Veränderungen. Bis vor Kurzem waren es eher einfache Leute unter den Alemannen, die ein bisschen Handel trieben – kleine Bauern. Aber dann tauchten die auf, die Helme, Waffen und Schmuck trugen. Sippenhäuptlinge oder deren Leute. Und die kauften größere Mengen an Getreide.«

»Für die Alemannen zeichnet sich eine schlechte Ernte ab«, sagte Artissius. »Da liegt es in der Verantwortung der Häuptlinge, für ihr Volk vorzusorgen. Titus hat das erkannt, geschäftstüchtig, wie er ist – war. Da war es sogar für unseren Fuhrknecht nicht schwer, ins Geschäft einzusteigen und von den Alemannen einen Bernstein als Anzahlung abzukassieren.«

»Das mag schon sein«, sagte Antonius. »Aber da ist noch etwas anderes, das man nicht einfach mit Kaufmannslogik erklären kann. Manius Dignus meinte, die Feindseligkeit war in den letzten Tagen mit Händen zu greifen.«

»Haben unsere Leute keine Patrouillen rübergeschickt?« Aus Publius Annaeus sprach der alte Soldat – er war zwanzig Jahre zuvor in den Truppen Kaiser Caracallas auf einem vernichtenden Vergeltungs-Feldzug gegen die Alemannen dabei, nach deren ersten größeren Einfällen in Raetien.

Antonius gehörte einer anderen Generation am Limes an. Anstatt dass Kaiser Severin Alexander extra ein Heer zum Schutz an die Nordgrenze schickte, zog er die Hälfte der stationierten Truppen ab, um die Anstürme der Parther in Persien abzuwehren. Seit zwei Jahren bot nur noch die Hoffnung Schutz, dass die Alemannen nicht mitbekamen, wie schwach die Römer waren. Der Soldat trat näher an den Veteranen heran. Was er zu sagen hatte, durfte keiner der Hofbewohner hören. »Sie trauen sich nicht mehr hinüber.«

Publius sah ihn an, als hätte er den Untergang des Römischen Reichs verkündet.

»Die Offiziere können es nicht verantworten, Erkundungs-Trupps dem Risiko einer so schwer einschätzbaren Lage auszusetzen.« Die Worte von Antonius klangen wie der beschönigende Bericht eines Befehlshabers auf verlorenem Posten.

»Nun ja, wir machen uns immer wieder Sorgen über die Lage jenseits des Limes«, fing sich Publius Annaeus. »Aber was hat das nun mit dem Mordfall zu tun? Außer, dass der Stein die Unschuld von Lucius beweist.«

»Nicht unbedingt«, erwiderte Antonius. »Lucius hat den Stein von einem Alemannen, punktum. Wahrscheinlich von einem, mit dem sie Geschäfte machten. Für mich sieht es so aus, dass Lucius die Geschäfte auf eigene Faust machen wollte. Aber Titus kam ihm drauf. Davon können wir ausgehen, denn er wäre ein kompletter Idiot, ließe er sich von einem jungen, unerfahrenen Fuhrknecht das Geschäft wegnehmen.«

»Ach ja, deswegen hat Lucius seinen Geschäftspartner umgebracht!« Sie hatten Xenobia ganz vergessen. »Weil der was dagegen hatte, dass Lucius ein paar Säcke Getreide auf eigene Rechnung verkauft. Klar. Logisch. Zwingend. Bestellt schon mal die Löwen.«

»Wo sie recht hat, hat sie recht«, mahnte ihr Vater. »Deine Anklage-Konstruktion ist zu wackelig geworden. Jetzt spricht einfach alles gegen Masclinus: In seiner Kammer war die Geldtasche. Er ist geflohen. Und was ist mit der Mordwaffe?«

»Ein alter Legionärsdolch. Ja, so einen hatte er bestimmt«, musste Antonius zugeben.

»Und ein Rachemotiv hatte er auch noch«, mischte sich Xenobia erneut ein. »Titus trieb Masclinus damals in den Ruin, als ihr noch eure Geschäfte gemacht habt.« Die letzten Worte waren an ihren Vater gerichtet.

»Nun gut«, schloss Antonius den Disput. »Ich muss Licht in die Sache bringen.« Er überlegte und wandte sich an den Hofherrn. »Ich mache mich frisch, esse etwas und reite hinüber nach Septemiacum. Schaue mich in der Taverne und in der Kammer von Masclinus um, verhöre Zeugen.« Damit ritt er los.

Ebo und Wulf bekamen wieder einmal nicht mit, was sich vorne abspielte, so sehr sie auch die Hälse reckten auf dem Pferd, das sie sich teilten.

»Was ist das in dem Dorf da – ein Überfall?«, fragte der Sippenälteste an der Spitze des Haufens gerade Bilja, seinen Sohn. Der ritt zur Erkundung seitlich zwischen den Bäumen weg.

»Es ist kein Kampf«, gab er Entwarnung, als er wiederkam. »Aber was da vor sich geht, kann ich auch nicht sagen. Ungefähr so viele Reiter, wie wir es sind, lagern um das Dorf. Auf dem Platz stehen einige Männer und reden miteinander.«

»Na, da reden wir doch ein Wort mit«, sagte Gibuld und ließ sein Pferd antraben. »Matizo, schicke alle Leute nach vorne«, rief er über die Schulter. »Sie sollen aber im Wald bleiben, bis einer von uns sie holt.«

Als die fremden Krieger die vier Reiter entdeckten, blieben sie gelassen, wenn auch einige ihre Waffen zurechtlegten. Ein Krieger stellte sich wie zum Empfang auf, hob die Hand zum Gruß und sagte knapp: »Wir sind die Sippe von Rikjamund.«

»Gibuld, Anführer meiner Sippe. Was geht da vor, ist das eure Siedlung?«

Der andere schüttelte den Kopf. »Ein fremdes Dorf. Rikjamund versucht sie gerade zu überzeugen, sich uns anzuschließen.«

»Sammelt ihr euch zum großen Sturm?«, fragte Gibuld. Die Miene des anderen wurde entspannter, fast freundlich. Er nickte. »Wir auch. Ich werde mit eurem Anführer sprechen.« Der Krieger wies mit einladender Geste zum Dorf, die Vier ritten los.

Rikjamund war sofort zu erkennen, so wie jeder stolze Sippenführer an der Spitze seiner Leute. Der, mit dem er verhandelte, schien weniger stolz zu sein, wenn ihn auch das bortengesäumte Gewand und ein großes Bronzeamulett als Dorfoberhaupt auswiesen. »Was soll das sein – ein Handel oder ein Raub?«, sagte er gerade. Er klang nicht wüst und kriegerisch, wie die anderen Führer. Seine Stimme war vielmehr ruhig und trotzdem stark, wie die eines sehr klugen, bedachten Mannes. »Ihr müsst schon anbieten, was ihr uns für die zehn Kühe geben wollt.«

»Ich sagte es schon: Die sind euer Beitrag für das Heer unseres Volkes. Wenn ihr nicht kämpfen wollt, müsst ihr uns wenigstens versorgen«, entgegnete Rikjamund.

»Wir drehen uns im Kreis. Wir wollen an keinem Heerzug teilnehmen. Nicht als Krieger und nicht als Versorger.« Der Dorfälteste wandte sich in Richtung der neuen Besucher. »Was sind das für Männer? Gehören die zu dir?«

Rikjamund sah ratlos, aber gelassen auf die zweifellos hochrangigen Reiter. Vadomar erwies sich einmal mehr als respektlos und ergriff das Wort: »Das hier ist Gibuld, Anführer einer stolzen Sippe. Er nimmt mit seinen Leuten am Heerzug teil, genau wie du.«

»Kann er nicht reden?«, bellte der Kriegerhäuptling.

Gibuld sah, dass er augenblicklich Eindruck machen musste. »Gehören wir zusammen?«, fragte er im selben herrischen Ton wie der andere Anführer. Das schien diesem zu gefallen, denn er kam mit ausgestrecktem Arm auf ihn zu. Gibuld stieg ab, ergriff den dargebotenen Unterarm und wurde seinerseits am Arm umklammert – halb Gruß, halb gegenseitige Kontrolle nach versteckten Dolchen in den Ärmeln.

»Mir scheint, nicht jeder will sich mit uns verbünden?« sagte er mit Blick auf den Dorfältesten.

»Wir sind alle freie Männer«, entgegnete dieser. »Geht ihr auf euren Feldzug, wir bleiben friedlich hier.«

»Euch scheint es ja recht gut zu gehen«, erwiderte Gibuld. »Habt ihr es nicht nötig, Beute zu machen? Kommt ihr gut über den Winter?«

»Wir haben saftige Weidegründe und gute Rinder«, antwortete der Mann. »Wir vergießen lieber deren Blut als das unserer Männer.«

»Dann schickt die Kühe mit auf den Feldzug und lasst eure Männer hier, wenn sie besser Rinder als Römer abschlachten können.« Die Krieger lachten rau.

»So weit war ich auch schon mit ihm«, sagte Rikjamund. »Aber er will die Tiere verkaufen.«

»Nein, das will ich nicht«, sagte der Älteste. »Wir haben genug, das heißt nicht, dass wir zu viele haben.«

»Du kannst dich nicht aus dem Sturm heraushalten.« Eine Woche zuvor musste Gibuld noch selbst überredet werden, seine Bauern zu Kriegern und deren Wintervorräte zu Proviant zu machen. Jetzt war auch er die Stimme des unausweichlichen Krieges, der keinem mehr eine Wahl ließ.

»Wir müssen es endlich wie die Römer machen und uns zu großen Verbänden vereinigen«, pflichtete ihm Rikjamund bei; nicht mehr so bedrohlich wie bisher, aber eindringlich. »Es gilt, auch nach dem großen Raubzug zusammenhalten. Wenn die Römer uns nachsetzen, werden sie keinen Unterschied machen zwischen dem Heer und Einzelnen, die sich heraushalten. Dann sind du und deine Leute nur in dem Stammesverband sicher, der sich jetzt gerade bildet.«

»Lasst mich meinen Rat einberufen«, sagte der Älteste, verneigte sich höflich und wies einigen seiner Leute an, ihm in das große Haus zu folgen.

Am nächsten Tag zog ein beachtlicher Kriegerhaufen von weit über hundert Mann weiter. Darunter fünfzehn junge Rauf- und Saufbolde aus dem Dorf, die sich freiwillig gemeldet hatten. Zwei Männer aus dem Ältestenrat führten sie an, das Sippenoberhaupt blieb zurück.

Während des Abendessens kam Antonius wieder zurück in den Hof – mit einer schockierenden Nachricht, die schon wieder alles änderte: »Masclinus ist tot«, verkündete er außer Atem, mitten im Innenhof stehend. Es wäre totenstill gewesen, hätte sich Ulpian nicht vor Schreck verschluckt und einen Hustenanfall bekommen. Publius Annaeus erhob sich. Er brauchte seine Frage nicht zu stellen – »Ermordet«, nahm Antonius die Antwort vorweg. »Ich habe seine Leiche im Brunnen des Hofes gefunden.«

Xenobia vergaß, weiter zu kauen. An dem Brunnen war sie tags zuvor direkt vorbei gegangen!

»Wie wurde er umgebracht?«, fragte Publius.

»Erstochen. Voll ins Herz, von der Seite mit einem langen, schmalen Dolch.«

»Also nicht wie Titus Nantius.«

Antonius schüttelte den Kopf. »Auch nicht in der selben Nacht. Ich habe Leute befragt, die in den anderen Kammern hausen. Vom Mord an Masclinus haben sie nichts mitbekommen. Aber er war am Tag, nachdem Titus umkam, noch da und arbeitete in der Taverne.«

»Willst du das Lucius auch noch in die Schuhe schieben?«, fragte Xenobia. Lucius' Mutter warf ihr einen entsetzten Blick zu.

»Da kann ich dich beruhigen – zu diesem Zeitpunkt war Lucius definitiv in Aelia Augusta. Das Blut am Opfer war völlig trocken und verkrustet. Mindestens zwei Tage alt.« Antonius setzte sich an den Tisch neben Xenobia.

»Wie kann er denn unbemerkt so lange in einem Brunnen gelegen haben?«, meinte Publius. »Die müssten doch jeden Tag Wasser daraus schöpfen.«

»Der Brunnen ist schon seit einer Woche versiegt. Ich habe nur hinein gesehen, weil ich nach Hinweisen suchte.«

Natürlich setzten sofort Spekulationen um den möglichen Mörder ein. Lais, die Hure, als Freigelassene ohnehin ein zwielichtiges Geschöpf, geriet sofort in den Focus. Antonius Aquila hatte schnell ein passendes Szenario parat: Lais war mit Masclinus beim Mord an Titus verbündet – sie sagte ihm in der Mordnacht, dass Titus bei ihr liegen wollte und wann er zum Hof zurück reiten würde. Sollte er bei ihr übernachten wollen, würde sie ihn mit einer Ausrede wegschicken. Masclinus lauerte Titus bei der Villa rustica auf, weit weg von der Taverne und von jedem Verdacht. Als er mit der Beute zurückkam, erkannte Lais, dass in der

Tasche nicht genügend Geld war, um zwei Leben eine neue Hoffnung zu geben. Aber für sie allein reichte es, vor allem, wenn sie wusste, wo Masclinus noch ein paar gesparte Münzen versteckt hatte. Ein, zwei Tage überlegte sie hin und her, dann war ihr Entschluss gereift – sie tötete Masclinus, nahm sein Geld und das von Titus und verschwand.

Die Frage, wie die Frau den ehemaligen Legionär überwältigen konnte, war schnell beantwortet – im Schlaf. Man wusste, dass sie nachts öfter bei ihm lag; angeblich bezahlte er sie mit Amphoren voller Wein, den er in der Taverne abzweigte und den sie dann teuer ihren Freiern anbot. Allerdings konnte niemand die Frage beantworten, wie Lais es geschafft haben sollte, die Leiche zum Brunnen zu schleppen und hinein zu werfen.

Die Hofbewohner übertrafen sich gerade gegenseitig damit, die Details der Geschichte in grellbunten Farben auszumalen, da kam Decimus durchs Hoftor geritten.

Vor ihm saß Lais auf dem Pferd.

»Dieses Schwein hat während des ganzen Rittes sein Vögelchen zwischen meinen Arschbacken herumflattern lassen!«, zeterte sie. Wie eine entlarvte Mörderin klang das nicht.

Einige Männer lachten, Decimus selbst grinste nur. Hat er seine Maske abgelegt? dachte Xenobia. Ist er gar nicht der nüchterne Assistent und Schreiberling, der nur geflissentlich seinen Pflichten nachkommt? Will er als Mann die Gelegenheit nicht verpassen, wenn er schon stundenlang mit einer Nutte auf dem

Schoß reiten kann? Warum saß sie eigentlich vor und nicht hinter ihm? Warum hatte er ihr nicht ein eigenes Pferd beschafft?

Lais wurde sofort in den Verhörraum geschafft.

Xenobia stürzte nach oben, lauschte durch den Ritz in der Decke.

»Die Soldaten in Aelia Augusta mussten keine großen Nachforschungen anstellen«, berichtete Decimus gerade amüsiert. »Es hatte sich schon herumgesprochen, dass eine durchreisende Nutte billig zu haben war, weil sie dringend Geld brauchte.«

»Stimmt das, du hast kein Geld?«, fragte Antonius.

»Nur die paar Asse, die ich den geilen Soldaten abknöpfen konnte«, sagte Lais. Sie wirkte erschöpft.

»Nichts von der Beute?«

»Ach, hört doch auf. Der da«, sie zeigte wohl auf Decimus, »löcherte mich schon, ob ich Masclinus umgebracht habe. Habe ich nicht.«

»Augenblick – du wusstest also, dass er tot ist?« Antonius sah die Theorie von Lais als Mörderin schon bestätigt; abgesehen von der Kleinigkeit, dass sie kaum Geld zu besitzen schien. Aber vielleicht hatte sie die Beute ja noch rechtzeitig verstecken können.

»Sie hat den Mörder gesehen, behauptet sie«, sagte Decimus.

Lais gab ein Schluchzen von sich und begann zu erzählen: »Zwei Nächte nach dem Mord an Titus war es. Ich wollte nicht alleine sein, solange der Mörder noch herumläuft; schließlich habe ich Titus ja als Letzte gesehen. Ich schlief lieber bei Masclinus in seiner Kammer. In jener Nacht wurde ich nachts wach, von draußen drang Lärm herein. Er lag nicht mehr bei mir, die Türe war nur angelehnt. Es sah aus, als ob er auf die Latrine musste. Der Kerl überfiel Masclinus, als er wieder heraus kam.«

Lais schilderte den Kampf und den Mord. Sie hatte nur Schatten gesehen, konnte den Mörder nicht beschreiben; als einzige Besonderheit war ihr dessen Kapuzenmantel aufgefallen. Als er sich damit abmühte, die Leiche von Masclinus in den Brunnen zu werfen, huschte sie geistesgegenwärtig aus der Kammer und versteckte sich hinter dem Eselskarren. Das war ihr Glück, sagte sie, denn der Mörder kam noch kurz in die Kammer, bevor er verschwand.

»Es sind doch noch andere Schlafkammern im Hof vermietet«, fiel es Antonius ein. »Müsste da nicht noch jemand den Kampf mitbekommen haben?«

»Ach, das sind entweder Erntearbeiter, halbtot vor Erschöpfung, oder besoffene Gäste. Die bringt alle miteinander so schnell nichts wach.« Ob sich der Mörder hier vielleicht eingemietet hatte? Das konnte Lais nicht sagen; auf jeden Fall sei er an diesem Abend nicht Gast in der Taverne gewesen.

Antonius zeigte ihr etwas. »Kennst du das hier?«

»Ja, irgendwoher. Ach, bei Minerva, das ist doch die Geldtasche von Titus, oder?«

»Genau. Kann sie bei Masclinus gewesen sein?«

»Keine Ahnung. Mir ist sie nicht aufgefallen.«

»Wann bist du nach Aelia geflohen?«, fragte Antonius schließlich.

»Na, gleich am nächsten Morgen. Ich habe kein Auge zugetan, das kannst du mir glauben. Ich verzweifelte für den Rest der Nacht bei dem Gedanken, dass ich zur Pandora geworden bin, dass jeder, der mit mir zu tun hat, grausam umkommt. Ich saß in der Taverne am Fenster und starrte durch eine Ritze hinaus, ob der Mörder nicht zurückkäme. Beim ersten Sonnenstrahl ging ich zum Forum und überredete den nächstbesten Fuhrmann, der nach Aelia Augusta wollte, mich mitzunehmen.«

»Gut. Das war's fürs erste. Du solltest heute Nacht hier auf dem Hof bleiben.«

»Ich würde gerne so lange hier bleiben, bis ihr das Ungeheuer habt.« Der Schemel rückte, die Tür knarzte, sie verließ den Raum.

»Sie erkannte die Geldtasche erst auf den zweiten Blick«, sagte Antonius Aquila jetzt zu seinem Helfer. »Die hat sie nicht mehr gesehen, seit Titus das Geld für ihre Liebesdienste daraus genommen hat. Sie hätte ganz anders darauf reagiert, wenn es für sie ein Teil der Beute aus dem Raub gewesen wäre.«

»Glaubst du ihr?«, fragte Decimus.

Ja, Antonius glaubte ihr. Und er wusste auch, wie man ihre Unschuld beweisen konnte: Er wies Decimus an, ihr etwas anderes zum Anziehen zu geben und ihr Kleid den Leuten in der Taverne zu zeigen. Wenn die es wieder erkannten, weil Lais es schon vor dem Mord an Masclinus getragen hatte, war sie unschuldig. Wäre sie die Mörderin gewesen, hätte auf jeden Fall Blut daran sein müssen, auch wenn sie das Kleid bei der Tat selbst vielleicht nicht trug. Sie hätte so viel Blut abbekommen, dass selbst nach dem gründlichsten Abwaschen noch Blutspuren auf das Gewand gekommen wären.

Nein, diese Frau war es nicht, davon ging Antonius aus. Also musste man über das nachdenken, was sie als Zeugin berichtet hatte. Demnach schien der Mann ganz gezielt vorgegangen zu sein, war kein Gast, der vielleicht mitbekommen hatte, dass bei Masclinus etwas zu holen war. Laut Lais war an diesem Abend niemand in der Taverne, der so gut hätte kämpfen können. Er brach ein und lauerte Masclinus auf. Er hatte sogar extra einen Kapuzenumhang dabei, in der heißesten Zeit des Jahres. Der konnte nur zur Tarnung gedient haben, war also Teil einer wohlüberlegten Vorbereitung.

Antonius machte eine Denkpause. »Und weißt du was? Es ging nicht um Geld. Lais sagte doch, er war nur einen Augenblick in der Kammer. In der kurzen Zeit und bei dieser Dunkelheit hätte er die Kammer gar nicht durchsuchen können. Die Geldtasche ...«

»... hat er mitgebracht!«, fiel es Decimus wie Schuppen von den Augen. »Natürlich – Lais hatte die Tasche in der winzigen Bude nicht gesehen, also war sie wohl vorher nicht da. Der Mörder war nur kurz drinnen, weil er die Tasche hinein legte. Er schob sie Masclinus unter, um den Mord an Titus auf ihn zu lenken. Aber warum?«

Bevor sie sich in Fragen nach Details verstrickten, gingen sie in Gedanken zurück zu den Wurzeln der Tat, zum Motiv. Geld konnte es nicht gewesen sein, Masclinus hatte definitiv keines. Eifersucht? Vielleicht jemand, der auf Lais scharf war? Damit würden beide Morde in ein Schema passen, denn sowohl Titus als auch Masclinus hatten mit ihr geschlafen – allerdings auch die halbe römische Armee, wie Decimus bemerkte. Nein, Eifersucht auf die Kunden einer Hure, noch dazu einer, die schon langsam in die Jahre kam, das schien Antonius doch zu weit her geholt.

»Rache?«, mutmaßte Decimus weiter. »Vielleicht war es doch Masclinus, der Titus umgebracht hat. Und der andere – Lais hat ihn beschrieben als einen, der das Kämpfen gelernt hat – war vielleicht Legionär oder ebenfalls wie die beiden anderen Veteran, ein alter Kamerad von Titus. Er kam dahinter und rächte ihn.«

»Und wie sollte der Rächer an die Geldtasche gekommen sein?«

»Vielleicht war die Geldtasche ja der Auslöser«, rätselte Decimus. »Der Rächer sah sie bei Masclinus, erkannte sie als die von Titus wieder und schloss daraus, dass Masclinus sie von Titus beim Raubüberfall erbeutet hatte.«

»Dann nimmt er ihm die Tasche weg, bringt ihn um und schiebt sie ihm wieder unter?«, zweifelte Antonius.

»Vielleicht war sich der Rächer nicht sicher und zeigte die Tasche anderen, ob auch die sie wieder erkannten.«

»Nein, Decimus, dieses Hin und Her ist zu abwegig. Außer, dass Masclinus selbst ein Rachemotiv für den Mord an Titus Nantius gehabt hätte.«

Sie fingen erneut von vorne an, suchten nach Gemeinsamkeiten der Opfer; abgesehen davon, dass diese kurz vor ihrem Tod mit Lais geschlafen hatten. Da waren die Geschäfte. Titus hatte sich bei Masclinus Rat geholt, sein Mörder wiederum hatte wahrscheinlich die Geldtasche von Titus. Und noch eine Verbindung fanden die Ermittler: Die Armee. Die zwei Toten waren früher in einer Einheit, der Dritte konnte auch Soldat oder Veteran sein, so gut wie er Lais zufolge gekämpft hatte. Soldaten und Geschäfte – ging es vielleicht um Waffenhandel mit den Alemannen?

Aber es sei doch erwiesen, dass Titus mit Bergen von Getreiden gehandelt hatte, zweifelte Decimus. Der Getreidehandel wäre eine wunderbare Tarnung für den Waffenschmuggel, hielt Antonius dagegen – Die Waffen ließen sich in den Getreideladungen verstecken, man konnte unauffällig Geschäftskontakte knüpfen und sich jederzeit mit den Geschäftspartnern auf der anderen Seite des Limes besprechen. Das hätte auch erklärt, warum der Fuhrknecht den Getreidehandel an sich reißen konnte – die anderen waren gar nicht daran interessiert.

Damit ergäbe sich ein schlüssiges Motiv: Der Mörder war der dritte im Bunde mit Titus und Masclinus und wollte seine Partner zum Schweigen bringen. Vielleicht war er derjenige, der das Hauptrisiko trug und die Waffen bei seiner Einheit stahl. Ihm wäre das Kreuz sicher gewesen, wäre irgendetwas herausgekommen. Da wollte er die Mitwisser los werden.

Xenobia stürzte die Treppe hinunter und rannte Antonius fast um. »Sieh da, meine keltische Katze. Gelauscht, wie immer?«

»Antonius, Lucius ist losgezogen und will sich um seine Geschäfte kümmern. Wenn Masclinus nicht der Mörder war, dann läuft er ihm jetzt vielleicht genau ins Messer!«

»Da könnte sie recht haben«, stimmte Decimus zu. »Der kleine Fuhrmann fühlt sich sicher, weil er glaubt, dass Masclinus es war und nun über alle Berge ist.«

»Wie auch immer, sattle unsere Pferde, Decimus«, gab Antonius Befehl. »Wir müssen sofort los.«

»Oh, bitte nicht. Ich komme doch direkt aus Aelia. Mir tut der Hintern noch weh vom Reiten.«

»Und das Vögelchen, was?« Antonius lachte dreckig, Xenobia verdrehte einmal mehr angewidert die Augen. »Los, du bist nun einmal Reitersoldat. Und steck die Wurfspeere ein.«

»Wo willst du jetzt überhaupt noch hin?«, fragte Decimus. »Es dämmert bald.«

»Wir reiten nach Losodica. Abends ist die beste Zeit, in den Tavernen herumzufragen, was Lucius so getrieben hat und wo er jetzt sein könnte. Vielleicht ist er ja auch da.«

»Er hat es gekauft? Bist du sicher?«

Paternus, Inhaber der Pferdewechselstation mitten in Losodica, bestätigte Antonius, dass dieser junge Fuhrmann namens Lucius bei ihm ein Reitpferd gekauft hatte. Die Zugpferde habe er sonst immer angemietet. Antonius folgerte, dass das Reitpferd wohl nicht für Lucius selbst war. Aber für wen sonst? Sein Geschäftspartner besaß schon ein prächtiges Tier und sonst hatte Paternus niemanden gesehen. Die beiden hätten auch nicht über andere gesprochen, soviel der Wirt mitbekommen hatte. Sie planten nur ihre Fuhren.

Antonius verlangte den Schlüssel zur Scheune, die Titus beim Wirt gemietet hatte. Paternus brachte eine armlange Metallstange, mit einem Griff auf der einen und einem Haken auf der anderen Seite – der denkbar einfachste Schlüssel, den man durch eine breite Ritze in der Tür schob, um mit dem Haken einen Riegel außerhalb der Reichweite diebischer Hände zu öffnen. Decimus nahm den Schlüssel und eine Öllampe, um sich den Schuppen näher anzusehen.

In diesem Augenblick lenkte ein Knarzen alle Blicke zur Tür – niemand erwartete zu dieser Stunde noch einen Gast.

Die beiden Soldaten erstarrten. Xenobia stand vor ihnen. »Die größten Tavernen lasst ihr links liegen und hier verkriecht ihr euch«, begrüßte sie die Männer grinsend.

»Bei Mars, wie kommst du denn hierher?« Die Verblüffung wich einem Lächeln auf Antonius' Gesicht.«

»Ich habe mir dein Reservepferd geliehen, das auf unserer Weide stand. Ihr hattet ausnahmsweise einmal nicht auf Geheimhaltung geachtet, als ihr bespracht, dass ihr noch nach Losodica reiten wolltet. Was habt ihr rausgekriegt?«

Decimus verließ kopfschüttelnd mit der Ölfunzel und der Schlüsselstange den Raum. Der Wirt legte den Kopf schief wie ein Vogel, als Antonius aufstand und Xenobia umarmte. Bevor es mehr wurde als eine herzliche Begrüßung, schob sie ihn sanft weg. Antonius erklärte, Lucius sei nicht hier in Losodica und fragte, ob sie irgendeine Ahnung hätte, wo er vielleicht übernachte. Pamphila, die Hure kam ihr in den Sinn. Der

Wirt kannte sie, sie betrieb ihr Geschäft im Vicus des Kastells am kahlen Berg. Ihre Kunden waren zumeist Soldaten.

Zum Weiterreiten war es zu spät, Antonius ließ noch einen Krug Wein kommen und sie saßen zusammen. Decimus kam zurück und berichtete, dass in der Scheune nichts war außer vierzehn Säcke voller Getreide. Antonius machte sich Hoffnungen, er könnte Decimus ausquartieren und stattdessen Xenobia zur Schlafgefährtin nehmen – sie hatten die letzte freie Kammer belegt. Doch Xenobia übernachtete lieber im Heu bei den Pferden. Der Anstand war gewahrt, so gut es einem Mädchen nachts zwischen zwei zechenden Legionären eben möglich war.

»Wir müssen morgen vor Sonnenaufgang los«, sagte Antonius Aquila. »Falls er bei der Hure im Kastellvicus ist, möchte ich ihn dort wecken.«

»Wotan weist uns den Weg!«, lachte Vadomar.

Ebo und Wulf staunten nicht schlecht, als sie mit dem hinteren Teil des Zuges endlich an der Sumpfwiese anlangten: Mittendrin erhob sich ein riesiger Baumgott. Er war grob aus einem umgedrehten Baumstamm gezimmert, am aufragenden Ende des Stammes deutete eine umlaufende Kerbe einen Hals an, in den Kopf waren ein Mund und zwei Augenhöhlen geschnitzt. Zwei große Äste stellten die Arme dar; einer hing herab, der andere deutete ausgestreckt in die Richtung zu Häuptling Agishar. Der Gabelast der früheren Krone waren jetzt die Beine, die aus dem Sumpf ragten.

Vadomar ließ den Trupp, den er anführte, um die Sumpfwiese herum lagern und eine Pause einlegen. Ebo und Wulf setzten sich zu ihrer Sippe und packten Räucherwürste aus. Irgendwann kam Noru dazu, der sich wie immer aus Neugier herumgetrieben hatte. »Es müssen schon Tausende sein, die hier vorbei gekommen sind«, sagte er. »Ich habe mich dort, wo noch keiner von uns war, umgesehen. Einzelne Spuren gibt es gar keine, der feuchte Boden hier ist regelrecht umgepflügt.«

Ebo erschauderte vor den Ausmaßen des Unterfangens. »Wir werden da einfach mit hineingezogen wie ein Krug voll Wasser in den reißenden Strom«, sagte er finster.

»Und machen den Strom dadurch größer«, spann Wulf den Gedanken weiter.

»Und denen vor und nach uns geht es genauso«, fuhr Ebo wieder fort. »Sie folgen dem Strom, ziehen andere nach, ohne zu wissen, worauf sie sich da einlassen und was auf uns zu kommt.«

»Achtung, Vadomar kommt«, raunte einer warnend.

»Was tust du so, als ob wir ihn fürchten müssten und er über uns stünde?«, erboste sich Ebo. »Er ist nicht mehr als wir.«

»Bald haben wir es geschafft«, tönte Vadomar mit der Munterkeit eines Antreibers. »Morgen um diese Zeit sind wir da.«

»Wie viele solcher Götterbilder habt ihr als Wegweiser entweiht?«, fragte Ebo.

Abschätzigkeit nahm ungewollt Besitz von Vadomars Miene, bevor er sich wieder mit seiner unermüdlichen Zuversicht maskierte: »Die Bäume sind so gewachsen, wie es die Götter wollten. Und wenn ein Ast in die Richtung von Häuptling Agishar zeigt, dann soll es wohl so sein.« Sein dröhnendes Lachen fand Echo bei einigen Männern. »So wenig, wie sich der Baum aussucht, wohin er wächst, sucht sich der einzelne Mann aus, wohin er geht. Es nimmt alles den Weg, den es nehmen soll. Bäume wachsen in den Himmel, Krieger ziehen in den Krieg.«

Als sie bei den ersten Sonnenstrahlen die Pferde aus dem Stall führten, klebte noch der Schlaf in Xenobias Augen. »Was ist das eigentlich für ein Riesenbau?«, fragte sie und deutete auf die gegenüberliegende Straßenseite. »So einfache Mauern, aber größer als die Basilika da hinten am Forum.«

»Einer der Kornspeicher«, antwortete Antonius. Sie ritten die Hauptstraße entlang. Staunend blieben Xenobias Augen an einem halb fertigen Prachtgebäude haften – eine Wand war erst ansatzweise fertig, Säulenstümpfe ragten vor der Giebelfront auf, riesige Kalkquader und Keilsteine für Tor- und Arkadenbögen warteten darauf, verbaut zu werden. Das sollte einmal eine neue Präfektur werden, aber die Steuergesetze verhinderten das. Städte mussten die einmal festgesetzte Steuer bezahlen – egal, was passierte. Zum Beispiel, wenn wie in Raetien die Hälfte der Legionäre, denen die Stadt ihre guten Geschäfte verdankte, nach Persien abgezogen wurde. Zuvor hatte man den Soldaten kräftig den Sold erhöht, um Handel und Handwerk voranzutreiben, doch nun, wo sie weg waren, hob man die Steuern an, denn der Krieg in Persien wurde teuer. Konnte die Stadtkasse nicht mehr für die Steuern aufkommen, mussten die Stadträte in die eigenen Taschen greifen. So blieb in Losodica nichts mehr übrig für die neue Präfektur.

Sie ritten hart, erst durch die Ebene, dann durch den großen, dichten Wald, in dem Morgennebel aufstieg. Als sie die baumlose Ebene hinunter ritten und schließlich am Kastellvicus ankamen, hatte die rote Sonne es noch nicht ganz über den Horizont geschafft. Sie folgten der Beschreibung von Paternus und standen vor einem schlichten, aber ordentlich verputzten Streifenhaus.

»Was hätte ich denn tun sollen? Sie aufhalten?« Der alte Ulpian war weinerlich wie ein kleines Kind.

»Du hättest es mir gleich sagen sollen!«, fuhr ihn Publius Annaeus wütend an.

»Aber sie sagte, ich dürfe es dir erst in der Frühe sagen.«

»Wer ist hier der Hofherr – Xenobia oder ich? Mensch, die ist doch noch ein halbes Kind und reitet irgendwelchen Verbrechern und Soldaten hinterher.«

»Aber sie lässt doch extra ausrichten, dass sie sich in die Obhut von Antonius Aquila begibt.«

Publius Annaeus knurrte. Es tat ihm schon wieder leid, den Alten so heruntergeputzt zu haben, aber sonst war ja keiner da. »Geh in mein Zimmer, hol mir Schwert und Speere und bring sie zum Stall. Ach, verdammt, ich habe ja gar kein Reitpferd, das hat ja mein Herr Fuhrknecht schon entwendet.«

»Das Reservepferd vom Aquila steht doch noch auf der Weide.«

»Ich traue mich wetten, das hat Xenobia«, sagte der Hofherr. Er sollte Recht behalten. Es blieb ihm nichts anderes übrig, als seinen Sohn zu einem Nachbarhof zu schicken und das Reitpferd auszuleihen. Während er darauf wartete, schwor er, Xenobia zum ersten Mal in ihrem Leben übers Knie zu legen, sobald er sie eingeholt hatte.

Antonius klopfte mehrmals, bevor drinnen eine Frauenstimme fragte, was los sei. Antonius gab seinen Dienstgrad an und fragte nach Pamphila – absichtlich erweckte er so den Eindruck, frühmorgens schon ihre Liebesdienste in Anspruch zu nehmen. Seine Rechnung ging auf, er wurde freundlich herein gebeten. Zu gerne hätte Xenobia dieses Weib gesehen, doch sie kam nicht heraus. Nach einer Weile war Antonius wieder da und schüttelte den Kopf. »Er ist nicht hier. Sie hat ihn schon seit Wochen nicht mehr gesehen.«

Sie ritten weiter zum Limestor, das um diese Zeit noch verschlossen war. Auf der Balustrade des Wachturms stand ein Posten, dessen Aufmerksamkeit auf das Alemannengebiet jenseits der Mauer gerichtet war. Ein ordentlicher Schreck schüttelte ihn durch, als Aquila »He, Kamerad!« rief. Antonius erkundigte sich, ob Decurio Dignus an diesem Tag Dienst hatte. Jawohl, er wurde zum morgendlichen Wachwechsel erwartet.

Ein Stück entfernt ließen sie sich abseits der Straße in einem Hain aus Apfelbäumen nieder. Decimus packte das Frühstück aus, das er vom Wirt in seine Satteltasche hatte packen lassen. In der Morgensonne ließen sie die kleine Weinamphore kreisen, Decimus verteilte Hähnchenschlegel. Er war es auch, dem der entscheidende Gedanke kam: »Wisst ihr was?«, sagte er mit vollem Mund, »eigentlich brauchen wir gar nichts anderes zu tun, als gemütlich hier sitzen zu bleiben.«

»Du glaubst, Lucius kommt hier früher oder später sowieso vorbei?«, vermutete Antonius Aquila.

»Natürlich. Alles, was ihn interessiert, ist seine Getreideladungen zum Tor zu bringen.«

»Du hast recht«, sagte Aquila. »Bevor wir irgendwelche Bauernhöfe nach ihm abklappern, bleiben wir gleich hier.«

Nach einiger Zeit machte sich Antonius erneut auf den Weg zum Tor. Kam es Xenobia nur so vor, oder erkannte Decimus, kaum dass Antonius weg war, wieder eine Lücke, in die er stoßen konnte? Auf jeden Fall setzte er sich zu ihr ins Gras und präsentierte ihr eine Handvoll Trauben, plauderte unverfänglich. War es wirklich unverfänglich? Bei den Göttern, warum denn nicht? Xenobia schalt sich innerlich, immer noch bereit zu sein, alles und jeden zu verdächtigen.

Wie auch immer, Xenobia rollte sich unter einem Baum zusammen und holte etwas vom versäumten Schlaf nach. Nach zwei Stunden kam Antonius wieder und erklärte Decimus, Decurio Manius Dignus habe ihm berichtet, Lucius sei tags zuvor hiergewesen und habe eine Fuhre hinüber zu den Alemannen gebracht. Heute wollte er mit mehreren Fuhrwerken zurückkehren.

»Da kommen welche!« – von diesem Ruf wurde Xenobia wach. Tatsächlich rollten drei Karren heran. Xenobia lief ihnen entgegen und erkannte den vorderen Fuhrmann als Lucius. Der glotzte sie an, als wäre sie direkt dem Hades entstiegen. Er steigerte seinen tumben Gesichtsausdruck noch, als er die restlichen Leute sah. Antonius holte ihn sofort herunter und nahm ihn auf die Seite; die anderen Karrenlenker gesellten sich zum Picknick.

»So, mein Freund, ich bin dir auf die Schliche gekommen«, wurde Lucius von Antonius Aquila überrumpelt, bevor er sich mögliche Ausreden zurechtlegen konnte. »Du hast den ominösen Bernstein nicht von Titus Nantius, sondern von einem Alemannen. Wer ist das und wofür hast du den Stein bekommen?« Xenobia machte große Augen.

»Moment, Moment.« Lucius machte mit beiden Händen eine Geste, als beschwichtige er einen in Rage geratenen Betrunken. »Was willst du denn mit dem ganzen Scheiß noch? Der Fall ist doch aufgeklärt, es war Masclinus.«

»Nichts war er. Ich habe Masclinus gestern tot aus seinem Brunnen gezogen. Ermordet.«

Lucius fiel die Kinnlade herunter.

»Also, wer ist der Alemanne?« bohrte Aquila weiter. »Du hast ein Reitpferd für ihn gekauft. Hast du ihn vorher durch den Limes geschmuggelt? Natürlich hast du. Los, rede.« Die vergangene Nacht war doch nicht ganz vergeblich gewesen – die Information des Wirtes, dass Lucius jemandem ein Pferd besorgt hatte, warf ein neues Licht auf die Sache. Antonius hatte ja bereits herausgefunden, dass Lucius den Bernstein von einem Alemannen bekommen hatte. Da lag es nahe, dass das Pferd ein Teil der Gegenleistung für diesen Stein war.

»Bist du verrückt?« Xenobia konnte nicht aus ihrer Haut. »So etwas würde Lucius doch nie tun.« Als Antonius zu ihr herum fuhr, erschrak sie. Er war kaum wiederzuerkennen. Später schwor sie, seine Augen wären blutunterlaufen gewesen. Mit einem herrischen Stoß seines Zeigefingers brachte er sie zum Schweigen.

»Du hast es getan! Sag es!« fuhr er jetzt wieder Lucius an.

Der hob beteuernd die Hände. »Das war doch nicht schlimm. Er wollte doch nur Märkte erkunden und ein paar Geschäfte anleiern.«

Xenobia war wie vom Donner gerührt. »Nein, Lucius, nein. Sag, dass das nicht wahr ist.«

»Was hast du denn?«, versuchte Lucius, abzuwiegeln. »Es geht doch nur um Geschäfte.«

Xenobia war es, als würde sie innerlich zusammen sacken. Ungewollt verzog sich ihr Gesicht zu einer Fratze der Verachtung. Es erging ihr so, wie kurz zuvor Antonius.

»Wo hast du ihn hingebracht?«, fragte Antonius.

»Nach Septemiacum, zu unserem Hof, dann nach Phoebiana*.«

»Zu unserem Hof?«, entfuhr es Xenobia. »Du hast einen Alemannen gegen Bezahlung zu unserem Hof geführt?«

Antonius gebot ihr mit einer Geste, zu schweigen. »Nach Phoebiana, bis zum Danuvius**?«, fuhr er vielmehr fort. »Warum gerade dort hin?« Sollte Lucius versucht haben, den Decurio mit der Wahrheit zu beschwichtigen, hatte er auf jeden Fall das Gegenteil erreicht.

»Er sagte, auf großen Flüssen kämen die meisten Waren durch und dort würde er alles finden, was er braucht«, erklärte Lucius.

»So was geht in dein gieriges kleines Händlerhirn rein, ja?« Antonius, außer sich vor Wut, packte Lucius mit beiden Händen an dessen Tunika. »Was hältst du von meiner Soldatenversion: Er hat den Flussübergang erkundet, um bei einem bevorstehenden Raubzug möglichst schnell rüber zu kommen – ins Hinterland, wo kaum Legionäre stationiert sind!« Lucius riss entsetzt die Augen auf. »Wie heißt der Kerl?«, fuhr Antonius fort.

»Attalo.«

»Wieso war er so reich? War er ein Adliger? Gut gekleidet und bewaffnet? Geschmückt? Tätowiert? Mit einem Zopf an der Seite?«

---

* Faimingen bei Günzburg
** Donau

»Stimmt alles, bis auf den Zopf«, stotterte Lucius. Die ganzen Rechtfertigungen der Tat vor sich selbst war zusammengebrochen. »Er ist der Sohn eines Dorfältesten«, sagte er.

»Natürlich, ein Bauernsohn«, brauste Aquilus weiter auf. »Ein alemannischer Bauer, der mit Bernsteinen um sich schmeißt, um sich ein paar Marktplätze zeigen zu lassen, was?« Er machte eine Pause, beruhigte sich selbst. »Wie kam es denn, dass du so vertraut mit ihm geworden bist?«, fragte Antonius nun wieder in halbwegs normalem Tonfall.

Lucius kratzte sich am Kopf. »Nun ja, erst hatte ja nur Titus mit ihm gesprochen. Aber irgendwann, nach einer längeren Unterhaltung, schien es mir fast, als wolle Titus nichts mehr mit ihm zu tun haben.«

»Worum ging es in dieser Unterhaltung?«

»Das weiß ich doch nicht.« Lucius wollte am liebsten von gar nichts mehr etwas wissen. Augen zu, Ohren zu, unschuldig. Doch Antonius ließ nicht locker. »Sie saßen ein Stück weg von mir, redeten mit gedämpfter Stimme«, fuhr Lucius fort. »Titus schickte mich sogar weg.«

»Welchen Charakter hatte das Gespräch?«, forschte Aquila nach. »Stritten sie?« Lucius schüttelte den Kopf. »Wollte einer den anderen von etwas überzeugen?« Nachdenken, Kopfschütteln. »Handelten sie etwas aus?«

Abermals schüttelte Lucius den Kopf. »Nein, es war wie ein Frage- und Antwortspiel. Du weißt schon, einer stellt sich etwas vor, der andere muss durch Fragen herausfinden, was es ist.«

»Wer fragte wen?«

Lucius grübelte nach. »Zuerst stellte der Alemanne Titus immer wieder Fragen. Hmmm, nun ja, wenn ich es recht bedenke, reagierte Titus von Anfang an ungewöhnlich.«

»Wie? Abwehrend?«

»Ja. Ja, das trifft es, abwehrend.« Lucius entwickelte nun doch Eifer, sich an die Feinheiten der Stimmung zu erinnern. »Anfangs lachte Titus noch, war in guter Stimmung, doch dann verschwand das Lachen mehr und mehr. Stattdessen fielen seine Antworten immer knapper aus.«

Xenobia sah Antonius Aquila erstaunt an. Wie gelang es ihm nur, so in die feinen Verästelungen von Lucius' Gedächtnis einzudringen? Gerade noch hatte er auf ihn eingebrüllt wie der letzte Barbar.

Dann hing sie wieder an den Lippen von Lucius. »Und da passierte etwas Seltsames«, fiel es ihm ein. »Als ob Titus das Gespräch umgedreht hätte, Ja, so muss es gewesen sein – jetzt stellte er die Fragen. Nicht so ausführlich wie Attalo. Nur ein paar Fragen. Dann war das Gespräch beendet. Noch am selben Abend erklärte mir Titus, er sei zu der Überzeugung gekommen, wir dürften ›unser Geschäft nicht nur auf einer Säule errichten‹. Gleich am nächsten Tag wollte er anderswo am Limes neue Kontakte knüpfen. Zwei Tage später sah ich Attalo wieder. Titus war noch auf der Suche nach neuen Abnehmern; er hatte mich beauftragt, das bereits bestellte Getreide an Attalo zu liefern.«

»Und da bot dir Attalo das Bernsteingeschäft an?«

»Ja, ganz unvermittelt«, sagte Lucius. »Ich dachte mir noch, er macht es genau wie wir und versucht, neue Quellen aufzutun.«

Du dachtest dir, mit welcher Ausrede rechtfertige ich es, einen Alemannen bis zu unserem Hof zu führen, sagte sich Xenobia.

Lucius erklärte, was sich der Alemanne ausgedacht hatte, um sich von ihm durch den Limes schleusen zu lassen: Er sollte mit fünf Fuhrwerken aufkreuzen, zu den fünf Wagenlenkern noch zwei Knechte zu Fuß mit hinüber nehmen. In dem Gewimmel fiel es nicht auf, dass letztlich einer mehr mit zurück kam, eben Attalo. Der ließ sich von Lucius das Reitpferd besorgen und ritt mit ihm nach Septemiacum, in die Taverne von Masclinus. Dort saßen sie einige Stunden zusammen. Ob sie sich über Masclinus unterhalten hatten, wollte Antonius wissen. Ja, Attalo habe beiläufig gefragt, warum sie gerade in diese Taverne gegangen seien und Lucius erklärte, dem Wirt verdanke er den Kontakt zu Titus. Von da ab drehte sich das Gespräch ganz automatisch um Masclinus – dass er genau wie Titus Veteran sei, sie früher gemeinsam als Reitersoldaten gedient hätten und dass Titus und Lucius ihn auf dem Nachhauseweg von den Geschäften oft besuchten.

»War er zwischendurch auf der Latrine im Hof?«, wollte Antomius wissen.

Xenobia schauderte. Ihr war klar, dass er gerade herauszufinden versuchte, ob der Alemanne den Mord vorbereitet und den späteren Tatort erkundet hatte. Ja, Lucius erinnerte sich, dass er mehrmals draußen war. Aber warum nur wollte der Barbar Masclinus töten?

»Wollte er wissen, ob Masclinus im hinteren Bereich des Streifenhauses wohnt?«

Lucius begann zu zittern; jetzt schien auch er zu begreifen, wie sehr er selbst in den Mord verwickelt war. »J.. Ja, er hat einmal quasi im Scherz gefragt, ob der weinselige Wirt weit bis zu seinem Bett torkeln muss.«

»Und du hast ihm gesagt, dass er in einem Verschlag im Hof haust?«

»Ja. Dort wurde er dann ermordet, oder?« Lucius war kurz davor, zu heulen. »An so etwas hätte ich doch nie gedacht. Ich wollte doch nur ...«

Es war Antonius egal, ob Lucius zitterte, heulte oder kotzte. »Wie ging es in jener Nacht weiter?«, schnitt er sein Gejammer ab.

»Attalo wollte nicht in einer Kammer dort übernachten. So schlief er in freiem Gelände nahe beim Hof, bevor wir nach Phoebiana weiter ritten.«

Xenobia fiel es wie Schuppen von den Augen: Das also war der Abend gewesen, an dem sich Lucius so verdächtig benommen und immer wieder zu den Höhlenkellern hoch gesehen hatte. Der Alemanne hatte in den Felsen dort oben übernachtet – und abermals hatte er den Ort für einen Mordanschlag ausgekundschaftet, den an Titus.

»In Phoebiana bekam ich meinen Stein und wir trennten uns«, fuhr Lucius fort. Er fand, es tat hier nichts zur Sache, dass ihm damals der Alemanne plötzlich ganz unheimlich vorgekommen war und Lucius die Bedrohung, die von ihm ausgegangen war, körperlich gespürt hatte. Sie hatten sich nicht einfach getrennt, wie er es gerade darlegte – Lucius war regelrecht geflohen, als er den Bernstein endlich hatte. »Ich ritt mit dem Stein weiter nach Aelia Augusta, um ihn zu verkaufen und Geschenke für Xenobia zu besorgen. Aber das weißt du ja.«

»Und in der Nacht darauf wurde Titus bei eurem Hof ermordet.« Diese trockene Feststellung von Antonius jagte einen Schauer über Xenobias Rücken. Der Alemanne passte als Mörder wirklich besser als jeder andere. Dann wäre ja Lucius tatsächlich an allem Schuld gewesen. Überrascht sah sie, wie Antonius das Verhör beendete und Lucius mit einer lässigen Handbewegung entließ.

VII

SPIONE UND VERRÄTER

Gedankenverloren und mit nachdenklich gesenktem Kopf schlenderte Antonius durchs Gras. Xenobia ging zu ihm hinüber. »Was glaubst du?«, sagte sie, »ist der Alemanne wirklich der Mörder?«

Er sah sie an. »Ich bin gerade dabei, mir in diesem Fall übereilte Schlussfolgerungen abzugewöhnen«,

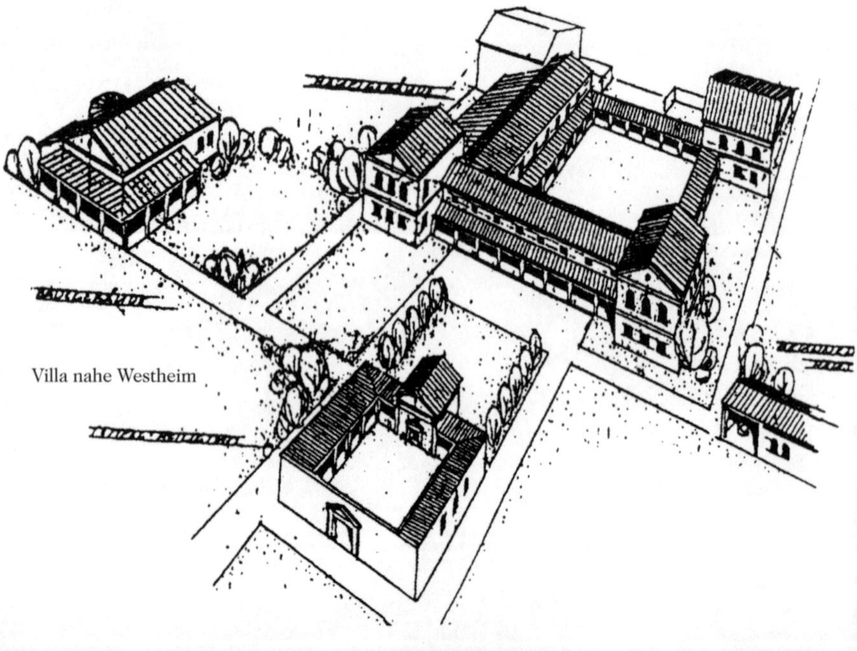

Villa nahe Westheim

sagte er. »Aber ich glaube, ich bin jetzt endlich dem richtigen Motiv auf der Spur.«

»Du meinst, es ging gar nicht um Geld?«

»Genau. Der Tod von Masclinus spricht dagegen. Er besaß nichts von Wert. Warum ihm auflauern und ihn töten?«

»Worum ging es dann?«

»Ich glaube, das haben wir beide gerade gehört. Es ging um Fragen und Antworten. Informationen, die Titus und Masclinus auf keinen Fall haben durften. Titus und Masclinus waren ehemalige Soldaten. Sie konnten die Informationen an andere Soldaten weiter geben. Zum Beispiel an Präfekten von Kastellen. Das wollte jemand mit allen Mitteln verhindern.«

»Der Alemanne, oder? Von dem stammen diese brisanten Dinge ja wohl auch. Ist ihm etwas rausgerutscht, was niemand wissen durfte?«

Antonius lächelte. »Nicht ›rausgerutscht‹. Titus hat es ihm herausgelockt, würde ich sagen. Der alte Knabe hat fünfmal so viel Erfahrung wie ich, Leute auszuquetschen. Und ich bin schon nicht schlecht.« Xenobia verzog das Gesicht, Antonius lachte und knuffte sie in die Seite. Doch sofort wurde er wieder ernst und lief zu Lucius, der mittlerweile bei den anderen unter dem Apfelbaum saß. »Ist Attalo jetzt wieder drüben?«, fragte er ihn.

»Ich denke schon«, antwortete Lucius.

»Was heißt, ›du denkst‹? Du hast ihn gestern also nicht dort drüben angetroffen?«

Lucius schüttelte den Kopf. »Nein. Da war nur einer seiner Leute, den er sonst immer dabei hatte. Der sagte, Attalo sei in seinem Dorf und müsse sich um die Ernte kümmern.«

Wieder strich Antonius im Gras umher und dachte nach. Einer der beiden Fuhrmänner, ein junger Kerl, trat zu ihm: »Wir sollten mittags wieder auf dem Heimweg sein, wir haben uns von der Ernte weggestohlen. Können wir jetzt weiterfahren?«

Antonius schreckte aus seinen Gedanken hoch. »Ja. Ja, natürlich.« Als Lucius auf seinem Bock saß, sagte er zu ihm: »Versuche, so genau wie möglich herauszubekommen, wo dieser Attalo steckt. Sage, du willst ihn in den nächsten Tagen persönlich aufsuchen und ihm ein Angebot über ganz besondere Waren unterbreiten.«

»Ich gehe aber nicht ins Hinterland zu den Alemannen!« sträubte sich Lucius. Xenobia kniff verächtlich die Augen zusammen.

»Sollst du auch gar nicht«, beruhigte ihn Antonius. »Ich will den Mann nur nicht aus den Blick verlieren.«

Antonius rief Decimus zu sich: »Du gehst mit diesem Wagenzug und behältst den Handel im Auge – aber so, dass du den Alemannen nicht auffällst. Am besten, du steigst auf den Turm, dann denken sie, du gehörst zur Wachmannschaft.« Raunend fügte er hinzu: »Achte auf Hinweise zu militärischen Aktivitäten. Späher, Vorauskommandos jenseits der Schneise, überhaupt Bewaffnete.«

»Du bist wirklich überzeugt, bei den Alemannen braut sich was zusammen?« Decimus mochte es kaum glauben.

»Ich bin mir ziemlich sicher. So, wie sich die Rolle von Lucius jetzt darstellt, ging es bei den Morden um militärisches Auskundschaften und nicht um Geld. Ich muss sofort die Grenztruppen alarmieren.«

»Wo willst du hin?«

»Ins Castra Mediana*.« Auf Decimus' fragenden Blick erklärte Antonius: »Ich kenne den dortigen Kommandeur, Firmanus Iulius Modestus. Ich war für seine Einquartierung verantwortlich, als er unsere Ala besuchte. Der Kommandeur des hiesigen Kastells ist heute zur Inspektion der Wachtürme unterwegs, hat mir der Wachhabende gesagt.«

»Dann ahnt er wohl auch, dass bei den Alemannen etwas vorgeht«, meinte Decimus.

»Vielleicht. Aber er weiß nicht, was wir wissen – dass Spione schon durchgedrungen sind und dass es schon Tote gab. Mit irgendeinem Stellvertreter brauche ich nicht über die Truppenalarmierung sprechen; das entscheidet der nie und nimmer allein. Darum muss ich gleich zu einem Präfekten.«

Die Legionäre verabschiedeten sich und Aquila galoppierte zum Patrouillenweg, der an der Innenseite der Limesmauer entlang führte.

»Da, du Halsabschneider.« Durink warf Lucius den Beutel mit dem klimpernden Inhalt vor die Füße. »Ladet das Zeug um«, rief er seinen Knechten zu.

Lucius klopfte das Herz bis zum Hals. Durink und die anderen Alemannen waren ihm noch nie geheuer

* Kastell Gnotzheim

gewesen. Aber seit etwa einer Stunde wusste er, dass sie tatsächlich zu allem fähig waren und vielleicht vor hatten, raubend und plündernd in römisches Gebiet einzufallen. Und dass Attalo wohl der Mörder war, den er, Lucius, gegen Bezahlung zu seinen Opfern geführt hatte. Lucius drehte sich der Magen um. Nicht nur aufgrund der Erinnerung an seine Tat. Er musste jetzt versuchen, sie wieder gut zu machen, doch davor hatte er mächtige Angst. »Ich muss dringend zu Attalo«, brachte er mühsam hervor. »Wo kann ich ihn denn finden?«

»Was willst du von ihm?« Durinks gebrochenes Latein triefte vor Misstrauen.

»Ich könnte ihn mit jemanden zusammen bringen, der noch wichtigere Waren für euch hat als Dinkel.«

Durink kniff die Augen zusammen. »Waffen?«

»Das hast du gesagt.«

»Ich werd's ihm ausrichten.«

»Es ist aber so, dass derjenige direkt mit Attalo sprechen will. Ich bin nur der Vermittler. Aber der Anbieter möchte genau wissen, woran er ist. Entweder, er trifft sich hier mit Attalo, oder ich bringe ihn zu ihm ...«

»Ich werde es Attalo so weiter geben«, schnitt ihm Durink das Wort ab. »Dann sage ich dir Bescheid.«

Lucius war erleichtert, dass ihm der Weg ins Hinterland erspart blieb. »Wann wirst du wieder da sein?«, fragte er.

»In zwei Tagen.«

Also ist es ein Tagesritt bis zu Attalo, dachte Lucius.

Er denkt jetzt, es ist ein Tagesritt bis zu Attalo, dachte Durink. Aber er zog noch weitere Rückschlüsse, denn er hatte viel mehr bemerkt als den plumpen Versuch von Lucius, herauszufinden, wo Attalo war oder ihn gar wieder zum Limestor zu locken. Er hatte gesehen, wie plötzlich ein zweiter Legionär an der Brüstung des Wachturms aufgetaucht war – einer, der nicht zur Wachmannschaft gehörte. Das war eben der Unterschied zwischen den Römern und ihm, einem alemannischen Krieger: Für ihn war jeder Krieger eine einzigartige Persönlichkeit und er erkannte durchaus ein neues Gesicht auf der Gegenseite – in diesem Fall Decimus. Römer betrachteten ihre Legionäre als auswechselbare, gesichtslose Figuren in ihren Formationen und trauten deshalb dem Gegner erst recht nicht zu, sie als Menschen zu unterscheiden. Durink hatte auch wahrgenommen, dass mehr Fremde als sonst mit dem Decurio der Wache sprachen, ohne dass sie durchs Tor wollten. Hatte ich doch recht, sagte er zu sich selbst, auf diesen jungen gierigen Burschen ist kein Verlass und er schleppt uns früher oder später Spione an.

Das Getreide von Lucius war umgeladen. Durink sprang auf sein Pferd und galoppierte voraus, während sich die Karren noch durch den abgeholzten Brachland-Streifen quälten, der sich in einer Breite von zwei Bogenschusslängen außen am Limes entlang zog und unbemerkten Annäherungen keinerlei Deckung bot. Wo der schlechte Weg den Waldrand durchbrach, ritt Durink im Schatten des ersten großen Baumes ins Dickicht und rief nach oben: »Gremma, du alte Krähe, komm runter.« Ein älterer, aber sehniger Krieger kletterte herab. »Da drüben tut sich was«, sagte Durink. »Ich denke, römische Spione machen sich bereit.«

»Wir sind ebenfalls bereit«, knurrte Gremma. Er war auf seinem Ausguck Teil des ›Gegen-Limes‹, wie Attalo die Postenkette nannte, die er über etliche Meilen hinweg eingerichtet hatte.

»Wir müssen die Kette verstärken«, sagte Durink. »Schnapp dir alle Krieger, die vorbeikommen und lass sie zwischen den Posten lagern. Sag ihnen, es geht ohnehin bald los, dann gehören sie zu den Ersten.«

Xenobia hatte Lucius bei den Alemannen beobachtet. Mehr und mehr graute ihr vor ihm. Er hatte ihr noch schön getan, da hatte er den Mörder schon bis zum Hof eingeschleust. Er amüsierte sich in Aelia Augusta und kaufte ihr teure Geschenke, nachdem Titus abgeschlachtet worden war. Er log und wand sich, und sie glaubte ihm immer wieder seine Lügen und Beteuerungen. Und – wie widerlich – er trieb es mit ihr im Bad, während ihm doch schon längst klar sein musste, dass Attalo der Mörder von Titus war. Er missbrauchte sie, nach irgendwelchen falschen Spuren zu suchen, um von seiner Fährte abzulenken, die ihn mit dem Täter in Verbindung brachte.

Was hatte er nur aus ihr gemacht? Wie hatte das geschehen können, dass sie so leichtfertig ihre Stiefmutter, ihren Stiefbruder, das spätere Mordopfer Masclinus und die arme Lais mit den übelsten Verdächtigungen überzogen hatte? Sie hatte sich in die tiefsten Abgründe ihrer Phantasie begeben, aus dem Sumpf ihrer Vorurteile und Voreingenommenheiten Bausteine geformt, die sich scheinbar so gut zu dem Gebäude ihrer Verschwörungstheorie fügten. Aber Ziegel aus Morast sind nun einmal marode und brüchig, so gut sie auch passen mögen. In Wahrheit passte gar nichts: Tuccius war nach wie vor nur ein Spanner, in jener Nacht eben zur falschen Zeit am falschen Ort. Acca war nicht gierig und bösartig, sondern nur darauf bedacht, das Geld, von dem auch sie, Xenobia, lebte, zusammenzuhalten und zu mehren. Lais war einfach nur besorgt um Masclinus, ebenso wie Acca; die beiden Freundinnen kümmerten sich umeinander und um andere Freunde und schmiedeten keine blutrünstigen Mordkomplotte.

Und welches Unrecht sie Antonius angetan hatte! Der war zwar nicht auf der richtigen Spur gewesen, hatte aber immerhin gespürt, dass die Ursache des Mordes in Lucius und seiner Gier zu suchen war. Doch sie hatte ihm unterstellt, Lucius nur aus niederen Beweggründen beseitigen zu wollen. Nein, niedere Beweggründe lagen ihm fern, das sah sie jetzt. Als Trost blieb ihr, dass sie Antonius einige glückliche Augenblicke beschert hatte, bei ihren Spaziergängen, den Intimitäten.

Plötzlich bekam sie Angst um ihn. Er würde Attalo jagen. Und so, wie sie ihn kennen gelernt hatte, würde er keine Ruhe geben, bevor er ihn nicht zur Strecke gebracht hatte. Sie sah auf die abweisende Limesmauer, die unheimlichen Alemannen dahinter, den finsteren Urwald, den die Römer seit jeher so fürchteten. Ihr Herz schlug bis zum Hals. Noch nie hatte sie so viel Angst um einen anderen Menschen gehabt.

Antonius Aquila stoppte seinen Galopp jäh vor dem Trupp, der ihm entgegen kam – ein Decurio und zwei Mann in voller Rüstung und Bewaffnung. Die Begegnung sparte ihm Zeit, denn er erfuhr, dass der Präfekt des Kastells Mediana derzeit nicht im Kastell, sondern in seiner Villa weilte. »Er empfängt Steuereintreiber, Getreidevermesser und Steuerbeamte, um die direkten Abgaben der Bauern an das Kastell neu festzulegen«, wusste der Decurio und fügte augenzwinkernd hinzu: »Für unsere Dritte Thrakische Kohorte springt wohl mehr heraus, wenn er den Gaunern eine kleine Orgie in seiner bescheidenen Hütte spendiert.«

Einige Meilen später stand Antonius vor der ›bescheidenen Hütte‹*. Als er darauf zuritt, verdeckten der umfriedete Haustempel und zwei Nebengebäude einen guten Teil der Ansicht. Die ganze Pracht mit dem überdachten Säulengang zwischen den turmartigen Häusern mit riesigen Rundbogenfenstern und der dazwischen verlaufenden Zimmerflucht wirkte erst aus unmittelbarer Nähe. Den Innenhof umrahmten vier Säulenkolonnaden, sie verbanden die Eckhäuser und einen riesigen Trakt mit mehreren übereinander gestaffelten Gebäuden. Antonius vermutete, der Präfekt hatte seine Privatgemächer im ersten Stock des Eckgebäudes mit der schönsten Aussicht; empfangen wurde er aber in einem großzügig eingerichteten Arbeitszimmer, dessen Wände in leuchtenden Farben strahlten.

Der Präfekt war ein Mann in mittleren Jahren, was Antonius Aquila schmerzlich daran erinnerte, dass er

---

* Villa nahe Westheim

seiner glanzvollen Laufbahn noch hinterher hinkte. Er erzählte Firmanus Iulius Modestus, dem er sich erst wieder als einstiger Quartiermeister der Ala Flavia milliara in Erinnerung bringen musste, von der Mord- und Spionagegeschichte, die er aufgedeckt hatte als Beweis für einen bevorstehenden Überfall der Alemannen. Leider wirkte der Präfekt weder entsetzt noch überzeugt. Er legte die Fingerspitzen beider Hände gegeneinander und dachte mit mürrisch verzogenem Gesicht nach. »Habe ich dich richtig verstanden: Der Kern deiner Theorie besteht aus einem Gespräch, das dein Informant nicht gehört, sondern nur gesehen hat«, begann er schließlich. »Du hast die Körpersprache der Gesprächspartner interpretiert und in deine Mordgeschichte eingebaut. Aber ich soll daraufhin veranlassen, alle Limes-Truppen von der Ala Flavia milliara bis nach Castra Regina* in Alarm zu versetzen?«

Aquila schluckte. Er sah den Palast, in dem er einmal residieren wollte, zerbröckeln. »Aber es wird doch allgemein von den Grenztruppen wahrgenommen, dass es derzeit auf der anderen Seite des Limes brodelt, oder?«

»Da hast du recht, Decurio, durchaus. Aber das geht schon seit Jahren so. Die Alemannen werden immer mehr, Sippen vereinigen sich und siedeln sich im Grenzgebiet an. Sie wissen, dass wir viel besser leben als sie und ihr Unmut wächst. Genaueres ist uns nicht bekannt, seit mehrmals in den letzten Jahren Patrouillen aus dem Alemannengebiet nicht mehr zurückgekehrt sind und wir die Erkundungen eingestellt haben.«

---

* Regensburg

»Und das findest du nicht bedenklich?« Antonius schöpfte Hoffnung.

»Doch. Aber wie gesagt, das geht schon seit Jahren so. Wieso sollte sich also gerade jetzt etwas zusammenbrauen, selbst, wenn deine Geschichte tatsächlich stimmt?«

»Weil ein Alemanne ein Vermögen bezahlt hat, um herüber zu kommen, zwei Leute zu ermorden, die zu viel wussten und den Weg bis weit ins Landesinnere zu erkunden.«

»Das reicht nicht als Beweis«, sagte Modestus. »Schon gar nicht, wenn es nur eine Vermutung ist.«

»Was würde dann reichen?«, fragte Aquila.

»Ein Lagebericht.«

»Eine Erkundung bei den Alemannen?«

Modestus nickte, schwer und langsam. »Aber ich sage dir, scharf bin ich auf solch einen Bericht nicht. Ich bin scharf darauf, dass der Krieg mit den Parthern endlich aufhört und unsere Truppen zurückkehren. Dann kann auf der anderen Seite der Mauer von mir aus passieren, was will. Dann ist auch wieder genug Geld, sprich Kriegsbeute, im Land, um Verstärkung zu finanzieren. Jetzt könnten wir ohnehin kaum etwas ausrichten.«

»Aber du kannst doch nicht die Augen vor dem Gegner verschließen.«

»Genau das tun wir seit zwei Jahren. Seit die Hälfte unserer Besatzung nach Persien abkommandiert wurde.«

»Und was wäre, wenn ein Augenzeuge berichtet, dass die Alemannen ein Heer zusammenziehen?«

»Alarmbereitschaft, Bevölkerung evakuieren, Verstärkung anfordern. Willst du auf eigene Faust Kundschafter rüberschicken?«

»Vielleicht.«

»Möge Mars mit ihnen sein.«

Zuerst gab Xenobia nichts auf den einzelnen Reiter. Dann erkannte sie ihn – ihr Vater. Unter wüsten Beschimpfungen statt einer Begrüßung stieg er vom Pferd. Um seinen Wortschwall verstummen zu lassen, fiel sie ihm um den Hals. Schon schloss er sie in seine Arme. »Was denkst du dir denn?«, sagte er streng. »Du bist ein Mädchen und hängst dich an eine Mörderjagd mit an. Mitten in der Nacht!«

»Ich bin deine Tochter«, antwortete sie. »Und genau wie du lasse ich einen Freund niemals im Stich. Ich wollte nicht, das Lucius etwas passiert, bloß weil im entscheidenden Moment einer zu wenig da ist.« Dann verdüsterte sich ihre Miene. Sie erzählte, was sie über Lucius herausgefunden hatten.

Antonius Aquila fand Decimus und die anderen in einer Herberge des Kastell-Vicus. Die Sitzordnung gefiel ihm auf Anhieb: Sein Assistent Decimus und der Veteran Publius Annaeus saßen Seite an Seite, seine Angebetete Xenobia und sein Rivale Lucius hatten an den Schmalseiten einander gegenüber Platz genommen, in größtmöglicher Entfernung voneinander. Antonius setzte sich zwischen beide an die freie Seite des Tisches und bestellte einen Krug Wein. Er erzählte von seinem Fehlschlag in der Kommandeurs-Villa. Bei seinem letzten Satz gingen allen die Augen über: »Ich muss hinüber zu den Alemannen.« Xenobia war entsetzt und besorgt, sehr gut. Lucius, dieser schmierige Geschäftemacher und Verräter, starrte in die Tischplatte. Er hatte schon Angst, noch einmal mit seinem Getreidekarren vors Tor fahren zu müssen, um irgendetwas heraus zu bekommen. Ein kurzer, verächtlicher Seitenblick Xenobias auf ihn krönte den Augenblick vollends. Antonius trank einen Becher Wein und ging mit Decimus hinaus, um den Einsatz zu besprechen.

Er ahnte nicht, dass jenseits des Limes zur selben Zeit darüber gesprochen wurde:

> »Von woher wird der Spion denn kommen?«, fragte der alemannische Krieger Durink seinen Anführer Attalo.

»Wo willst du denn hinüber gehen?«, fragte Decimus seinen Decurio Antonius Aquila. »Die Alemannen behalten das Tor bestimmt im Auge.«

> »Er wird irgendwo mitten im Gelände hinüber schleichen«, sagte Attalo. »Er denkt, da ist niemand.«

»Ich gehe bei einem Turm irgendwo weit zwischen den Toren und Kastellen hinüber. Da, wo sich drüben niemand herum treibt«, sagte Antonius.

»Er braucht ein Pferd, um schnell genug vorwärts zu kommen«, bemerkte Durin.

»Woher willst du ein Pferd nehmen, wenn du drüben bist?«, fragte Decimus.

»Er geht davon aus, dass er bald auf unsere Krieger oder irgendwelche Bauern stößt«, vermutete Attalo. »Die Römer haben ganze Länder gestohlen, da werden sie es auch schaffen, ein Pferd zu stehlen.« Die Krieger lachten und stießen mit dem Met an.

»Wenn ich recht behalte, stoße ich bald auf Alemannen«, antwortete Antonius. »Da finde ich schon eines. Notfalls muss ich bis zum nächsten Dorf laufen.«

»Er wird glauben, erst da, wo das Heer steht, stehen auch unsere Posten«, lachte Attalo.

»Wenn du recht hast und sie ziehen ein Heer zusammen, wird es vor Wachen wimmeln«, sagte Decimus.

»Wir erwischen ihn gleich am Rand der Limes-Schneise«, freute sich Durink.

»Schaffe ich es bis zu irgendwelchen Kriegern, bin ich ja schon am Ziel, nämlich am Feldlager«, hoffte Antonius. »Die Wachen rechnen mit Patrouillen, nicht mit einem Einzelnen.«

Attalo rieb sich die Hände. Er hatte unmittelbar an der Schneise die Postenkette in Stellung gebracht, die er klangvoll ›Gegen-Limes‹ nannte. Er wollte wieder gut machen, dass er sich damals gegenüber diesem alten Römer Titus verraten hatte. Sollte der vor seinem Tod noch einen Spion alarmiert haben, mussten sie diesen unbedingt erwischen. »Die ersten Bäume und Büsche sind seine Falle.«

Antonius fühlte sich absolut sicher. Er war weniger als ein Schatten in der stockfinsteren Nacht. Vom Turm aus war der Rand der Schneise nicht zu sehen gewesen – also hätten ihn auch Beobachter von drüben nicht wahrnehmen können, als er an der Strickleiter hinab stieg. Erst lief er geduckt, dann kroch er auf dem Bauch. Bald erreichte er die ersten Bäume und Büsche. Es war still bis auf das Knacksen und Rascheln, das er selbst verursachte.

Er hörte und sah die Falle nicht. Er roch sie. Pferdegeruch. Sofort legte er sich flach auf den Boden, schob sich so weit wie möglich unter ein Gebüsch. Wie konnte es sein, dass gerade an dieser Stelle Reiter waren? Egal, er musste durch.

Schnauben. Wiehern. Der Alemanne hob den Kopf. Blieb es bei einem Wiehern, bedeutete es nichts. Ein zweites Wiehern. Der Krieger duckte sich und schlich zu dem Baum, wo der Zweite auf der Lauer lag. »Das Pferd wird unruhig. Da kommt einer.«

»Bist du sicher?«

»Noch nicht. Aber wegen einer Maus wiehert mein Pferd nicht andauernd, ich kenne es. Wir sollen beim geringsten Verdacht reagieren, haben sie gesagt.«

»Also gut. Ich schleiche zum nächsten Posten und hole sie alle beide.«

Weg von dem Pferd, dachte sich Antonius. Quälend langsam kroch er auf dem Bauch zum nächsten Baum, huschte geduckt von Deckung zu Deckung. Das Rascheln der alten, knochentrockenen Blätter schien in seinen Ohren zu dröhnen, jeder zerknackte Zweig wie ein Peitschenhieb zu knallen. Immer wieder blieb er stehen und lauschte. Das Pferd hatte sich beruhigt, aber aus seiner Richtung kamen immer noch Geräusche ähnlich wie die, die er verursachte. Egal, weiter. Langsam und leise oder schneller und lauter?

Dann war es aus. Vier Schattengestalten um ihn herum. Laute aus rauen Kehlen. Er verstand nichts. Widerstand war sinnlos, seinem Kurzschwert reckten sich zwei Langschwerter und zwei Wurfspieße entgegen. Jemand fesselte ihm die Hände, band den Strick an einem Sattel fest, der Reiter zerrte ihn mit sich. Ein weiterer Reiter blieb dicht hinter ihm, die anderen Krieger bezogen wieder ihre Posten.

Wie erbärmlich, dachte Antonius über sich selbst, keine fünfzig Schritte weit bin ich gekommen.

Äste, Dornen und Steine setzten seinen Füßen zu, zweimal fiel er, ohne dass der Reiter anhielt, es war eine Qual, über den unebenen Waldboden geschleift zu werden und sich an dem Seil wieder hoch zu hangeln. Zum Glück trug er alemannische Kleider, also eine lange Hose und ein langes Hemd aus derbem Stoff. Als Tarnung hatte die Aufmachung nichts genützt.

Es dämmerte schon, als sie endlich hielten. Sie befanden sich zwischen zahlreichen kleinen Feuerstellen, umlagert von Kriegern, zuweilen auch Frauen und Kindern. Dann ging es weiter, bis sie zu Gebäuden kamen. Sehr großen Gebäuden, aber offenbar eilig und improvisiert zusammengezimmert. An einem Baum wurde er festgebunden, er sackte zusammen und schlief schließlich vor Erschöpfung ein.

Ein Wasserschwall, begleitet von rauem Gelächter, weckte ihn am Morgen. Über sich sah er einen Mann mit rotem Kittel, grau-weißem, langem wallenden Bart und seitlich gebundenem Haarknoten. Auch ohne Insignien, abgesehen von der auffallenden Farbe des Kittels, umgab ihn zweifellos die Aura eines Anführers. Er war bester Laune, lachte ausgelassen und begutachtete Antonius mit stolzer Freude. Mehrere Krieger, bereits gegürtet, mit dem Langschwert auf dem Rücken oder Äxten in Händen, umgaben ihn. Als Antonius vollends zu sich kam und sich konzentrierte, hörte er aus den Worten des hochgestellten Mannes »Geschenk der Götter« und »schöne Kriegsbeute« heraus. Der Mann verschwand wieder, doch nachdem man Antonius mit Wasser und Getreidebrei versorgt hatte, sah er ihn wieder. Diesmal machte der Alemanne seinen Rang deutlich: Er saß auf einer Art Thron an einer Wand unter einem ansonsten freitragenden Strohdach mit Bäumen als riesigen Pfosten. Nachts hatte hier offenbar der Anführer mit seinen Getreuen geschlafen, jetzt war es der Versammlungsplatz. Der Alemannen-Führer trug nun einen Helm mit Wangenschutz, Bronzebeschlägen über dem Eisen und einem hohen Aufsatz, aus dem ein Pferdeschweif wallte. Reich verzierte Gurte wiesen ihn vollends als Herrscher aus.

Als ihm Antonius vorgeführt wurde, standen bei ihm andere Höhergestellte, offenbar Unterführer. Antonius war trotz aller Strapazen und Schmerzen in den wund gelaufenen Beinen wach genug, um ihre Gesichter zu studieren: zwei oder drei blickten kritisch bis missmutig auf ihn und den Häuptling im roten Kittel – dessen Macht schien also durchaus noch nicht gefestigt. Antonius war klug genug, vor ihm auf die Knie zu gehen, als man ihn vor den Thron stieß.

»Kannst du reden?«, dröhnte der Häuptling, jedenfalls verstand es Antonius so.

»Ich bin Decurio Antonius Aquila«, stellte er sich vor. Ein Raunen ging durch die Versammlung, zu der immer mehr Unterführer heran geeilt kamen.

»Was tust du hier?«

Antonius spürte, dass ihm Aufrichtigkeit und Selbstbewusstsein jetzt besser dienlich waren als unwürdige Versuche, sich mit Ausreden herauszuwinden. »Ich wollte erkunden, welche Gefahr von deinem Heer ausgeht«, sagte er, so gut es seine Sprachkenntnisse zuließen. Das Raunen wurde lauter. Wenigstens verstehen sie mich, dachte Antonius.

Der Häuptling wirkte fast schon amüsiert, als er fragte: »Und, was glaubst du?«

»Eine sehr große Gefahr«, schmeichelte Antonius und nickte anerkennend. Einige der Umstehenden lachten, der Häuptling bedachte ihn mit wohlwollendem Lächeln.

»Das hast du richtig erkannt, Römer«, sagte der Mann. »Denn es ist das Heer, das mir, Agishar, folgt.« Grölen, hoch gereckte Fäuste. Antonius konnte nur wenige Reaktionen sehen, aber er hörte, dass nicht einmal die Hälfte der Männer ihre Zustimmung bekundete. »Was soll ich nun mit ihm tun?« fragte Agishar laut, an die Versammlung gerichtet.

»Opfere ihn Wotan!«, rief einer und ein anderer stimmte ein: »Ja, der ist besser als ein Ochse, um Wotans Kriegsgunst zu gewinnen, dann bleibt uns mehr Bratenfleisch.« Gelächter.

»Nun, was meinst du, Römer?« dröhnte Agishar. »Bist du ein würdiges Opfer? Wie viele Feinde hast du schon getötet?«

»Ich bin Krieger und fürchte den Tod so wenig wie du und deine Männer«, behielt Antonius trotz aller Unterwerfungsgesten seine selbstbewusste Art bei. Das schien gut anzukommen. »Aber es gibt immer mehrere Möglichkeiten. Wer sagt, dass ich nicht ein Geschenk der Götter an dich bin, aus dem du großen Nutzen ziehen kannst?« Bewusst nahm er mit ›Geschenk der Götter‹ Agishars eigene Worte auf, die er gehört hatte.

Agishar gefiel das Spiel, sein Grinsen wurde breiter. »Und welchen Nutzen soll ich aus dir ziehen?« fragte er.

»Lass mich dich bedienen. Es gibt keinen anderen Barbarenhäuptling, der sich rühmen könnte, einen römischen Offizier zum Diener zu haben.«

Einen kleinen Augenblick lang war Agishar verblüfft, dann lachte er aus voller Kehle. »Ein römischer Anführer als Diener! Das ist gut, das kann sich sehen lassen!« Genau das war der Hintergedanke von Antonius: Agishar hatte noch nicht alle Gefolgsleute hinter sich. Er brauchte etwas Spektakuläres, das beeindruckte, das kein anderer Häuptling übertreffen konnte.

Sein Lachen hallte bei seinen Anhängern wider, aber seine Gegenspieler waren noch keineswegs beschwichtigt. »Lässt du dich von einem gefangenen Römer beschwatzen, ihm das Leben zu schenken und Wotan das Opfer vorzuenthalten?« rief einer. »Wie konnte er es überhaupt schaffen, in dein Gebiet vorzudringen?«, stellte ein anderer die Fähigkeit Agishars in Frage, sein Land zu schützen.

»Er ist nirgendwohin vorgedrungen«, donnerte der Häuptling. »Meine Postenkette hat ihn nach wenigen Schritten auf meinem Land gefangen. Stimmt das, Römer?« Antonius nickte. Agishar dachte nach. »Nein, wir brauchen ihn nicht zu opfern. Menschenopfer sind dazu da, um in höchster Not die Götter zu beschwichtigen. Sind wir vielleicht in Not?« Zu Antonius' Glück verneinten die Krieger lautstark. »Also, dann ist er wohl doch ein Geschenk Wotans. Wir haben noch das Zeug von der letzten Patrouille, die wir erwischten, oder? Kleidet ihn wie einen Römer, dann soll er mir römischen Wein bringen.«

Gibulds Sippe war am Ziel. Vadomar wies ihnen einen Lagerplatz auf einer Lichtung an, die bereits sehr belebt war. Die einfachen Männer aus den hinteren Reihen blieben sich selbst überlassen, der Sippenälteste, Gibuld, seine Söhne und die anderen Herrenreiter wurden eingeladen, den großen Agishar zu begrüßen. Ebo und Wulf schlugen einen Pflock ein, banden ihr Pferd daran fest und legten ihre Vorräte ab. Nachdem sie sichergestellt hatten, dass andere Männer der Sippe alles bewachten, erkundeten sie das Heerlager. Als sie die nächste Pferdetränke fanden, ging Wulf zurück, um das durstige Reittier zu holen. Ebo machte sich inzwischen ein Bild vom Lager. Das ganze große Treiben erschien ihm wie ein Spiegel seiner selbst: Er sah Ungewissheit in den Gesichtern – zwei, drei Mal kam es ihm vor, als hoffte man, er wäre ein Überbringer erhellender Neuigkeiten. Zuweilen glaubte er den Groll wieder zu erkennen, mehr oder weniger ungefragt in das monströse Unterfangen hinein gezogen worden zu sein. Ein Mann sprach ihn an, ob er nicht vielleicht dessen Streitaxt gegen ein Schwein tauschen wolle; also waren zuweilen wohl die Vorräte schon knapp. Dennoch vermittelten prahlend grölende Krieger siegessichere Aufbruchsstimmung, indem sie stolz ihre Waffen, Schilde und Helme zur Schau trugen oder in Übungskämpfen ihr Kampfgeschick und ihre Kräfte maßen.

Zurück im Lager warteten Ebo und Wulf mit den anderen einfachen Männern auf die Rückkehr ihrer Anführer, um Neuigkeiten zu erfahren. Sie erschienen früher als gedacht; viel Zeit hatte ihnen der große Heeresführer nicht gewidmet. Dafür warteten sie mit einer seltsamen Begebenheit auf: »Wisst ihr, was sich Häuptling Agishar hält?«, lachte Gibuld, der Sippenälteste etwas übertrieben, »einen römischen Decurio als Diener! Wir haben es mit eigenen Augen gesehen, nicht wahr Matizo?« Auch der Angesprochene lachte, als ob die Posse zu seiner Belustigung aufgeführt worden wäre und er schon zum engeren Gefolge des

Feldherrn gehörte. Sofort wollte die Hälfte der Männer das Schauspiel sehen und man fragte nach dem Weg zum Häuptlingshaus.

»Los, das sehen wir uns auch an«, drängte Wulf, aber Ebo wies ihn zurecht: »Interessiert sich keiner mehr, worum es wirklich geht?« Er ging zu Gibuld hinüber und fragte: »Hat euch der große Heerführer willkommen geheißen? Wie ist seine Strategie? Wie ist die Beuteaufteilung geregelt?«

Gibuld brauchte eine verräterische Sekunde, um sich zu fangen und eine abweisende Miene aufzusetzen, die ausdrücken sollte: Kümmere dich nicht um Dinge, die du nicht verstehst. Statt ihm antwortete Vadomar: »Die Heeresordnung ist längst geregelt. Wir reiten mit Attalo, dem Sohn des Häuptlings, und sichern die Flanke des Hauptkeils, den Agishar persönlich anführt.«

»Längst geregelt«, wiederholte Ebo. »Wieso hast du es uns nicht gesagt, wenn es längst geregelt ist?«

»Ich habe mich eben noch bei einem von Attalos Leuten vergewissert, dass die Schlachtordnung noch gilt. Aber warum mäkelst du denn schon wieder herum? Siehst du denn nicht, dass alles ist, wie ich es versprochen habe?« Er rief den anderen Männern zu: »Ist das hier das mächtigste Heer, das ihr je gesehen habt, oder nicht?« Zustimmung, teils gemurmelt, teils anerkennend ausgerufen. Triumphierend sah Vadomar Ebo in die Augen.

Der ließ sich nicht beirren: »Hat Gibuld schon seinen Gefolgseid geleistet? Dazu war wohl kaum Zeit.«

»Heute Nacht wird Zeit dazu sein«, erwiderte Vadomar mit Ungeduld in der Stimme. »An der Tafel des Häuptlings.«

»Komm, wir sehen uns den Römer an.« Wulf zerrte Ebo am Arm davon.

Der erste Auftritt von Antonius als Mundschenk des alemannischen Heerführers war natürlich der spektakulärste – so viele Gefolgsleute und Krieger wie nie drängten sich beim Gelage um das Häuptlingshaus und weit darüber hinaus. Antonius Aquila bediente Agishar mit übertrieben höflichen und gezierten Gesten und erreichte damit tatsächlich eine Art Bündnis zwischen ihnen – der Häuptling hatte eine Attraktion, die ihm die noch fehlende Bewunderung einbrachte; Aquila die Gewissheit, sein Leben noch eine ganze Weile behalten zu dürfen.

Mit diesem Gefühl der Sicherheit nutzte er es aus, dass er unvermittelt im Zentrum des Geschehens gelandet war. In den ersten Stunden ging es mehr darum, mit der Sprache der Barbaren so weit vertraut zu werden, dass er sich aus der Unzahl der Gespräche, Trinksprüche und Bemerkungen, die er aufschnappte, ein Bild der Lage machen konnte. Dass es sich hier um einen Heeresaufmarsch handelte, stand von Anfang an außer Zweifel. Und dass er dazu diente, einen Raubzug gegen die Römer vom Zaun zu brechen, ebenso. Dass laufend alemannische Sippenverbände eintrafen, hörte er aus Begrüßungen heraus wie: »Was, drei Wochen seid ihr schon hier? Uns ödet es schon nach den fünf Tagen an, in denen wir nun hier warten müssen. Drei Wochen würden wir den Fraß hier gar nicht überleben.« Derartige Bemerkungen ließen sich immer über die Aussage hinaus deuten – zum Beispiel, dass die vielen Krieger weder lange hingehalten noch lange ernährt werden konnten und dass die Kampfkraft, die hier gebunden war, innerhalb kürzester Zeit entfesselt werden musste. Die Größe des Heeres war für Antonius Aquila schwer zu bestimmen. Aber wenn er sich erinnerte, wie groß der Lagerbereich war, durch den man ihn herangeschleppt hatte und wenn er auf jeden der rund hundert Anführer, die er zu Gesicht bekommen hatte, fünfzig Leute rechnete, ging es um mindestens fünf- bis sechstausend Mann mit vielen Pferden.

Und dann hörte er etwas, das ihn zusammenfahren ließ. Ein einziges Wort.

»Attalo!«

Der Alemanne, von dem Lucius den Bernstein angenommen hatte, den er durch den Limes schleuste, der wahrscheinlich Titus und Masclinus ermordet hatte. Sofort goss Antonius aus dem großen Weinschlauch den Tonkrug voll und trug ihn zum Häuptlingsplatz, um herauszufinden, wem die Begrüßung gegolten hatte. Ein Krieger mit eisernem Häuptlingshelm wurde willkommen geheißen und geradewegs zu Agishar geführt. Ganz selbstverständlich setzte er sich an dessen rechte Seite. Antonius spürte seinen Herzschlag bis zum Hals. Attalo ein General oder gar ein Sohn des obersten Alemannenführers? Es war der Sohn, wie Antonius wenig später aus Gesprächsfetzen heraus hörte. Unvermittelt starrte dieser den römischen Bediensteten an, von dem man ihm zweifellos schon auf dem Herweg berichtet hatte. Doch auch Antonius beobachtete Attalo. Er war von ganz anderer Natur als sein vor Selbstbewusstsein, Autorität und lachender Überlegenheit strotzender Vater. Attalo wirkte verbissen, verstimmt, überheblich. Seiner Position nicht gewachsen. An ihn war nicht heranzukommen.

Also musste sich Antonius an Agishar halten. Wie kam er einen Schritt weiter, verschaffte sich Gunst, Gehör und Gesprächigkeit des Häuptlings? Er begann mit etwas, das er sicher dazu brauchte: Wein. Immer wieder schenkte er nach, ob Agishar danach verlangte oder nicht. An dem Punkt, wo die Laune des Barbaren besser nicht sein konnte, der Wein sein Hirn aber noch nicht vernebelte, setzte der Diener zu ersten Vertraulichkeiten an: »Ach, mein Centurio hatte wohl doch recht«, begann er beim Einschenken zu vorgerückter Stunde, als die Umsitzenden betrunken und kaum noch aufnahmefähig waren. »Er hatte mich gewarnt, dich auszuspionieren. Er behauptete, deine Leute hätten einen Spion sogar schon auf der anderen Seite der Mauer erwischt und getötet. Ich habe ihm das einfach nicht geglaubt.« Attalo warf ihm sofort einen misstrauischen Blick zu, als er den Römer mit seinem Vater sprechen sah; er saß aber gerade einige Plätze weit entfernt und konnte von ihrer Unterhaltung nichts hören.

»Und? Glaubst du es jetzt?«, grunzte Agishar.

»Ja, jetzt glaube ich es. Sage mir doch, wie du das angestellt hast.«

»Warum willst du das wissen?« Agishar war sofort hellwach. Und todernst. Antonius hatte ihn unterschätzt, jedenfalls seine Trinkfestigkeit.

»Was spielt es für eine Rolle, ob ich es weiß oder nicht?«, entgegnete der Römer. »Ich sitze hier wohl noch fest, wenn ihr losschlagt. Dann ist doch völlig egal, was vorher war.« Geschickt hatte Antonius zwischen den unbeholfen zusammengesuchten Worten anklingen lassen, dass es ein Zeichen von Angst, ja Zweifel am bevorstehenden Erfolg wäre, jetzt noch Geheimnisse um den großen Siegeszug zu machen.

»Er war nicht schlecht, euer Spion«, stieg Agishar darauf ein, mit einem Seitenblick auf Attalo. »Ich brauche meinen Decurio nicht mehr«, rief der Häuptling nun zu seinem Sohn hinüber. »Überzeuge dich, dass sein Quartier sicher ist und bringe ihn dann hin.« Aha, der Häuptling wollte den Sprössling bei diesem Thema los werden. Interessant. Eher wiederwillig verließ Attalo seinen Platz.

»Der alte Römer hatte sich an Attalo als Händler getarnt heran gemacht«, erzählte der Häuptling freimütig. »Was heißt getarnt, sie sind ja wirklich ins Geschäft gekommen. Und zunächst war es auch Attalo, der sich als Spion versucht hatte. Er forschte nach Anzeichen, ob römische Truppen schon wieder aus Persien zurückgekehrt sind. Unter dem Vorwand, er könne seine Ware vielleicht mit Sklaven bezahlen, hat er gefragt, ob Sklaven gerade Mangelware und wertvoll sind. Das hätte bedeutet, dass noch keine Kriegsgefangenen als Sklaven angeboten wurden, also noch kein römisches Heer zurückgekehrt wäre. Er fragte weiter, ob man in den Bordellen vielleicht üppige blonde Barbarenweiber brauchen könnte – ein heimkehrendes Heer hätte Geld und aufgestauten Samen genug dafür. Der altgediente Legionär kam ihm natürlich auf die Schliche und antwortete, als wären tausendmal tausend Soldaten im Land. Und schlimmer noch – er drehte den Spieß um und stellte Attalo wirklich raffinierte Fangfragen. Ob er sein Getreide gleich zu Mehl gemahlen haben wolle, fünfzig Säcke vielleicht? Attalo bestellte das Mehl und verriet damit, dass er sehr schnell sehr viel Brot braucht – ein Zeichen, dass er ein Heer zu versorgen hat. Auch die angebotenen fünfhundert Salzlecksteine für Vieh und Pferde bestellte er – uns sind schon viele Kühe und Pferde in der Hitze und bei dem knappen Wasser verdurstet; das Salz würde das Wasser in ihnen binden. Aber fünfhundert auf einmal würde niemand nur für ein paar Bauerndörfer bestellen, sondern eher für ein Reiterheer. Hafer sei günstig zu haben, sagte der listige alte Römer – Attalo bestellte fünfzig Wagenladungen und verriet einmal mehr, dass er unzählige Pferde zu versorgen hat. Eisenbeschläge für Wagenräder bot der Römer an, wohl wissend, dass sie sich auch hervorragend als Verstärkung für Kampfschilde eignen. Attalo bestellte sie. Und so weiter, und so weiter. Stolz kam Attalo zu mir und berichtete von seinen Erfolgen. Ich begriff natürlich sofort und sagte ihm, dass er drauf und dran war, unseren großen Plan zu verraten.«

»Dann hast du ihn losgeschickt, um den verdächtigen Römer zu töten?«

»Das war gar nicht nötig«, lachte Agishar. »Mein Attalo war viel zu wütend über seine eigene Dummheit und beschloss selbst, den Römer zum Schweigen zu bringen.« Und Masclinus gleich mit, dachte sich Antonius, über den hatte Attalo dank Lucius ja Bescheid gewusst. Redseliger Wirt und altgedienter Soldat in einem – diese Kombination war ihm wohl zu riskant und er brachte auch ihn um.

Der Fall war geklärt. Da kam Attalo, den er gerade als Mörder entlarvt hatte, wieder und nahm ihn mit. Antonius Aquila lachte innerlich über die Ironie seines Schicksals – er hatte nicht nur den Mordfall geklärt, sondern auch die größten alemannischen Angriffspläne der letzten zwanzig Jahre aufgedeckt. Schön für ihn, doch er konnte seine Geheimnisse mit ins Grab nehmen, das er quasi kurz darauf erblickte: Attalo stieß ihn hundert Schritte weit vor sich her zu einer Grube im Wald, umlagert von Kriegern. Ein Gitter aus Holzstäben stand offen. Antonius sprang hinunter, über ihm krachte das Holzgitter herunter. Ein denkbar einfacher und ausbruchsicherer Kerker, umlagert von Wächtern. Er zog seine Kleider aus, um am nächsten Tag dem Häuptling keine Schande als dreckstarrender Diener zu machen, kauerte sich zusammen und schlief erschöpft ein.

VIII

IM FEINDESLAND

Als Antonius aufwachte, hoffte er schon, die Alemannen hätten ihn in seiner Grube vergessen, so hell war es bereits. Doch schon knarzte das schwere Gitter, jemand rief etwas und warf ein Seil hinunter. Der Römer zog sich an und kletterte hinauf. Ein Krieger brachte ihn wieder zum Häuptlingsplatz. Jetzt, ausgeruht und mit klarem Kopf, machte er sich erstmals Gedanken über eine Flucht. Im Augenblick sah es schlecht aus, mitten in dem Gewimmel von Kriegsvolk.

Häuptling Agishar saß da und wirkte wie eine Bienenkönigin im Zentrum eines quirligen Volkes. Krieger schwärmten in alle Richtungen aus, um gerade erhaltene Anweisungen auszuführen, Unterführer mit Helmen und pelzbesetzten Umhängen traten vor. »Seid gegrüßt, Sippenführer«, hieß der Häuptling sie willkommen. »Ich bin Agishar, werde den großen Beutezug führen und brauche eure Köpfe, Arme und Männer dazu.« Sein Blick fiel auf Antonius, er winkte ihn her und fuhr fort: »Hier seht ihr, wie es den Römern ergehen wird, nachdem wir mit ihnen fertig sind. Das war ein stolzer, kampferprobter Decurio, wie sie die ganze Welt fürchtet. Jetzt ist er mein Diener, und unser Feldzug hat noch gar nicht begonnen. Decurio Antonius Aquila, bring mir Met.« Aquila war längst über die Demütigung erhaben. Er tröstete sich damit, dass er dem Häuptling dadurch nahe genug gekommen war, um Attalo als Mörder zu überführen.

Agishar befahl noch am Vormittag, dass Antonius ihm und seiner Leibwache zu einer kleinen, aber rundum geschlossenen Hütte folgen solle. Dort setzte sich der Häuptling und sagte geradeheraus: »Du siehst, ich habe viel zu tun. Also verschwende nicht meine Zeit und erkläre mir die Lage bei deinen römischen Kameraden drüben.«

Antonius wusste ja von Lucius, welche Gegend Attalo, der Häuptlingssohn, ausgekundschaftet hatte. Die dortigen Verhältnisse schilderte er wahrheitsgemäß, damit Agishar im Abgleich mit dem Bericht seines Sohnes sehen konnte, dass der Römer nicht log. Aquila hatte überlegt, was er mit falschen Angaben zu anderen Gebieten wohl noch ausrichten konnte. Irgendwelche militärische Stärke vorzuflunkern, wäre sinnlos gewesen; der Ansturm ließe sich nicht mehr aufhalten. Also log er, dass in Aelia Augusta eine ganze Legion stationiert sei, um sich Angriffen vom Limes her entgegen zu werfen. So würde der Häuptling vielleicht vorsichtig sein, seine Krieger nur über einen begrenzten Raum vorstoßen und den wichtigsten Fluchtweg aus der Kesselebene heraus, die via Claudia, unbehelligt lassen. Das war alles, was Antonius tun und hoffen konnte.

Der dritte Tag nach dem Aufbruch von Antonius brach an. Wieder fanden sich Decimus, Publius Annaeus, Xenobia und Lucius am Wachturm beim Tor ein. Und wieder hatte Centurio Manius Dignus, der Wachoffizier, nichts Neues für sie: »Ich habe letzte Nacht noch einmal mit der Mannschaft des Turmes gesprochen, von dem aus Aquila rübergegangen ist. Keine Nachricht, nichts regte sich drüben, keine Meldung von anderen Wachtrupps.«

Decimus wurde nervös. Er ging im Kreis herum, die Arme hinter dem Rücken verschränkt. Er stieg auf den Wachturm, starrte hinüber. Er kam wieder herunter, setzte sich an den Tisch neben der Tür des Turmes und stützte den Kopf in beide Hände. Dann sprang er auf, als ob ein Signal es befohlen hätte, ging zu seinem Pferd und zurrte die Gurte fest. »Also gut«, sagte er nur, »also gut.«

»Was ist?«, wollte Publius Annaeus wissen.

»Ich muss los. Ich habe meine Anweisungen von Aquila, falls er am dritten Tag nicht zurück ist.«

In Publius' Gesicht war zu lesen, was »falls er nicht zurück ist« wirklich bedeutete: Falls er aller Wahrscheinlichkeit nach tot ist. »Was sind das für Anweisungen?«

»Ich muss zur Ala reiten und den Präfekten dazu zu bewegen, einen möglichst großen Teil unserer Einheit zu ... zu deinem Hof zu beordern.«

»Was sollen sie denn da?«

»Aquila sagt, wenn er es nach drei Tagen nicht zurück geschafft hat, hat er wohl recht – dann sammelt sich drüben ein Heer und sie haben ihn erwischt. Die Reiter unserer Ala sollen sich den Alemannen entgegen stellen.«

»Von meinem Hof aus?« Publius wurde lauter als beabsichtigt, was zwangsläufig seine Tochter auf den Plan rief. »Mach dich fertig, Xenobia«, sagte er zu ihr. »Wir reiten nach Hause.«

»Aber was ist mit Antonius?«, fragte sie, flehte sie. Betreten wandten die Männer ihre Blicke ab. »Ihr gebt ihn auf?«, schrie sie. »Das könnt ihr doch nicht machen!«

Decimus stieg aufs Pferd und galoppierte grußlos davon. War das sein großer Augenblick, wo er das Ruder übernahm? Es würde zu ihm passen – ohne große Gesten aufzusteigen, weder selbstherrlich noch Trauer für seinen verlorenen Vorgesetzten vortäuschend, Aquilas Stelle einzunehmen und zu handeln.

Xenobia wandte sich wieder flehend an ihren Vater. »Wir können nichts mehr für ihn tun«, sagte dieser. »Ich habe mich jetzt um den Hof und unsere Familie zu kümmern.« Xenobia ließ den Kopf sinken und ging weg.

Dafür tauchte jetzt Lucius auf. Er hatte in den letzten Tagen gespürt, was Verachtung bedeutet. »Was wird jetzt geschehen?«, fragte er seinen Hofherrn.

»Lass deinen Karren stehen, komm mit zur Herberge und mache dein Pferd fertig«, sagte Publius Annaeus.

»Der Karren ist gar nicht mehr da«, stellte Lucius erstaunt fest. »Da!«, rief er und zeigte zum Tor hinaus.

Publius Annaeus interessierte sich nicht mehr sonderlich für den Karren, der noch mit einigen Säcken beladen war. Das änderte sich schlagartig, als er entdeckte, dass er plötzlich auf der anderen Seite der Mauer stand, etwas abseits von den Alemannen. Er schien verlassen, doch dann war eine Alemannin in einem schlichten, braunen, ärmellosen Kleid bei ihm. Sie machte sich an ihren roten Haaren zu schaffen. Rote Haare? Nein, das durfte nicht wahr sein. Doch. Xenobia. Sie hatte sich die Haare zu einem Zopf geflochten, den sie gerade als Haarkranz um den Kopf wand. Wie war sie zu dem Barbarenkleid gekommen? Die Antwort gab eine Alemannin, die in Xenobias Tunika und mit einem Getreidesack auf der Schulter den Weg entlang über die Limes-Schneise ging – Xenobia hatte einfach ihr Gewand und einen Sack voll Getreide gegen deren Kleid eingetauscht. Die Kleider hatten sie hinter dem Karren gewechselt, unbemerkt sowohl von den römischen Wachtposten als auch den Alemannen. Jetzt lehnte sie am Wagen, lächelte zur römischen Seite hinüber und winkte ihrem Vater.

Publius war außer sich, lief puterrot an und rannte zum Tor. Decurio Dignus stellte sich vor ihn und legte ihm die Hand auf die Schulter. »Ganz ruhig, nicht auffallen«, sagte er. »Dein Mädchen ist auch noch nicht weiter aufgefallen. Den Kleidertausch habe nicht einmal ich bemerkt, also die da draußen wohl auch nicht.«

»Was soll das?« die Stimme von Publius überschlug sich, obwohl er leise sprach. »Wie konntet ihr sie mit dem Karren einfach hinüber lassen?«

»Wir haben doch ausgemacht, dass der Karren jederzeit hinüber kann. Schon vergessen?«, erwiderte der Decurio.

»Was tut sie da?«

»Wenn ich die Lage richtig einschätze, will sie hinüber und Antonius retten.«

»Die ist doch wahnsinnig! Die rennt ins Verderben! Los, schick deine Leute hinüber, holt sie. Los!«

Dignus überlegte tatsächlich, ob er das tun sollte. Er konnte heute keinen alemannischen Krieger drüben sehen, es würde keine Komplikationen geben. Für die sorgte Xenobia schon selbst: Sie schulterte einen der Säcke und machte sich damit auf den Weg, das Niemandsland in Richtung Alemannengebiet zu durchqueren. Nach etlichen Schritten blieb sie stehen und wandte sich um. »Ich glaube, sie will, dass du mitkommst«, sagte Dignus.

»Ich kann nicht in Römerkleidern rüber.« Publius sah an seiner Tunika herab.

»Wir haben im Wachturm eine lange Barbarenhose für die kalten Nächte.« Dignus lief zur Tür des Turms und rief dabei: »Tausche deine Tunika mit der von Lucius – die ist braun und schmutzig und geht als Barbarenkittel durch.«

Publius legte seinen Gürtel unter dem Kittel an und steckte den Breitdolch hinein. Er verstrubbelte sich die Haare und als er notdürftig verkleidet war, lief er zum Eselkarren, der immer noch unbeachtet dastand.

Er machte es Xenobia nach, schulterte einen Sack und folgte ihr. Kurz, bevor das kahlgeschlagene Niemandsland in den Waldrand überging, holte er sie ein. Als er zu einer Schimpftirade ansetzen wollte, legte sie den Zeigefinger auf die Lippen und deutete mit einer Kopfbewegung zu den ersten Bäumen am Wegesrand. Ein Krieger mit Lanze und Langschwert stand im Schatten und beäugte sie.

»Wieso tragt ihr die Säcke jetzt alle einzeln?«, fragte er.

»Kein Karren da«, antwortete Publius mit den mühsam zusammengesuchten ersten Brocken alemannisch, die er seit Jahren sprach. Der Wächter schien zufrieden und auch eher gelangweilt, sich mit Sackträgern abgeben zu müssen. Xenobia ließ im Vorübergehen ihre neugierigen Blicke durchs Gebüsch schweifen und sah durch eine lichte Stelle ein Pferd grasen – so weit entfernt, dass es schon zu einem anderen Posten gehören musste.

Als Publius nach ein, zwei Meilen sicher war, dass sich niemand sonst in der Nähe aufhielt, stellte er seinen Getreidesack ab. »Sag einmal, bist du von allen guten Geistern verlassen?«, begann er endlich, auf seine Tochter einzuschimpfen. »Du bringst uns um. Ich fasse es nicht. Ich fasse es nicht.«

»Wir können doch Antonius nicht im Stich lassen«, sagte sie.

»Was geht uns denn Antonius an? Wenn er meint, er muss zu den Alemannen rüber, um den Helden zu spielen und dafür ordentlich befördert zu werden, ist das doch seine Sache.«

»Seine Sache«, echote Xenobia. »Wenn er so denken würde wie du, hätte er schon längst Reißaus genommen und wäre unter einem Vorwand nach Aelia geflüchtet. Dort hätte er in sicherer Entfernung die Meldungen abgewartet, wie die Alemannen das Land überrennen, unseren Hof niederbrennen und mich vergewaltigen.« Publius schnaubte, schwieg aber. »Hat er aber nicht«, fuhr Xenobia fort. »Er hat Leib und Leben riskiert. Für dich, für mich, für Menschen, die er gar nicht kennt. Ich dachte immer, du wärst genau so.«

Die letzten Worte hatten gesessen. »Ich habe mein halbes Leben der Aufgabe gewidmet, den Limes zu schützen«, verteidigte sich Publius Annaeus. »Mit der Armee von Caracalla sind wir damals ...«

»Ich weiß, ich weiß«, schnitt ihm Xenobia das Wort ab. »Und warum willst du jetzt den Schwanz einziehen?«

»Jeder an seinem Platz, Mädchen«, wechselte er wieder in die Offensive. »Ich bin verantwortlich für den Hof und die Familie. Grenztruppen sind jetzt andere. Aber es ist ja egal, meine edelmütige Tochter hat entschieden, dass wir beide als Spione im Hinterland draufgehen müssen. Nur weil sie ein Auge auf einen gut aussehenden Decurio geworfen hat. Also auf, weiter.«

»Ich habe kein Auge auf ihn geworfen«, maulte Xenobia.

»Ach ja? Wären wir auch hier, wenn er klein und bucklig wäre?«

»Was sollen wir denn jetzt tun?«, fragte Xenobia, als sie sich wieder in Bewegung gesetzt hatten.

»Wie – kein Plan für deine Mission? Du hast nicht durchdacht, was du angefangen hast? Ganz was Neues.«

»Ach Vater, was hatte denn Antonius für einen Plan?«

»Bis jetzt gibt es ja keine andere Möglichkeit, als einfach weiter zu gehen. Ich hoffe, der Weg führt uns zu einem Lager. Und ich hoffe, es ist das einzige in der Nähe. Und ich hoffe weiter, sie haben Antonius dort hin gebracht. Falls sie ihn nicht gleich ... Vergiss es.«

Irgendwann kreuzte ein anderer Weg, aber die Wagenspuren, die sich in ihren Weg eingegraben hatten, liefen geradeaus weiter. Sie folgten ihnen. Zweifel, ob sie nicht doch nur in leerer Wildnis gelandet waren, zerstreuten sich, als ihnen ein Trupp Krieger entgegen kam. Einer fragte Xenobia irgendetwas. Sie verstand nichts, obwohl sie eine Handvoll alemannische Ausdrücke gelernt und sich in den vergangenen langen Tagen wieder ins Gedächtnis gerufen hatte. Geistesgegenwärtig zeigte sie mit dem Daumen in die Richtung, aus der sie gekommen war und nickte, das mochte Antwort auf viele denkbare Fragen sein. Es funktionierte, die stolzen Krieger gaben sich nicht mit den vermeintlichen Lastenträgern ab, die den Nachschub heranschleppen mussten.

Die beiden bekamen Hunger. Sie trennten einen der Säcke zwei Finger breit auf, ließen für jeden ein Häufchen Körner heraus rieseln, das sie gründlich kauten und als Brei aßen. Wasser hatten sie schon aus einem kleinen Rinnsal getrunken, das ein Stück den Weg entlang geflossen war.

Der späte Nachmittag verlor schon etwas von seinem Sommerlicht, da schien es interessant zu werden: Das erste kleine Lager tauchte abseits des Weges auf, zehn bis zwölf Männer und Frauen um eine Feuerstelle, daneben zwei einfache Zelte aus Ästen und Decken. Auf dem Weg kamen ihnen zwei junge Männer entgegen, die jeder zwei Pferde führten; offenbar hatten sie die Tiere getränkt. Noch zwei Lager tauchten auf, jedes größer als das erste. Dann, als Pferdetränke, eine langgezogene Grube, in der man einen kleinen Bach staute. Schließlich war alles nur noch ein einziges großes Lager. Es wimmelte vor Leuten, die sich zumeist fremd zu sein schienen, jedenfalls wunderte sich niemand über das Auftauchen von Publius Annaeus und Xenobia. Nur auf die Säcke fielen immer wieder begehrliche Blicke.

»Kein Zweifel, Antonius hatte recht«, knurrte Publius. Sein Blick fiel auf einen Krieger, der auf einem Baumstupf saß und sorgfältig sein Langschwert mit einem Stein schärfte. »Das ist ein Heerlager. Und sie warten aufs Losschlagen.«

Publius verlangsamte seinen Schritt und überlegte, was sie jetzt anfangen sollten, da wurde ihm die Entscheidung auch schon abgenommen. Eine dicke Frau mit rosigen Backen lief auf sie zu, rang die Hände in der Luft und machte Gesten, die besagten, dass die Beiden mit ihrem Korn schon lange überfällig waren. Sie deutete in eine Richtung und tat, als scheuche sie eine Gänseherde vorwärts. Sie kamen zu einer Reihe großer, flacher Steine, an denen Frauen mit faustgroßen runden Steinen Korn zu Mehl mahlten. Sie stellten ihre Säcke an einer der Mahlstellen ab und Xenobia machte sich an die Arbeit. »Ich bleibe in der Nähe und sehe mich um«, sagte ihr Vater so leise, dass niemand sonst das Latein hören konnte. Er verschwand, kam nach einer Weile wieder, ergriff sie beim Arm und führte sie zu einer überdachten Küche mit mehreren Herdstellen. Etliche Frauen nahmen hier immer wieder Holzplatten voller Braten, Schüsseln mit Brei und anderen Gerichten, Krüge und Trinkschläuche und trugen sie fort. Beide stopften sich in einem unbeachteten Moment ein Stück Braten in den Mund, dann drückte Publius seiner Tochter zwei Wasserkrüge in die Hände und bedeutete ihr, den anderen Essensaufträgerinnen zu folgen. Die gingen zu einem großen Dach, unter dem Krieger auf dem Boden entlang halbierter Baumstämme saßen, die als Tische dienten. Xenobia schenkte reihum Wasser in leere Becher. Schnell erkannte sie, dass es hier nichts Besonderes zu sehen gab. Als zwei Reiter zügig hintereinander vorbei trabten, folgte sie ihnen. Reiter waren wichtig, das war bei jedem Volk auf der ganzen Welt so.

Die Reiter blieben auch ihre Orientierung, als sie auf die große Lichtung mit dem Gewühl aus Lagerplätzen, Pferdekoppeln, Hütten, überdachten Plätzen, Kochstellen und Tränken gelangte. Sie sah Berittene aus verschiedenen Richtungen kommen. Auf der rechten Seite schien einer mit Helm dem gleichen Punkt zuzustreben wie eine Gruppe von drei Kriegern, die von links kamen. Xenobia strebte mit ihren Krügen ebenfalls dorthin. Der Punkt war eher ein Gewühl, das immer dichter wurde. Sie hob ihre Krüge in die Höhe und es funktionierte – wer sie sah, machte ihr Platz, man wollte der Bewirtung nicht im Wege stehen. Schon stand sie als Magd an der Tafel, die manch Höhergestelltem versagt schien. Es war nicht schwer zu sehen, dass der Mann mit dem langen roten Kittel, dem ungeheuren Bart und dem kostbaren Helm der Punkt war, dem hier alle zustrebten. Sie begann, Wasser in Becher zu gießen, die auf dem Tisch standen und bewegte sich dabei auf den Häuptling zu. Doch es war ihr schlichtweg unmöglich, zu verstehen, was hier gesprochen wurde. Die paar Wortbrocken, die sie aus irgendwelchen alemannischen Dialekten heraus hörte, ergaben für sie keinen Sinn. Als Spionin taugte sie hier nichts. Die Krüge wurden leer und sie zog sich durch das Gewimmel zurück. Was wollte sie auch hier? Gut, sie war bis zu einem wichtigen Mann, vielleicht sogar dem Feldherrn, durchgedrungen. Aber sie suchte doch Antonius. Ihren Antonius. Liebe fragt nicht nach dem passenden Moment und so wurde ihr hier mitten zwischen barbarischen Kriegerhorden klar, dass ihm ihr Herz gehören würde; selbst, wenn sie ihn nie wieder sähe.

Wo könnte sie ihn denn finden? Ein Instinkt zog sie zurück zum Häuptling. Ihr Kopf suchte nach einer Begründung für das Bauchgefühl. Vielleicht wurden dem Häuptling Gefangene vorgeführt, denen sie dann nur zu folgen brauchte, um zum Gefängnis von Antonius zu gelangen? Sie schnappte sich zwei Krüge, füllte sie aus einem Weinschlauch, ging wieder zurück und versuchte, sich so lange wie möglich an der Tafel zu beschäftigen.

Da geschah es. Sie traute ihren Augen nicht, als Antonius neben dem Häuptling auftauchte, in edler Tunika mit teuren Borten und Schwertgurt mit fünf vorne herabhängenden Riemen, dicht beschlagen mit runden Panzerplättchen. Er hielt eine Bratenplatte, oben drauf ein Schweinskopf. Mit einer für die Barbaren geziert wirkender Geste, die einige Lacher erntete, präsentierte er die Platte dem hohen Gast und stellte sie vor ihm auf den Tisch. Xenobia begriff schnell den Hintergrund dieses bizarren Schauspiels: Die Zuschauer stießen sich an, deuteten verblüfft, belustigt, bewundernd auf die Attraktion des Häuptlings – wobei diesem die Bewunderung galt, nicht Antonius. Der Symbolwert war unbeschreiblich, ließ keinen Zweifel am Führungsanspruch des Barbaren.

Xenobia reagierte schnell, drängte sich mit ihrem verbliebenen halb vollen Krug nach vorne neben Antonius, goss Wein in Becher und raunte: »Ach, Antonius, auch hier?« Dem blieb der Mund offen stehen, erst nach einigen gefährlichen Augenblicken, in denen zum Glück niemand sein seltsames Mienenspiel zu deuten wusste, fing er sich wieder. Sie schenkte ihren letzten Wein aus und hielt ihm auffordernd die leeren Krüge entgegen. Der Häuptling und die Männer an seiner Seite waren gerade damit beschäftigt, sich die saftigsten Bratenstücke zu sichern, niemand wollte etwas von Antonius und so nahm er einen der Krüge und trat nach hinten weg. Xenobia folgte ihm. Geschäftigkeit vortäuschend, gingen beide zu dem Kochplatz, wo Antonius das Essen immer aufnahm. Er führte Xenobia zu einem Wasserbottich, aus dem ein Berg mit dreckigem Geschirr ragte und begann, es zu säubern. Xenobia ging ihm zur Hand – eine Arbeit, die ihnen sicherlich niemand streitig machen würde. »Jetzt ist es entschieden, du keltische Furie«, begrüßte er sie, ohne vom

Geschirr aufzusehen. »Du musst meine Frau werden. So eine gibt es kein zweites Mal in unserem Imperium.«

»Ich werde deine Frau«, lächelte sie, »und wenn wir uns hier vermählen müssen und wenn es das Letzte ist, was wir tun.«

»Wir kommen hier schon raus«, sagte er. »Als erstes musst du mir Barbarenkleider beschaffen. Fünfzig Schritte rechts von mir ist eine Grube, wo sie rein scheißen, umgeben von Büschen. Unter einem der Sträucher deponierst du die Kleider. Dort kann ich jederzeit hin – das fällt auch nicht denen auf, die ständig ein Auge auf mich haben, damit ich nicht fliehe. Aber dann musst du schon mit Pferden hinter der Kloake bereit stehen, denn ich habe nur wenig Zeit.

»Vater ist auch dabei.«

»Kann er sich frei bewegen?« Xenobia nickte. »Dann bring ihn mit. Sag mir Bescheid, sobald ihr mit Pferden an der Kotgrube sein könnt, dann geht es los.«

Xenobia trennte sich von Antonius, suchte ihren Vater und erzählte ihm von ihrem Glück. Wenn etwas schnell ging in diesem chaotischen Kriegslager, dann, etwas zu stehlen – Publius kam in kürzester Zeit mit einem Kittel und einer Hose zurück, die er von einem Ast genommen hatte, wo sie zum Trocknen aufgehängt waren. »Frisch gewaschen, für unseren Decurio«, sagte er. Xenobia verbarg das Bündel unter ihrem weiten Kleid.

Sie machten etliche Pferde aus, die an einem quer gespannten Seil festgebunden waren. Ein Wächter mit einem Speer stand daneben. Die beiden setzten sich an ein nahes Lagerfeuer und warteten auf eine günstige Gelegenheit. Die kam in Form von zwei Alemannen, die mit dem Wächter sprachen, zwei Pferde losbanden und in Richtung des aufgestauten Tränk-Grabens führten. Bald brachten sie die Pferde zurück und holten zwei neue. Kaum, dass sie sich abgewandt hatten, band Publius wie selbstverständlich ebenfalls zwei Pferde los. Die Knechte hatten ihm schon den Rücken zugekehrt und sahen ihn nicht, für den Wächter wirkte es, als gehörte er zu ihnen. Als Publius sicher war, dass ihn niemand zur Rede stellen würde, winkte er Xenobia herbei und sie nahm das dritte Pferd.

Ihr Herz schlug so schnell wie das eines Hasen, als sie das Tier einfach weg führte, doch der Krieger tat nichts. Sie brachten die Pferde in die Nähe der stinkenden Büsche. Xenobia versteckte das Barbarengewand unter einem von ihnen und holte Antonius. Er zog sich um und die drei führten die Pferde am Zügel davon und zwar so, dass die Pferde außen gingen und sie verbargen. Im Lager wäre Antonius hoch zu Ross sicherlich aufgefallen mit seinen kurzen, schwarzen Haaren. Außerdem war er hier eine Attraktion und etliche Alemannen hätten ihn wohl wieder erkannt.

Als nur noch wenige Menschen um sie herum waren, bestiegen sie die Pferde und ritten davon.

»Ah, Decimus. Was macht euer Mordfall?« Marcellus Vetus, Kommandeur der Ala Flavia milliaria, wirkte eher gelangweilt hinter seinem Schreibtisch.

»Ave, Präfekt. Wir haben den Täter, aber der Fall geht weit über einen Raubmord hinaus«, meldete

Decimus. »Der Mörder ist ein alemannischer Spion. Er tötete Titus Nantius, weil der hinter alemannische Angriffspläne gekommen war.«

Das traf Vetus wie ein Schlag. Vielmehr, das zusammen mit der kurz zuvor eingegangenen Meldung einer Turmbesatzung nahe des Caracalla-Tores, die angeblich beobachtete, wie fünfzig alemannischen Reiter am Waldrand hinter der Limes-Schneise aufmarschiert waren. Sie hatten sich hinter den Bäumen versteckt, aber das Blinken in der Sonne von Helmen, Schildbeschlägen und anderen Ausrüstungsteilen aus Messing hatte sie verraten. Eine einzelne dieser Nachrichten hätte den Präfekten nicht aus der Fassung gebracht; es war Alltagsgeschäft für ihn, übertrieben interpretierte Beobachtungen zu entschärfen. Aber zwei voneinander unabhängige Hinweise, das war etwas anderes.

Vetus bot Decimus Platz an und ließ sich genau über den Spion und das Schicksal von Decurio Antonius Aquila berichten. Decimus verstand es geschickt, der Geschichte eine Größenordnung zu verleihen, in der er plötzlich herausragende Bedeutung besaß: Der Angriff komme mit Sicherheit von dort, woher auch Attalo, der entlarvte Spion und hoch gestellte alemannische Krieger kam – der erkundete als einer der Anführer das Terrain des bevorstehenden Vorstoßes. Damit war auch er, Decimus, der dort ja tagelang mit Aquila seine Ermittlungen betrieben hatte, mit den Geländegegebenheiten sehr vertraut – besaß also die Grundvoraussetzung für einen erfolgreichen Gegenschlag. So führte er beflissen aus, dass sich die Höhenzüge des Tales beim Hof von Publius Annaeus hervorragend als Deckungen für Angriffe sowie als Rückzugslinien eigneten. Er und Aquila erachteten deshalb den Hof als idealen Stützpunkt, von wo aus der Alemannen-Vorstoß gestoppt werden konnte. Er habe den Hof bereits vorsorglich räumen lassen.

Decimus hegte klare Hintergedanken: Es war keine Zeit mehr für Erkundungen, um den Großangriff blitzschnell abzuwehren. Also müsste man ihm, Decimus, dieses Kommando übertragen.

Marcellus Vetus musste die Gesamtlage im Blick behalten, mit einem Angriff auf breiter Front rechnen und konnte deshalb nicht seine ganze Truppe zu einem Bauernhof schicken, wo vielleicht der Feind durchbrechen könnte, vielleicht auch nicht. Aber eine Turma dorthin zu entsenden, die dabei die Großlage erkunden und den Rest der Ala alarmieren konnte, wo immer sie der Alemannen ansichtig wurde, wäre taktisch klug. Geschickt eingesetzt, könnten die vierzig Reiter der Turma die gegnerische Angriffsspitze bremsen, bis die gesamte Truppe dem Feind dann in die Flanke fiele. Und ja, Decimus stellte sich nicht ins falsche Licht, er sollte unbedingt dabei sein.

Der Präfekt erhob sich: »Decimus, hiermit ernenne ich dich zum Decurio. Du wirst die vierzehnte Turma zur Kesselebene bringen.«

Decimus nahm Haltung an. »Ich bekomme das Kommando?«

»Nein«, sagte der Präfekt. »Du wirst sie hinführen, nicht anführen. Dir fehlt die taktische Ausbildung, eine Turma in solch einem schwierigen Kampf zu lenken. Ich stelle dich dem Anführer zur Seite.« Der

Kommandant wies Decimus an, einen der Männer auf den Berg bei Opie* zu schicken und ein Signalfeuer errichten zu lassen, so dass ein Alarm aus der Kesselebene schnell in Richtung Ala weitergegeben werden konnte.

Besser als nichts, dachte sich Decimus. Ein Decurio im Kriegseinsatz übertrifft allemal einen im alemannischen Urwald verschollenen Decurio wie Antonius Aquila.

Attalo hatte Angst. Nicht vor dem Kampf, nicht vor dem Tod. Er hatte Angst vor seinem Vater, vor der großen Aufgabe, mit zweihundert Reitern dessen Flanke zu schützen, vor dem endlosen Warten auf das Losschlagen, vor der Angst selbst. Er ritt durch das Lager – wie es schien, ein heilloses Chaos. Würde ihr Einbrechen ins Römergebiet in genau so einem Chaos enden? Attalo fühlte sich dem allen nicht gewachsen. Schon Titus, ein alter Mann, hatte ihn überlistet, übertölpelt und ausgehorcht. Gut, den hatte er ermordet und ebenso den Wirt, der wohl alles wusste und verbreitete. Aber das war doch nur eine Geste der Hilflosigkeit gewesen – sicher wussten andere auch schon davon. Auch dieser Fuhrknecht, der dann die Geschäfte übernahm, wie hieß er noch mal? Egal. Gut, es hatte funktioniert, sich von ihm ins Römergebiet

---

* Oberdorf am Ipf. Hier stand ursprünglich das Römerkastell Opie. Das Kastell war zur Zeit unserer Geschichte schon aufgelöst und in die gleichnamige Zivilsiedlung übergegangen.

schleusen zu lassen. Aber er, Attalo, hatte es nicht einmal geschafft, auch diesen Mitwisser umzubringen, der junge Römer hatte sich vorher aus dem Staub gemacht. Es war ein Fehler gewesen, ihm den Bernstein zu geben, anstatt ihn gleich zu töten.

Sich furchtsam umsehend, welche Missgeschicke die Götter ihm wohl als nächstes in den Weg legten, kehrte er zum Häuptlingsplatz zurück, ließ sich an der Seite seines Vaters nieder und wollte einen tiefen Schluck Wein nehmen. Das tat immer gut, beruhigte ein wenig oder besser gesagt, betäubte die Angst. Besonders gut tat es, wenn ihn der gefangene römische Spion kredenzte – er zeigte ihm, dass er seine Fehler doch gelegentlich ausmerzen konnte. Denn der Spion war sicherlich gekommen, weil durch Attalos Unvermögen die Angriffspläne durchgesickert waren. Aber er war in der Postenkette hängen geblieben, die Attalo aus Angst vor Spionen eingerichtet hatte. Ja, das war ein Hoffnungsschimmer inmitten des ganzen Wahnsinns: Vielleicht ging doch alles gut, so wie es mit der Gefangennahme des Decurios gut gegangen war.

Wo war der überhaupt? Er fragte seinen Vater nach dem ungewöhnlichen Leibdiener, versuchte sich dabei scherzhaft wie einer der selbstsicheren Unterführer zu geben. »Wo ist mein Römer?«, rief Häuptling Agishar. »Ist ihm der Wein ausgegangen?« Er führte die Beratung mit dem Mann neben ihm fort, dem fünfhundert Reiter direkt hinter der Angriffsspitze unterstanden. Nach einigen Worten wandte er sich abermals unwillig um: »Wo ist er denn nun, der Decurio?«

Attalo sah zuckende Schultern, betretene Gesichter und erhob sich. »Wo sollte er denn sein?« fragte er einen Diener.

»Entweder hier oder an der Kochstelle, Nachschub holen.« Der Diener deutete hinüber zum Herd, Attalo ging hin. Als er Antonius nicht fand, ging er zu dessen Kerkergrube. Sie stand offen und war leer. Er ging zurück zum Herd, fragte die Köchinnen und Diener. Einer hatte den Römer zur Kloake gehen sehen. Attalo sah dort nach. Nichts. Er überlegte. Das musste nichts heißen, er konnte irgendeine Besorgung machen. Aber wenn er sich doch davon gemacht hatte? Attalo könnte deswegen nicht schreiend umher rennen. Er sollte bald die Flanke des Großangriffs sichern, da durfte er nicht zeigen, dass ihn ein entlaufener Sklave aus der Fassung brachte. Er wandte sich an einen Krieger, der ihm ergeben war und befahl ihm, auf kürzestem Weg zur Postenkette des ›Gegen-Limes‹ zu reiten. Jeder Posten sollte seine Nachbarn alarmieren, dass ein römischer Spion auf dem Rückweg zum Limes sei. Attalo holte von seinen engsten Vertrauten, wen er finden konnte, und setzte sie auf die Spur des Decurios an.

Publius Annaeus zügelte sein Pferd, alle drei hielten an und sahen sich um. Der Wald war dicht und schien menschenleer. Xenobia stieg ab und streckte die Arme nach Antonius aus, der vom Pferd aus direkt hinein sprang. Ein Hüsteln von Publius unterbrach den leidenschaftlichen Kuss, der folgte. »Vielleicht könnt ihr es noch ein ganz klein wenig aushalten?«, bemerkte er.

»Wie seid ihr denn durchgekommen, wo sie selbst mich mitten in der Nacht erwischt haben?«, fragte Antonius.

»Es war kein Zufall, dass sie dich im offenen Gelände gefasst haben«, antwortete Publius. »Wir haben gesehen, dass sie nicht nur an den Wegen Wachen postiert haben.«

»Eine Postenkette, das erklärt alles«, sagte Antonius. »Aber solch eine Kette kann nicht unendlich lang sein. Wenn sie dicht sein soll, müssen alle drei-, vierhundert Schritte Wachen stehen. Das macht auf eine Meile dreißig Mann. Wie viele Männer können sie für die Kette aufbringen?«

»Die Frage ist eher: Wie weit soll die Kette gehen?«, überlegte Publius. Und wozu eigentlich eine lange Kette? Warum schließt er nicht einen Ring aus Wachen um sein Lager? So sichert man sich doch normalerweise ab.«

»Es gibt kein einzelnes Lager«, sagte Antonius. »Sie greifen auf breiter Front an. Die Hauptsorge von Agishar ist, wie er mit den anderen Häuptlingen in Kontakt bleibt und einigermaßen gleichzeitig mit ihnen losschlägt.«

»Hast du das beim Bedienen deines alemannischen Herrn mitbekommen?«, fragte Xenobia.

»Natürlich. Besser kann man doch nicht spionieren, als an der Tafel des Heerführers.«

»Wieso hat Agishar das zugelassen?«, fragte Publius. Als alter Soldat argwöhnte er, der verschlagene Häuptling habe ihn vielleicht gezielt mit falschen Informationen versorgen wollen.

»Es war ihm wichtig, mich als Beweis seiner Überlegenheit über die Römer den anderen Häuptlingen vorzuführen. Und außerdem steht der Schlag so kurz bevor, dass er davon ausgeht, ich könne jetzt sowieso nichts mehr ausrichten.«

»Was willst du denn eigentlich ausrichten?«, brachte es Xenobia auf den Punkt.

»Wir reiten hier, auf alemannischer Seite, nach Westen bis auf die Höhe der Ala Flavia – ich hoffe, so weit reicht die Postenkette nicht. Und zur Ala muss ich sowieso. Nur, wenn ich dem Präfekten persönlich Bericht erstatte, wird er die ganzen fünfhundert Reiter losschicken, die er noch hat.«

»Aber Decimus ist doch schon unterwegs zu ihm«, sagte Publius.

»Der wird ihn nicht überzeugen können. Auf Verdacht gibt er ihm höchstens ein, zwei Reiterzüge mit.«

Also schlugen sie sich weiter durch Unterholz und Gestrüpp. Die Hoffnung, rechtzeitig zu kommen, schwand bei jeder Meile, die sie noch mühseliger zurücklegten als die Vorige.

Und dann der große Schreck: Rufen und Hundegebell. Hinter ihnen. Noch ein Stück weg, aber sie wussten, die Verfolger würden sie weit vor dem Ziel einholen. Xenobia erinnerte sich an die gigantischen Hunde, die sie im Lager festgebunden gesehen hatte, fast so groß wie Kälber. Sie sah ihren Vater und Antonius an. Da war er wieder, der Gesichtsausdruck des Soldaten in der Schlacht – ernst, mürrisch, verbissen, nur auf das augenblickliche Ziel ausgerichtet. Kein Zweifel, kein Abwägen. Nur zähe Entschlossenheit. Dass das Rufen und Bellen lauter wurde, irritierte den Legionär und den Veteranen kein bisschen, sie ritten einfach weiter.

Schon war die Rettung da: Ein Bach. Schmal, aber breit genug, um hintereinander darin reiten zu können. Sie trabten im Wasser bachaufwärts nach Norden; ein, zwei Meilen weit. Die Spur würde abreißen, die Hunde müssten mühsam das Ufer absuchen, um vielleicht die Witterung wieder aufzunehmen. An einer Stelle wurde das Bachbett steinig, Fels und Geröll bedeckten das Ufer. »Hier ist es günstig, da hinterlassen wir keine Hufspuren«, sagte Antonius. »Los, raus und weiter.«

»Nein«, erwiderte Publius, der vor Jahrzehnten in alemannischen Wäldern gekämpft hatte. »Das sehen die anderen auch, dass hier der Ausstieg günstig wäre. Und sie nehmen an, wir nutzen die erstbeste Stelle. Weiter.« Eine Meile bachaufwärts wurde es wieder steinig und sie verließen den Bach. Vorsichtig bedacht, keinen Zweig zu knicken, ritten sie wieder in den Wald. Xenobia ging sogar zurück und richtete einige zertretene Grasbüschel auf.

Sie hatten Vorsprung gewonnen, doch nach einigen Stunden kam das Bellen wieder näher. Diesmal war es ein breiter Weg, der kreuzte. »Führt zum Waldkastell*«, stellte Antonius fest.

Publius erklärte ernüchternd: »Die Straße haben sie garantiert schon längst abgeriegelt. Als sie unsere Spur

---

* Kleinkastell bei Halheim/Ellwangen

verloren, schickten sie einen Trupp voraus, der uns jetzt dort unten auflauert.«

»Trotzdem müssen wir es versuchen«, sagte Antonius. »Bis auf die Höhe der Ala schaffen wir es nicht mehr mit Bluthunden im Nacken.«

»Es wird schon dunkel«, sagte Xenobia. »Durch den Wald kommen wir ohnehin kaum noch vorwärts.«

Da horchten alle drei erschrocken auf. Ein Hund war schon unheimlich nah, man konnte das Fiepen zwischen dem heiseren Bellen hören. »Der hat sich losgerissen«, war die Schlussfolgerung von Publius, der seinen Dolch gezückt hatte.

Antonius hielt seinen Arm fest. »Nicht. Durch den toten Hund wüssten sie, wie nahe sie uns schon sind.« Er überlegte, sprang vom Pferd und bedeutete den Anderen, ebenfalls abzusteigen. Sie stellten die Tiere mitten auf den Weg und trieben sie mit kräftigen Schlägen auf die Flanken nordwärts – sie würden hoffentlich eine falsche Spur legen. Die Drei waren keine fünfzig Schritte ins Gebüsch eingedrungen, da hörten sie schon, wie der Hund auf der anderen Seite des Weges heraus brach, laut aufjaulte und dann still wurde. Jetzt war es ein Vorteil, dass er so nah war, denn er hörte noch den Hufschlag der davon galoppierenden Pferde. Ratlos und aufgeregt lief das riesige graue Untier mit dem wuchtigen Schädel und den herabhängenden sabbernden Lefzen hin und her. Die drei Flüchtigen konnten es nicht mehr sehen, weil sie immer weiter in den Wald vordrangen, aber als die ersten Verfolger auf der Straße auftauchten, bedeutete ihnen der Hund durch das Rennen in Richtung der Pferde die vermeintlich neue Richtung. Ein Krieger entdeckte die Hufabdrücke; zum Glück war er als Spurenleser nicht gut genug, um an der Tiefe bestimmen zu können, ob jemand aufsaß oder nicht. Also fiel der fünfzig Mann starke Trupp auf die List herein.

Die Reittiere gingen Antonius, Publius und Xenobia nicht ab – sie hätten sie durch Schnauben und Wiehern eher verraten als durch den unwegsamen Wald in Sicherheit gebracht. Außerdem waren Limes und Waldkastell nur wenige Meilen entfernt. Sie hatten wieder die Route auf den Limes zu eingeschlagen, als es völlig dunkel wurde. In den Wurzeln eines riesigen Baumes ließen sie sich nieder, berieten und kamen zu dem Entschluss, dass sie lieber im knorrigen Wurzelbett ausruhen sollten als zu riskieren, einem auf der Lauer liegenden Wächter in den Speer zu laufen. Antonius wurde nachts von fernen Stimmen und Hufschlägen geweckt. Durch die Bäume sah er eine unruhige Fackel, offenbar in der Hand eines Reiters, der mit anderen auf dem Weg zum Limes ritt. Vermutlich der Verfolgungstrupp, der die List erkannt hatte. Er verschwand in der Nacht. Trotzdem hielt Antonius weiter Wache.

IX

DER STURM

Ebo und Wulf wurden aus dem Schlaf gerissen, als Gibuld, der Sippenälteste, nachts mitten im Lager der Sippe stand, mit dem Schwert gegen den Metallbuckel seines Schildes schlug und rief: »Aufgewacht! Hergehört! Es ist so weit. Morgen bei Sonnenaufgang geht es los.« Ebo dachte schon, Gibuld hätte wieder zu viel von dem unverdünnten Wein erwischt, bis er hörte, dass von den umliegenden Lagerplätzen ähnliche Rufe laut wurden. Man fachte die Feuer neu an, die Männer

sammelten sich um die Anführer. Gibuld erklärte, dass es gerade beschlossen worden war.

»Warum so überraschend?«, »Warum mitten in der Nacht?« »Warum haben wir keine Zeit, uns vorzubereiten?«, wurden Stimmen laut.

»Warum, warum, warum?«, äffte Gibuld seine Leute nach. »So etwas muss schnell gehen, bevor Verräter und Spione es weitertragen können.« Das hatte Agishar seinen neuen Gefolgsleuten beim nächtlichen Umtrunk erklärt. Nicht einmal unter Folter hätte er zugegeben, dass die Flucht des Römers, seiner lebenden Trophäe, der Grund für die überstürzte Entscheidung war. Bevor der Offizier am Limes Alarm schlagen konnte, wollte Agishar selbst am Limes sein, mit seinem ganzen Heer. Boten waren schon unterwegs nach Osten und Westen, um die Häuptlinge, die dort auf der Lauer lagen, ebenfalls zum Angriff zu bewegen.

Ebo und Wulf zäumten das Pferd auf und legten die Sacktaschen mit den Vorräten bereit, ebenso ihre beiden neuen Speere – Agishar hatte schon zwei Tage zuvor großzügig zwanzig Speere als »Gefolgsgabe« schicken, dafür aber die Kuh zum Schlachten abholen lassen. Matizo kam vorbei und befahl, dass beide bis zum Limes auf dem Pferd reiten sollten; dann sollte Wulf der Reiter sein und Ebo als Fußkrieger dem Vorstoß folgen, bis irgendwie ein Beutepferd für ihn abfiele.

Jeder legte sich noch einmal hin. Viele fanden, wenn überhaupt, nur unruhigen, von wilden Träumen durchsetzten Schlaf. Bald erklang in der Ferne ein Horn, dessen Signal in alle Richtungen weiterzuwanderte wie die kreisförmigen Wellen nach einem Steinwurf ins Wasser. Es war noch nicht, wie angekündigt, Sonnenaufgang – Fackeln und Lagerfeuer flammten gespenstisch auf. Gibuld saß an der Seite der anderen Reiterherren schon auf dem Pferd, während die Anderen noch einen Bissen aßen, falls es ihnen vor Aufregung nicht schon den Magen umgedreht hatte. Notdurft wurde verrichtet, wo man sich gerade aufhielt, dann kam auch schon das »Vorwärts«. Ebo und Wulf folgten einfach den Reitern und einem fahlen Fackelschein vor ihnen, wie die Masse der meisten Männer. An einer Lichtung hielten sie, ein weiterer Haufen stieß zu ihnen, einige Gruppen vor, andere hinter Ebo und Wulf. Die Herrenreiter setzten sich an die Spitze, wo Vadomar »den Weg zeigte«, wie er sagte, oder das Kommando übernahm, wie Ebo dachte.

Bewegung kam in den Zug, im Trab folgte man einem breiten Weg durch den Wald. An dessen lichten Stellen gab das zögerlich aufkommende Morgenlicht den Blick auf Rauchsäulen ringsum frei – Markierungen der Sammelstellen zum Angriff. Das gab sogar Ebo den Anflug des Gefühls der Sicherheit in einem großen Heer.

Schließlich brachen sie aus ihrer Welt heraus, die abrupt endete – da war kein Wald mehr, sie galoppierten in die abgeholzte Schneise hinein, die den Limes frei gab. Der wirkte nicht bedrohlich – eine schweigende Mauer, vor ihnen ein Turm neben einem Tor. Alles schien verlassen.

Sie erwachten mit Schrecken. Hornsignale – die konnten nichts Gutes verheißen. Antonius sprang auf und lief in Richtung des Weges. Mit dumpfem Hufgetrampel warnte ein alemannischer Reitertrupp vor sich selbst. Antonius verbarg sich im Wald, sie galoppierten vorbei. In unterschiedlicher Entfernung rollten nun fortwährend die Hornstöße übers Land.

Es ging los.

Antonius rief Xenobia und Publius und eilte vollends zum Weg. Dornenkratzer und die Schläge heimtückischer toter Äste waren nicht so schmerzhaft wie die Erkenntnis, zu spät gekommen zu sein, um die römische Armee zu alarmieren. Er rannte bis zur Erschöpfung in Richtung Limes, brach mit pfeifenden Lungen mitten auf dem Weg zusammen. Als Xenobia ihn einholte, rappelte er sich wieder auf und ließ sich überreden, langsam weiter zu gehen, so dass auch Publius nachkam.

An einer Stelle, wo sich der Wald zu beiden Seiten des Weges zurückzog, sahen sie einen Haufen Alemannen, teils beritten, teils zu Fuß. Ein großes Feuer brannte, der Rauch war das Signal an die Krieger im Umkreis, sich hier zu sammeln. »Die da werden das Limestor beim Kastell überrennen«, stellte Antonius fest.

»Das sind nicht genug, um Tor und Turm zu stürmen«, antwortete Publius. »Ich denke, sie warten auf Verstärkung aus dem Hauptlager.«

»Diese Zeit müssen wir nutzen.« Antonius hastete schon in den Wald. »Los, wir umgehen sie und laufen zum Tor.« Sie bewegten sich weg von den Alemannen und in einem Bogen auf den Waldrand zu. Irgendwelche Häscher brauchten sie nicht mehr zu fürchten, jetzt war jeder verfügbare Mann am Sammelplatz. Außerdem interessierten versprengte Spione jetzt niemanden, der Sturm war kein Geheimnis mehr.

Ein gutes Stück von der Einmündung des Weges entfernt kamen die Drei aus dem Wald. Etwas mehr als einer Pfeilschusslänge entfernt umrundeten sie die angriffsbereiten Alemannen und näherten sich dem verschlossenen Tor.

Antonius legte mitten auf der Schneise seine Alemannenkleider ab, darunter trug er noch Tunika und Waffengürtel eines Decurios. »Bleibt zurück«, wies er Publius und Xenobia an, die nur ihre Barbarengewänder trugen. Mit erhobenen Armen lief er auf den Turm neben dem Tor zu. Auf der Brüstung drängten sich die Soldaten. Zwei Bogenschützen legten auf ihn an. Auf der seitlichen Balustrade schwenkte ein Legionär eine lodernde Fackel. Antonius ließ seinen Blick an der Mauer entlang schweifen und sah in der Ferne einen kleinen Feuerpunkt inmitten der Morgendämmerung – der nächste Turm hatte das Alarmsignal aufgenommen und gab es an den übernächsten weiter.

Ein Centurio, der noch keine Zeit gefunden hatte, die ganze Rüstung anzulegen, aber am imposanten Federbusch seines Helms erkennbar war, bellte vom Turm herab, Antonius solle Meldung machen. Der wies sich als Kundschafter im Auftrag der Ala aus.

»Du bist etwas spät zurück«, rief der Offizier. »Jetzt weiß ich auch ohne Kundschafter, was los ist.«

»Aber ich habe gesehen, dass sich drüben auf dem Weg schon die Angreifer sammeln, die euer Tor stürmen wollen«, versuchte Antonius, doch noch mit einer Information zu beeindrucken. »Das Hauptlager für diesen Abschnitt liegt genau zwischen hier und dem kahlen Berg. Sie werden in die Kesselebene einfallen. Sechstausend Mann.«

»Sie werden auf breiter Front vorgehen«, verbesserte ihn der Centurio. »Vor einigen Minuten kam ein Signal, dass sich Reiter beim Caracalla-Tor sammeln.« Verdammt, dachte Antonius, dort ist die Ala zuständig. Sie würden also keine Truppen zum Hof von Publius abstellen. Jetzt ertönten kurz hintereinander Hornsignale vom nächsten Turm in Richtung Häuptling Agishars Lager. Sie warnten offenbar vor der heran nahenden Verstärkung für die Alemannen, die schon am Weg lauerten. »Komm rein, schnell«, rief der Offizier. Antonius winkte Publius und Xenobia heran und sie schlüpften durch das Tor, das man ihnen kurz öffnete. Hier stand auch schon der Centurio, der vom Turm herabgestiegen war – nicht, um sie zu begrüßen, sondern um inmitten des Gewimmels aus Soldaten, auf sein Ross zu steigen und zum Kastell zu galoppieren.

»Ich brauche drei Pferde!« rief Antonius einigen Soldaten zu, doch niemand beachtete ihn. In alle Richtungen stoben Reiter davon, andere trafen ein, erstatteten vom Pferd herab Meldung und hetzten weiter.

Etliche Meilen entfernt stürmten Ebo und Wulf mit dem einfachen Kriegsvolk bereits den Mauerdurchlass beim Kastell am kahlen Berg. Bis zur Mitte des

Niemandslandes hatten die Krieger einen großen Baumstamm geschafft. Die kräftigsten Männer hoben ihn nun an seitlich wegstehenden Ästen an und setzten sich auf das Tor zu in Bewegung. Neben jedem von ihnen lief ein Schildträger, der den runden Schutz aus Holz und Eisenbeschlägen über beide Köpfe hielt.

Zu beiden Seiten des Rammbocks, der schnell an Tempo gewann, liefen Zweiergruppen von Schildträgern und Bogenschützen, zwischen ihnen die vornehmen Reiter. Ebo glaubte, unter einem Schuppenpanzer ganz vorne den roten Kittel Häuptling Agishars zu erkennen.

Der Wehrgang des Turmes erwachte zum Leben; hinter der Balustrade reihten sich die berüchtigten roten viereckigen Schilde der Römer auf. Helme waren zu erkennen und Pfeile flogen. Doch die Pfeile demonstrierten nur die Machtlosigkeit des Gegners, es waren viel zu wenige, um den Rammbock aufzuhalten. Umgekehrt rauschten aus der Ebene die alemannischen Pfeile heran und bündelten sich im Turm. Darunter waren Feuerpfeile, eine Rauchfahne nach der anderen zog auf das Dach des Turmes zu, bis ein heller Punkt aufglomm, der sich schnell zum Brand ausweitete. Da krachte der Baumstamm unten auch schon gegen das Tor. Das Bersten von Holz bildete unwillkürlich den Auftakt für wildes Gejohle unter den Kriegern. Ebo konnte keine Einzelheiten mehr erkennen, er spürte nur noch einen gewaltigen Sog, der die Krieger durch den Engpass des zertrümmerten Tores presste. Sie saßen immer noch zu zweit auf dem Pferd, doch kurz vor dem Tor bedeutete ein Reiter mit seiner

Streitaxt, dass einer herunter müsse. Wie Matizo es in der Nacht befohlen hatte, stieg Ebo ab und wurde von anderen Fußsoldaten und Reitern einfach mitgerissen. Unmöglich, seinem Schwager Wulf noch irgendetwas zuzurufen. Schon hatte er ihn aus den Augen verloren.

Ob er wollte oder nicht, Ebo betrat das römische Reich. Nicht besonders würdevoll für einen Eroberer, es war mehr ein Taumeln und Straucheln als machtloser Teil der vorwärts drängenden Masse. Irgendwo ließ der Druck nach, löste sich der Menschenklumpen auf. Da erst nahm Ebo wahr, dass vorne Kampfgetümmel herrschte. Blindlings stürmten Reiter und Krieger rechts und links an ihm vorbei in die Staubwolke hinein, aus der Hufdonnern, Waffengeklirr, raue Kampfschreie, aber auch das grässliche schrille Kreischen der tödlich Verwundeten drang. Ebo war nicht so dumm, Vorsicht mit Feigheit zu verwechseln und hielt sich, so gut es ging, zurück. Es erfüllte ihn nicht mit Reue, keinen einzigen Römer gesehen zu haben, als wilder Jubel und triumphierende Stöße aus Ochsenhörnern den Sieg verkündeten.

Und Ebo hatte Glück. Vielmehr – er zeigte eine gute Reaktionsfähigkeit. Im Chaos aus Rückzug der Römer, wildem Nachsetzen der Alemannen und endlosem Nachströmen weiterer Krieger kam ihm ein herrenloses Alemannenpferd entgegen. Ebo überlegte nicht lange, griff nach dem Zügel und schwang sich hinauf. Er schloss sich einer Gruppe berittener Männer seiner Sippe an; Wulf war nicht dabei. Nach einigem Umherirren machte die Nachricht die Runde, dass sich die Römer in ihr Kastell zurückgezogen hätten und sich dort verschanzten. Häupling Agishar habe beschlossen, sich nicht mit einer Belagerung aufzuhalten, sondern ins unbewachte Landesinnere vorzustoßen. Die Männer der Sippe hatten den Vicus beim Kastell ausgemacht und fielen dort ein. Nachdem sie in die ersten Häuser eingedrungen waren, stellten sie verblüfft fest, dass der Ort verlassen war. Es blieb keine Zeit, zu überlegen, wie die Bewohner so schnell gewarnt werden konnten, wo doch die Alemannen selbst erst in der Nacht zuvor erfahren hatten, dass es los ging. Wie auch immer – alles hatten die geflohenen Einwohner nicht mitnehmen können und etliche Krieger schwangen Eisentöpfe, Werkzeuge und anderes wertvolles Metall als Trophäen. Fußsoldaten sahen sich vergeblich nach Pferden um, zertrümmerten wütend die leeren Ställe und steckten Häuser in Brand. Die Gruppe um Ebo löste sich auf; er folgte nun einfach der Hauptstraße zum Vicus hinaus ins Landesinnere.

Im Vergleich zu Ebo und Wulf befanden sich Xenobia, Antonius und Publius eher an einem Nebenkriegsschauplatz, doch Chaos und Gefahr waren nicht geringer. »Zur Pferdewechselstation!« rief Publius. Er kannte sich hier von früher noch bestens aus und führte die Anderen zu dem Gasthaus mit Stall. Vor der Türe überlegten einige Männer und Frauen bange, was sie nun tun sollten, um sich zu retten; der Schlaf stand ihnen noch in den Gesichtern. Antonius ging einfach an ihnen vorbei in den Stall und konfiszierte drei Pferde.

Ein Mann protestierte, doch in diesem Augenblick kamen Leute aus Richtung des Limestores angerannt und schrien mit sich überschlagenden Stimmen: »Sie kommen!« Niemand mehr interessierte sich für drei Pferde, außer Antonius, Publius und Xenobia. Sie zäumten die Tiere auf, für Sättel war keine Zeit mehr.

»Sie sind durch! Bei den Göttern, rennt um euer Leben!« Im Hintergrund der panischen Schreie ertönte ein lautes Krachen am Tor und Kampflärm. Fast gleichzeitig zitterte der Boden unter den Hufen einer römischen Reitereinheit, die vom Kastell kam, der Centurio vorne weg.

Die Drei wichen den Soldaten aus. Die vordersten Alemannen waren schon so nah, dass die Bogenschützen die heran preschenden Reiter anvisieren konnten. Schon stürzte eines der Pferde, von einem Pfeil ins Vorderbein getroffen. Der Reiter fiel in den Staub, das Pferd berappelte sich, stand auf und rannte ein Stück weit in die Richtung, aus der es gekommen war. Antonius sah es, ritt hinüber und hantierte am Sattel herum. Einen Augenblick später hielt er ein Futteral mit drei Wurfspeeren in der Hand und galoppierte wieder zu Publius und Xenobia.

»Was ist mit dem Reiter?«, rief Xenobia im Reiten.

»Keine Ahnung«, antwortete Antonius. »Seine Kameraden werden ihn bergen.« Ein Pfeil flog dicht hinter ihm vorbei.

Über Wiesen wichen sie einem weiteren römischen Trupp aus und ritten dann den Weg entlang, bis er auf eine gepflasterte Straße traf. Links ging es zum Hof von Publius, rechts zur Einheit von Antonius. Xenobia sah Antonius flehend an: »Bitte komm mit zu uns. Die ganze Familie ...«

»Xenobia, ich muss zu meiner Ala!« Antonius lenkte schon das Pferd auf den Weg dorthin.

»Willst du mich und meine Leute jetzt im Stich lassen?« Xenobia war den Tränen nahe.

Publius ritt nah an Antonius heran: »Du willst doch den Mörder der beiden Ala-Veteranen erwischen, oder?« Antonius sah ihn fragend an. »Attalo sucht jetzt nach fetter Beute, mehr als Rinder und Getreidesäcke«, erklärte Publius. »Er weiß, dass Lucius ein Vermögen von ihm ergaunert hat und er kennt den Hof, wo es liegt. Was würdest du an seiner Stelle tun, wenn du an der Spitze der Angreifer reiten würdest?« Ja, der erfahrene Legionär hatte recht – wie ein Wolfsrudel mussten die einfallenden Horden um die besten Beutestücke wetteifern. Wenn einer wusste, wo besonders fette Beute wartete, würde er vor allen anderen dorthin eilen. Die Wahrscheinlichkeit, dass Attalo den Hof von Publius selbst plündern wollte, war groß. Da konnte Antonius ihn vielleicht erwischen. Ansonsten würde er ihn wohl niemals wieder sehen.

Antonius sah in Xenobias angsterfüllte Augen. »Also los«, rief er und wendete sein Pferd nach links. Ein, zwei Meilen später hielten sie und blickten besorgt zu den Rauchsäulen auf alemannischer Seite, die sich im heller werdenden Licht vom Himmel abhoben.

»Alles Sammelstellen?«, fragte Xenobia. Publius nickte. »Wie schaffen sie es über den Limes?«

»Sie schlagen die Tore ein, sie brennen Türme nieder, sie stürmen durch die Breschen der Brandtrümmer, sie schichten Äste und Steine zu Rampen über die Mauer auf.« Da war er wieder, dieser stiere Blick, der vergangene Erinnerungen herauf beschwor. »Schnell, weiter.«

Nach zwei, drei Meilen zügelte Antonius den furiosen Ritt: »Sie schneiden uns den Weg ab. Wir reiten direkt auf sie zu.«

Publius Annaeus, der alte Krieger und Bauer, der das Land kannte, antwortete: »Unsere Straße entfernt sich vom Limes, also auch von den Angriffsspitzen. Erst, wenn wir sie sehen, drehen wir ab und reiten quer durchs Gelände auf unseren Hof zu.« Weiter ging es, mit dampfenden, aus dem Maul schäumenden Pferden. Vorbei an Opie. Antonius hätte sich hier allzu gerne ein Schwert besorgt, doch dafür war einfach keine Zeit. Im Wettlauf mit den Barbaren galoppierten sie in die Kesselebene hinein.

Doch nach zwei Meilen sahen sie die Zeichen: Die Rauchsäulen, Meilensteine der Verwüstung, hatten den Limes überwunden. In der großen Ebene bezeugten sie nun zahllose Brandschatzungen. Die Sonne stieg höher, offenbarte die Massen der schwarzen Punkte, die wie Heuschrecken übers Land kamen.

Zurück blieb der markante Berg mit seinem flachen Gipfel, der schon im Zeitalter des Keltenfürsten den Namen Opie trug. Antonius schwenkte von der Straße ab, sie ritten erst durch Grasebenen, dann an den Getreidefeldern der fruchtbaren Ebene entlang, um schließlich das eigene riesige Feld zu erreichen.

Wieder hielten sie an. Die am nächsten gelegene Rauchsäule erhob sich nicht weit vom heimatlichen

Hof, wo Xenobia geboren war, wo Publius fast zwanzig Jahre lang gelebt hatte. Publius graute davor, den Gestank verbrannten Menschenfleisches wahrzunehmen, den er als Soldat gerochen und niemals wieder vergessen hatte. Es hätte ihn in den Wahnsinn getrieben, wäre es die letzte Wahrnehmung der Hofbewohner gewesen.

Xenobia blieb unter Protest ein Stück zurück, als der Soldat und der Veteran absaßen, mit den Pferden am Zügel ins Getreidefeld und im Schutz der Halme zum Hof schlichen. Eine unheimliche Ruhe lag über den Gebäuden. Sie spähten über die Mauer, sahen aber kein Zeichen von Leben. Zum Glück auch keines von Zerstörung. Antonius kletterte über die Mauer, öffnete das Tor und sie gingen hinein. Publius sah im Pferdestall nach – kein Tier, kein Karren, kein Wagen war mehr da. »Sie sind rechtzeitig geflohen«, sagte er leise.

Antonius machte sich auf zur Weide oberhalb des Hofes, um zu sehen, ob die Hofbewohner alles Vieh mitgenommen hatten und Ausschau in die große Ebene zu halten, die auf den letzten Meilen nicht mehr zu sehen war wegen des Hügelrückens, in dessen Schutz Hof und Feld lagen. Publius drang derweil ins Haupthaus ein und stieg in sein Zimmer im ersten Stock hinauf. Was er sah, enttäuschte und beruhigte ihn gleichermaßen: Seine Geldschatulle und die Gewänder waren allesamt nicht mehr da. Auch seine Waffen nicht, die sie jetzt mehr als dringend benötigt hätten. Andererseits bedeutete dies, dass die ganze Familie wirklich geordnet und ohne Panik davon gekommen war. Vorerst. Auf dem Weg die Treppe hinunter erschrak er – Antonius rief laut seinen Namen, um ihn zu warnen.

Sie kamen.

Antonius galoppierte durch den Hof, wirbelte Salatblätter in den Beeten auf und sprang vor dem Eingang zum Haupthaus vom Pferd, neben Publius, der sein Pferd am Zügel hielt. »Wir schaffen es nicht mehr zum Tor hinaus«, sagte der Decurio. »Schnell, wir führen die Pferde ums Haus herum.« Das eingeschossige Herrenhaus war das höchste Gebäude im Hof und verbarg sie vor den Blicken der Alemannen, die auch schon vorne durchs Tor gestürmt kamen. Publius und Decimus versteckten sich nun zwischen zwei Mauern – der zum Innenhof des Herrenhauses und der zwanzig Schritte entfernten Außenmauer des Gehöfts.

»Verdammt, was tun wir?«, fragte Publius. »Wir sitzen zwischen den Mauern in der Falle.«

»Abwarten.«

Aus allen Gebäuden des Hofes war ein Schreien und Grölen zu hören, doch plötzlich änderten sich die rauen Stimmen: Aufgeregte Rufe schienen Alarm zu geben, hinter dem wachsenden Stimmengewirr erklangen Hornsignale. Keine tiefen, dumpfen Töne aus Ochsenhörnern, sondern hohe, metallische aus Trompeten.

Römische Signale.

Sie kamen vom Höhenrücken gegenüber des Hofes, auf der anderen Seite des Feldes. Antonius saß ab, schlich an der Mauer entlang und spähte ums Eck. Tatsächlich, schwer gepanzerte Reiter schossen in breiter Formation durch das Tal heran. Das Feldzeichen der Ala Flavia ragte zwischen ihnen auf.

Antonius hastete geduckt zurück zu seinem Pferd und zu Publius Annaeus. »Es sind unsere Leute«, sagte er, »eine Turma hat in den Wäldern drüben gelauert«. Er zog die drei Wurfspieße aus dem Futteral und lief wieder zur Ecke des Hauses. Sein Blick fiel auf zwei alemannische Bogenschützen, die hinter dem Pferdestall in Stellung gingen, um die ersten römischen Reiter abzuschießen, die durchs Tor brachen. Die Schützen hatten das Haupthaus und damit Antonius hinter sich und standen näher bei ihm als die Zielscheibe bei einer Wurfübung. Er steckte zwei Wurfspeere in den Boden, holte mit dem dritten aus und traf einen Bogenschützen zwischen die Schulterblätter. Er war tot, bevor er zu Boden ging. Als sich der andere erschrocken umdrehte, erhob der Decurio schon den zweiten Spieß. Der Alemanne hatte den Pfeil schon auf der Sehne. Blitzschnell presste sich Antonius an die Hauswand hinter der Ecke, der Pfeil sirrte vorbei. Der Alemanne warnte die anderen Krieger lauthals vor Antonius, doch seine Rufe gingen im Geschrei der Schlacht unter. Jetzt sprang Antonius aus der Deckung und warf, während der Bogenschütze den zweiten Pfeil auflegte. Der Speer traf ihn in die Brust.

Kein weiterer feindlicher Krieger hatte Zeit, ihn zu beachten, sie wurden bereits alle mit Wurfspießen und Pfeilen der Angreifer eingedeckt. Schrilles Wiehern, Krachen von zersplitterndem Holz – die Kameraden der Ala waren durchs Tor gebrochen. Den dritten Spieß hielt Antonius in beiden Fäusten, es war seine letzte Waffe. Er rannte zurück hinters Hauptgebäude zu Publius.

»Ich falle den Barbaren in den Rücken«, rief er und sprang auch schon über die Mauer in den Innenhof. Durch die Küche würde er zum Kampfgetümmel auf dem Hofgelände gelangen, den nächstbesten Alemannen mit dem Wurfspieß töten, ihm die Waffe abnehmen, weitere Feinde erledigen und von seinen Kameraden ablenken.

Doch es kam anders.

Noch im Innenhof hörte er aus der Küche einen entsetzten, schrillen Schrei – so klang nur Todesangst. Es folgte ein Röcheln – aus. Antonius stand vor der verschlossenen Tür, die er eigentlich einschlagen wollte. Das ging nun nicht, er wusste, dass auf der anderen Seite ein Barbar im Blutrausch tobte, die Waffe noch in der Hand. Da öffnete sich die Tür, der Alemanne wollte für die Suche nach Beute mehr Licht herein lassen.

Nun standen sie sich gegenüber und stierten einander ungläubig an: Antonius, den Wurfspieß über der Schulter und, unverkennbar mit seinem polierten Bronzehelm, aus dem der lange Dorn aufragte – Attalo. Er hielt ein bluttriefendes Langschwert in der Hand. Die Zeit schien still zu stehen, obwohl ein Wimpernschlag zwischen Leben und Tod lag. Attalo hatte die Tür mit dem Schwert aufgestoßen, die Waffe dabei unbeabsichtigt auf Antonius gerichtet. Ein Sprung nach vorne, und er würde es ihm in die Brust rennen wie seinem letzten Opfer. Doch Antonius machte instinktiv einen Schritt nach hinten. Im Rückwärtstaumeln stieß er den Wurfarm nach vorn. Zu unpräzise, zu kraftlos, zu vorhersehbar. Attalo wich dem Spieß aus, parierte ihn reflexartig mit dem Schwert. Aus der geraden Stoßrichtung wurde ein seitlicher Schlag, der das Gleichgewicht störte und Attalo an Antonius vorbei in die Mitte des Hofes taumeln ließ. Geübt im Austarieren des schweren Langschwertes wandelte er den Schwung in eine Drehung seines Körpers und ein Hochreißen des Schwertes über den Kopf. Bereit zum tödlichen Hieb, stand er vor Antonius, dessen Speer unerreichbar am Boden lag und der in einer eher hilflosen Geste die Hände vor sich hielt, als wolle er zu einem Ringkampf antreten.

Publius Annaeus hatte sich trotz der Ungelenkigkeit des Alters über die Hofmauer gewuchtet. Attalo bemerkte nicht, wie er sich von hinten annäherte, der mächtige Helm engte das Gesichtsfeld zu sehr ein. So wurde aus seiner Stärke eine Schwäche: Als er den Schwertarm hob, entblößte er die Achsel, wo der Schuppenpanzer keinen Schutz bot. Publius rammte seinen Breitdolch bis zum Heft hinein. Der Alemanne zog im Schmerz den Arm an, klemmte den Dolch fest. Publius sprang zurück, Antonius nach vorne und packte den Schwertarm des Gegners. Tatsächlich wirkte es nun wie ein Ringkampf, doch nur kurz. Attalo verließen die Kräfte, er sank zu Boden. Dort, wo Publius und Antonius gemeinsam im Hof gesessen und gerätselt hatten, wer die Morde begangen hatte, standen sie nun über dem tödlich verletzten Mörder.

Antonius entwand dem Alemannen das Schwert aus der verkrampften Hand – keinen Augenblick zu früh. Hinter sich vernahm er einen wütenden Schrei. Blindlings schnellte er herum, stieß das Schwert nach vorne und stürzte sich mit seinem Körpergewicht hinein – ein Alemanne starrte ihn mit weit aufgerissen Augen an, fiel nach hinten in die Küche. Antonius taumelte hinterher. Jetzt war er entsetzt: Neben dem sterbenden Barbaren lag die Leiche von Lucius in einer Blutlache. Er war es, der vorhin so entsetzlich geschrien hatte, Attalo hatte ihn umgebracht. Neben Lucius war eine Bohle aus dem Boden gebrochen, Goldmünzen lagen neben dem Versteck.

Es sollte mehr als ein Jahr dauern, ehe Antonius und die anderen Hofbewohner erfuhren, wie es dazu gekommen war: Lucius hatte sich vom Limes aus nicht direkt auf den Heimweg gemacht – Als ihm klar geworden war, dass der Alemannensturm bevorstand, war seine erste Sorge gewesen, dass er bestellte und bereits bezahlte Ware nicht mehr verkaufen konnte. Deshalb wollte er das Geld, das er auf drei Bauernhöfen im Voraus für insgesamt elf Fuhren Getreide bezahlt hatte, wieder eintreiben. Die drei Höfe lagen weit voneinander entfernt, der Streit um das Geld zog sich jedesmal hin und so war ein Tag verloren. Er übernachtete in Losodica und brach erst am Morgen des Alemannensturms auf. Der hielt ihn nicht davon ab, zu versuchen, sein unter dem Küchenboden gehortetes Gold zu retten.

Attalo hatte ihn in seiner Beutegier eingeholt.

Antonius wandte sich zur Tür, die ins Kampfgetümmel hinaus führte, um seine Kameraden zu unterstützen. Er hörte immer mehr besorgte Rufe auf Lateinisch wie »Die Hauptmacht!« oder »Das sind zu viele!«. Dann erklang ein ihm wohlbekanntes Hornsignal: Rückzug.

Die Römer wichen erst einmal der Übermacht. Durch die Tür sah er, wie sich jeweils vier seiner Kameraden zu Fuß so formierten, dass sie eng aneinander gelehnt in vier Richtungen blickten und von keinem Feind überrascht werden konnten. Schritt für Schritt bewegten sie sich, teils kämpfend, aufs Tor zu, wo andere Soldaten mit den Pferden warteten.

Dann sah Antonius das große Unglück der Turma: Ihr Anführer lag nahe beim Tor, ein Alemanne riss gerade den Helm, der ihn als Decurio auswies, als Trophäe in die Luft. Gleich zwei Speere ragten aus dem Körper des toten Offiziers. Er hatte, wie es sich gehörte, an vorderster Spitze angegriffen, lief aber einfach zu vielen Alemannen ins Messer.

Römische Reiter galoppierten hinaus und schlossen sich den Reihen an, die zum geordneten Rückzug antraten. Das ganze ging in tausendfach gedrillter Disziplin vor sich. Antonius lief durch die Küche zurück in den Innenhof, riss wortlos Publius Annaeus mit sich, der mit offenem Mund auf die Leiche von Lucius starrte, öffnete die Pforte in der Außenmauer und sie stiegen auf die Pferde. Als sie lospreschten, rückte auch die Turma schon ab; Bogenschützen hielten sich vom Pferd herab Verfolger mit Pfeilen vom Leibe.

Publius suchte nach Xenobia. Seine Besorgnis war umsonst, sie kam schon heran und schloss sich ihnen an. In Zweierreihe galoppierte der Zug quer durchs Tal zum gegenüber liegenden Höhenrücken, von wo aus sie angegriffen hatten. Antonius ritt hinter den Letzten her, Publius und Xenobia verbargen sich in ihren Barbarengewändern hinter ihm, um nicht zuletzt noch Opfer römischer Pfeile zu werden. Zum Glück hatte Antonius seine alemannischen Kleider vor dem Limes abgelegt und war jetzt weithin als Römer erkennbar.

»So eine Scheiße!«, fluchte Wulf. »Jetzt hetzen sie uns durch die ganze Ebene, vorbei an den schönsten Bauernhöfen und genau dieser verdammte Hof hier, wo die Römer lauern, muss es sein.«

»Was hast du denn?« Ebo zuckte mit den Schultern. »Wir haben den Edlen den Vortritt gelassen.«

»Wir werden nie Beute machen, wenn wir uns immer in den hinteren Reihen herumdrücken.«

»Nur keine Angst, Wulf, uns fällt schon noch genug in die Hände, ohne, dass wir den Kopf hinhalten müssen. Da, sieh, Noru. Und Bilja – sie haben zwei Säcke Getreide.« Sie stiegen ab und gingen zu den Männern ihrer Sippe.

»Was soll ich jetzt mit diesem verdammten Sack?«, fluchte Bilja. »Mitschleppen kann ich ihn nicht und Karren sind auch keine hier.«

»Unsere Sippe müsste sich einen eigenen Hof zum Plündern suchen, zwei, drei Wagen voll machen und mit ein paar Leuten zurück zum Dorf schicken«, sagte Noru.

»Vergiss das«, widersprach Wulf. »Allein und mit schwerfälligen Karren kommst du nicht unbeschadet durchs Römergebiet und schon gar nicht durch den

Limes. Vadomar hat es doch erklärt: Wir stapeln die Beute in den verlassenen Höfen und nehmen sie auf dem Rückweg in einem gut gesicherten Wagenzug mit. Also, versteckt die Säcke hier irgendwo und hofft, dass sie später noch da sind.«

In diesem Augenblick wurden aufgeregte Schreie laut.

»Kommen die Römer zurück?« Wulfs Stimme zitterte.

Doch die Schreie kamen aus dem Haupthaus des Hofes. Immer wieder war schluchzend »Attalo« zu hören. Männer rannten hin und her, ein Reiter stob davon. Er kam bald mit keinem Geringerem als dem Heerführer zurück. Häuptling Agishar stürmte ins Haus, stieß einen Schreckensschrei aus. Da hatten die Männer schon erfahren, dass sein Sohn Attalo tot im Innenhof lag. Ebo entdeckte, dass man außen herum zu einem Platz an der Mauer gelangte, wo sich noch eine Lücke zwischen neugierigen Zuschauern befand. Häuptling Agishar erhob sich gerade, Hände und Rüstung blutverschmiert, bebend vor Trauer und Wut.

Aus den Kriegern, die ihn umgaben, löste sich einer heraus und sagte. »Häuptling, ich habe gesehen, wer das war.« Agishar sah ihn verständnislos an. »Es war nicht irgend ein Römer«, fuhr der Krieger fort. »Es war der Römer, den du dir als Diener gehalten hattest.«

»So ein Unsinn!«, brauste Agishar auf. »Wie sollte das denn zugehen?«

»Ich habe ihn auch gesehen, wie er davon ritt«, sagte ein anderer Mann. »Er war ohne Rüstung und trug genau die Kleider, in denen er dich bediente. Er muss es gewesen sein.«

Agishar sah die Gefolgsleute um sich herum fragend an. Sie schwiegen betreten, bis einer der Unterführer sagte: »Das haben die Götter so gefügt, weil du ihnen den Römer damals nicht opfern wolltest. Jetzt haben sie sich durch seine Hand deinen eigenen Sohn als Opfer geholt.«

Schon griff Agishar zum Schwert, doch einer seiner Leute fiel ihm in den Arm, bevor er seinen eigenen Gefolgsmann erschlug. »Verfolgt diese Schweine!«, rief der Häuptling stattdessen. »Macht sie nieder bis zum letzten Mann!«

»Ein Großteil von Attalos Männern setzt ihnen schon nach«, beruhigte ihn ein Krieger. »Wir müssen jetzt weiter, sonst schaffen wir es heute nicht mehr über den großen Fluss im Süden*.«

»Zwanzig Mann sollen meinen Sohn zurück ins Lager bringen und ihn aufbahren, wie es ihm gebührt«, sagte Agishar resigniert. »Und dann schnell weiter, ja.«

Die römische Turma hatte oben auf dem Höhenrücken den lichten Wald erreicht und galoppierte zwischen den Bäumen dahin. Ein Blick über die Schulter zurück ins Tal zeigte Antonius, dass eine große Menge alemannischer Reiter sie verfolgte. Die Römer wurden langsamer; offenbar wussten sie nicht genau, wohin

* Die Donau

sie sich wenden sollten. Antonius überholte den Zug und winkte Publius neben sich heran. Schließlich ritten sie neben dem Anführer, vielmehr dem Ersatz des gefallenen Anführers – Decimus. »Wo willst du hin?«, rief Antonius ihm zu.

Decimus war verblüfft, antwortete aber sofort: »Die Via Claudia ist unsere Rückzugslinie.« Publius Annaeus hatte es gehört und ritt nun voran. Er kannte hier jeden Trampelpfad, die besten Wege und Geländeabschnitte, um die Reiter schnellstmöglich zur großen Straße in Richtung Aelia Augusta zu führen. Gleichzeitig schüttelte er die Verfolger ab – an einem Weg, der gerade breit genug für zwei Pferde war und durch einen ansonsten undurchdringlichen Wald führte, ließ der Barbarenhaufen von der Verfolgung ab.

Sobald Publius das bemerkte, leitete er die Reiter nach links aus dem Wald hinaus, an der Flanke eines Höhenzuges hinab in das Tal, das sich ostwärts dem Tal seines Hofes anschloss*. Hier holten die Reiter aus den Pferden heraus, was diese nur hergaben. In fliegendem Galopp rasten sie, den hohen Rand der Kesselebene zur Rechten, in fliegendem Galopp dahin. Immer wieder schweiften die besorgten Blicke nach links in die Ebene ab – mehr und mehr Rauchsäulen waren zu sehen, aber noch keine Angreifer.

Die Pferde schwitzten und schäumten, rissen die Augen auf, als ihnen die Kraft ausging, doch Decimus ging kein Risiko ein und hielt nicht vor der gepflasterten

---

* Das Kartäusertal

Ziellinie, der Via Claudia. Er ordnete die Reiter in Zweierreihe auf der Straße und schickte zwei Kundschafter auf einen Hügel in der Nähe. Dann ritt er zu Antonius und Publius: »Dass ich euch doch noch wiedersehe!«, rief er erfreut. Für mehr Persönliches war keine Zeit. »Habt ihr Informationen zur Lage?«, fragte er.

»Die Barbaren in und an unserer Villa Rustica waren wohl der Hauptkeil für diesen Abschnitt, sechstausend Mann«, erläuterte Antonius. »Sie greifen auf breiter Front an, im Westen mindestens bis zum Caracalla-Tor. Die Ala dürfte dort gebunden sein, mit der brauchst du hier nicht zu rechnen.«

»Wir rasten hier«, rief Decimus den Soldaten zu, während er vom Pferd abstieg. »Bildet einen Kreis, bleibt alarmbereit bei den Pferden. Verpflegt euch. Verluste?«

»Drei Mann gefallen, zwei Mann kampfunfähig, fünf Leichtverletzte«, meldete ein Reiter.

»Versorgt die Verletzten, ich sehe sie mir nach einer Lagebesprechung an. Die Beiden hier in den Barbarenkleidern sind übrigens Römer.«

Xenobia trat zu Decimus, begrüßte ihn kurz. Sie hatte es fast nicht anders erwartet – auch in dieser Situation trug er sein undurchdringliches, unverbindliches Lächeln. Das Gesicht wirkte auf sie nicht mehr wie eine Maske, sondern eher wie ein Spiegel – was er darstellte, hing von der jeweiligen Situation ab, die sich ihm darbot. Als bescheidener Assistent an der Seite des Ermittlers Antonius hatte das Lächeln unterwürfig gewirkt. Als Statthalter von Antonius, während dieser im Barbarenland verschwand und Decimus auf

Mission zur Ala schickte, erschien das gleiche Lächeln unerschütterlich und entschlossen. Und jetzt, eingerahmt vom Prachthelm des Decurio, zu dem er befördert worden war und an der Spitze einer Reiter-Turma, wirkte es, obwohl immer noch unverändert, souverän und autoritär.

Xenobia ging den Soldaten zur Hand, die sich bei den verletzten Kriegern als Heiler versuchten. Einen hatte es besonders schlimm getroffen – ein Schwerthieb hatte ihm den Oberschenkel auf halber Länge aufgerissen. Die Pfleger hatten schon den Sud aus gekochten Zwiebeln auf die Wunde gelegt – ein bewährtes Wundheilmittel, von dem sie vorsorglich einige Taschen voll mitführten. Dem Soldaten, der neben ihm lag, steckte einen Pfeil tief in der Schulter. Xenobia erschien es wie ein Wunder, dass die beiden beim Galopp mithalten konnten. Kameraden hatten sie in den Sätteln festgehalten, erfuhr sie von den Soldaten.

Gerade, als die Wunden versorgt waren, kamen auf der Straße Flüchtlinge von der großen Ebene her, offenbar Bewohner eines Hofes. Sie blieben stehen, zeigten gleichermaßen Furcht und Erleichterung angesichts der Soldaten, bange Ungewissheit und verbissene Entschlossenheit, dem Inferno zu entkommen.

Decimus trat zu ihnen und requirierte einen ihrer Karren, um die Schwerverletzten mit nach Aelia zu nehmen. Die Bauern begannen, die Säcke, Töpfe und Feldwerkzeuge auf andere Wagen umzuladen oder selbst zu tragen. Eine Frau brachte Decken, um die Verwundeten darauf zu betten.

»Was wird jetzt werden?«, fragte ein älterer Mann, offenbar der Hofherr. Wie zur Antwort auf seine Frage kam einer der Späher, die Decimus ausgeschickt hatte, vom Hügel zurück: »Es sieht so aus, als ob der ganze Vorstoß nach Südwesten gehen soll«, meldete er. »Dahin bewegten sich zumindest zwei Reiterhaufen, die wir in der Ebene ausmachen konnten.«

»Also – die Straße hier ist sicher«, beruhigte Decimus den Mann. »Ich gebe euch noch zwei Reiter mit.« Er wandte sich an die nächsten Soldaten: »Ihr bringt den ganzen Tross hier mitsamt den Verletzten nach Aelia und seht zu, dass sie gut versorgt werden. Sobald der Tross weit genug von hier weg ist, galoppiert einer voraus und erstattet ihr Bericht, bei wem auch immer. Sie sollen Truppen die Via Claudia herauf schicken.«

»Wohin?«, fragte der Soldat, während er Riemen am Sattel festzurrte.

Decimus sah Antonius, der herangetreten war, fragend an. »Keiner weiß, wie weit die Barbaren vorstoßen wollen«, sagte der. »Wenn sie schlau sind, plündern sie heute und verschwinden morgen, bevor sich unsere Truppen formieren und angreifen.«

Publius Annaeus, der erfahrenste Taktiker unter ihnen, schüttelte den Kopf. »Dafür lohnt sich solch ein Aufwand nicht. Sie müssen größere Städte überfallen, um wirklich lohnende Beute zu machen.«

Da fiel Antonius etwas ein: »Phoebiana!* Lucius hat mir erzählt, dass er den Alemannen dorthin geführt

---

* Faimingen bei Günzburg

hatte.« Für einen Augenblick drängte sich das Bild von Lucius vor seine Augen, wie er in seinem eigenen Blut dalag.

»Glaubst du, die wollen da über den Danuvius?*«, fragte Decimus.

»Ich würde es wagen mit solch einem Heer«, versetzte sich Publius in die Angreifer. »Campodunum überfallen und dann zurückziehen – das wäre mein Plan.«

»Also, melde den Offizieren in Aelia, der Erkundungstrupp der Ala Flavia milliaria rät ihnen, auf der Via Claudia bis zum Danuvius zu kommen und dann in westlicher Richtung am Fluss entlang zu stoßen, bis sie den Barbaren in die Flanke fallen.« An Publius gerichtet fügte er hinzu: »Ich konnte deine Leute rechtzeitig warnen, als ich vom Limes zur Ala geritten bin und schickte sie nach Aelia Augusta. Ich denke, zu ihrem großen Glück sind sie gestern schon los. Willst du dich mit Xenobia den Leuten hier anschließen? Sicherer als mit zwei unserer Reiter kommt ihr kaum vorwärts.«

»Und Antonius?«, fragte Xenobia besorgt.

Antonius legte seinen Arm fest um ihre Schulter. »Mädchen, ich bin Soldat der Ala«, sagte er sanft. »Ich muss bei der Turma bleiben.«

»Du kannst gleich die Rüstung von Silvinus anlegen«, wies ihn Decimus an. Silvinus war einer der Schwerverletzten.

---

* Donau

»Nein!« Xenobia umklammerte ihren Geliebten mit beiden Armen, als ob sie ihn gewaltsam zurückhalten könnte. »Ich habe dich da nicht rausgeholt, dass du den Barbaren wieder in die Hände fällst.«

Antonius küsste sie und riss sich los. »Würdest du wollen, dass ich mich mit denen da in Sicherheit bringe?« Er deutete auf den traurigen Zug der Flüchtenden und Verwundeten, der sich wieder in Bewegung setzte. Nein, das hätte sie nicht gewollt. Zögerlich ließ sie ihn gehen. »Ich finde euch in Aelia«, sagte er, während er den Waffengurt des Kameraden anlegte, an dessen Stelle er trat.

X

GEWINNER UND VERLIERER

In den letzten Tagen hatte die Euphorie der Eroberer sogar Ebo besiegt. Zwar raunte ihm seine innere Stimme immer wieder zu: »Das war doch alles viel zu einfach, um gut auszugehen«, doch wie sollte er noch murren und unken angesichts des Wagens, neben dem er her ritt?

Als sie durch die Furt des großen Flusses geprescht waren, während die Hauptmacht über die Brücke zog, hatte Ebo sich und andere noch missgelaunt gefragt, warum der Haufen um Häuptling Agishar schon die Brückenstadt, die man wohl Phoebiana nannte, plündern durfte, während sie weiter, weiter und immer

weiter hetzten mussten, ohne Rast und Ruhe. Auch nach dem Fluss ging es fast nur im Galopp dahin. Vadomar, der sich anstelle des umgekommenen Häuptlingssohns Attalo an die Spitze dessen Haufens gesetzt hatte, ließ verbreiten, dass man um so sicherer vor großen römischen Verbänden war, je schneller man in das vom Militär schwach besetzte Hinterland gelangte. Außerdem würde dort eine goldene Stadt mit mehr Beute warten, als man wegschleppen könne*. Als es dann am nächsten Morgen nach langem Nachtritt und kurzer Rast weiter ging, machte das Oberhaupt Gibuld die Runde im Lager der Sippe und verkündete, man werde getrennt von allen anderen zu einem Palast reiten, den Bilja und Bedia am frühen Morgen ausgekundschaftet hatten. »Scheiß auf den Heerführer und sein geschlossenes Vorstoßen, dieser Palast gehört uns!«, verkündete Gibuld und ließ einen Trinkschlauch mit Met kreisen.

Und so hielten sie es auch – sie brachen kurz vor Sonnenaufgang auf, fanden die riesige Villa eines Großgrundbesitzers aus Campodunum, und bemächtigten sich seiner. Das Tor war schnell eingeschlagen und es gab keine Gegenwehr, nur entsetzt schreiende Frauen, Männer und Kinder, aus dem Schlaf gerissen und in ihren schlimmsten Albtraum versetzt. Nicht wenige der Barbaren packten sich zunächst die Frauen – wunderschöne Römerinnen in zarten Gewändern, wie aus einer anderen Welt. Schrilles Kreischen, verzweifeltes, schluchzendes Flehen drang bald aus

* Campodunum – Kempten

allen Räumen und endlosen Säulengängen der Gebäudefluchten. Ebo hätte auch große Lust auf eine dieser jungen, zierlichen Römerinnen mit exotischen Gesichtszügen und makelloser, tiefbrauner Haut gehabt. Aber er dachte beim Schreien der römischen Kinder nur an Amda und an seine Kinder. Als Wulf aus dem Schatten der Säulen trat, fragte er ihn lieber nicht nach dem Grund seines seligen Grinsens. Sie machten sich vielmehr daran, mit den Anderen die Räume zu durchforsten. Ein großer vierrädriger Wagen und drei kleine Karren fassten die Schätze kaum, die sich ihnen darboten: Figuren römischer Götter aus purem Gold, reich verziertes Essgeschirr, weiche, in allen Farben leuchtende Teppiche, Krüge und Becher aus Glas, Vasen und Amphoren, die man nicht einmal bei alemannischen Fürsten sehen konnte. Die Gefäße füllten sie auf mit unvergleichlich köstlichem Wein, den sie selbst wie Wasser soffen. Einer brachte eine Schatulle randvoll mit Münzen, ein anderer bestand darauf, die lebensgroße Statue einer nackten Frau aus durchschimmerndem schneeweißem Stein aufzuladen. Wieder andere brachten Säcke und Gefäße mit Gewürzen, deren Geruch noch nie einer von ihnen wahrgenommen hatte. Mit Nüssen, getrockneten Früchten, Wurst, Braten und Spezialitäten, die vom Vorabend übrig waren, schlugen sich die Plünderer die Bäuche voll und mussten das meiste doch zurück lassen, weil es die Wagen nicht mehr fassten. Eine Vorratstasche füllten sich Ebo und Wulf jeweils mit Goldmünzen, Schmuck, Gewürzen, kleinen Statuen und wertvoll wirkenden Glasbechern. Ebo nahm mit spitzen Fingern ein Kleid aus durchscheinendem rosafarbenem Stoff auf, dessen Besitzerin nackt und wimmernd einige Schritte weiter auf dem Boden kauerte. Er wickelte das Gewand ein und stopfte es zu seiner anderen Beute.

Nach zwei Stunden war der Spuk für die Römer vorbei und eine kleine Alemannen-Karawane zog davon. Die unglückseligen Villenbewohner konnten sich wenigstens damit trösten, dass keiner von ihnen umgekommen war. Gibulds Sippe war unbehaglich zumute ohne den Schutz des großen Heeres. Doch am Vortag und auch jetzt bei der Plünderung war das Gefühl gewachsen, sie seien die uneingeschränkten Herren des Landstrichs, konnten tun und lassen, was sie wollten. Niemand stellte sich ihnen entgegen.

Bald fanden sie wieder Anschluss an das Heer. Was die Sippe im Villenpalast erleben durfte, wiederholte sich im Großen in Campodunum, einer Stadt, wie sie noch keiner der Alemannen je gesehen hatte. Den ganzen Tag lang wüteten die Barbaren hier, brandschatzten, plünderten, vergewaltigten, töteten. Nochmals zwei Wagen voller Beute füllte Gibulds Sippe, darunter auch einige Säcke Saatgut. Vieh und noch mehr Getreide wollte das Heer erst auf dem Rückweg von dort wegschleppen, wo sie es im ersten Ansturm gehortet hatten. Das Heer verbrachte die Nacht in der Stadt, hielt Gelage in den Tavernen und Häusern und steckte schließlich alle großen Gebäude in Brand.

Tags darauf trat Agishar den Rückzug an, verstärkt von den Kriegerhaufen anderer Häuptlinge. In der Mitte des Zuges bewegte sich wie ein riesiges Rückgrat aus überladenen Wagen der Beute-Tross. Ebo und Wulf führten einen Wagen; Ebo als Fuhrmann, Wulf ritt mit einer erbeuteten reich verzierten eisernen Kampfaxt und einem kostbaren Dolch am Gürtel, Wurfspießen in einem Halfter, einem Reiterbogen und hundert Pfeilen im anderen nebenher. Rechts und links flankierte ein endloser Zug von Reiterkriegern die Wagen, jeder Mann bis an die Zähne bewaffnet.

Das also war der Augenblick, in dem sich auch der letzte Zweifler, sprich Ebo, in Sicherheit wiegte und sich dem Gefühl der Unbesiegbarkeit und dem Rausch einer Beute hingab, die alle Sorgen bis ans Ende des Lebens zu nehmen schien.

Das Ende des Lebens. Jäh wurden sie daran erinnert – Metallene Hörner erklangen, Ochsenhörner folgten, Hufdonner und Kampfschreie stimmten mit ein. »Was hast du denn gedacht?«, meldete sich Ebos innere Stimme wieder, die er mit Bergen aus Goldmünzen, Wein und dem Wüten einer unbesiegbar scheinenden Armee betäubt hatte. »Glaubtest du, die Römer lassen sich das alles gefallen?«

Der Tross kam zum Stehen. Ebo konnte nicht ansatzweise erkennen, was zu seiner Linken vor sich ging; er hoffte, dass es so bliebe und die Reiterkrieger das Kampfgeschehen von ihm fern hielten.

Aber so kam es nicht. Die römischen Reiter waren zwischen einem Wald und einem Hügel in Keilform hervorgebrochen und durch die Flanke gestoßen. Alemannische Reiter aus dem ganzen Zug eilten ins Kampfgetümmel, lösten so aber die Flanke auf und gaben den Tross schutzlos einem weiteren herandonnernden Keil preis. Ebo konnte auf seinem Wagen nicht erkennen, welche taktischen Manöver da vor sich gingen. Er sah nur urplötzlich eine Wand römischer Reiter von hinten entlang des Trosses herannahen. Instinktiv sprang er vom Kutschbock und rollte sich unter den Wagen. Er sah die Beine des Pferdes von Wulf – das Pferd machte eine Kehrtwende, setzte zum Galoppsprung an, doch da schlug Wulfs Körper auch schon dumpf auf den staubigen Boden. Es schien alles ganz langsam abzulaufen. Wulf lag auf der Seite, mit dem Rücken zu Ebo. Dann wälzte er sich herum und der römische Wurfspieß ragte nach oben. Er entblößte alle Zähne in seinem Schmerzensschrei. Hinter ihm ein Gewirr galoppierender Pferdebeine, durch eine Staubwolke nur schemenhaft zu erkennen. Als Ebo unter dem Wagen hervorkroch, war der Spuk auch schon vorbei. Es wäre ein Spuk geblieben, wäre da nicht der Bruder seiner Frau gelegen, bleich, Blut aus dem Mund quellend, den Spieß in seinem Bauch mit beiden Händen umklammernd. Ebo hob hilfesuchend den Kopf, als ob das mächtige Heer Wulfs Leben zurückbringen konnte. Stattdessen nahm er wahr, dass am Wagen hinter ihm zwei Männer über Bilja knieten. Er war tot und noch ein weiterer Mann der Sippe lag neben den Wagen mit ihrer kostbaren Fracht. In einem einzigen Augenblick war der Preis für alle Schätze zu hoch geworden.

»Nimm die ganze linke Flanke und setze ihnen nach«, befahl Häuptling Agishar. Vadomar grinste. Der Befehl war an ihn gegangen, damit war er der Anführer fast des halben Heeres. Für ihn war es gut gelaufen – ausgezogen war er als Anwerber von Bauern für den Raubzug, die Leute, die er anschleppte, sollten seine Truppe sein. Zurückkehren würde er als großer Heerführer – vorausgesetzt, er fügte den Römern nach ihrer blitzschnellen Attacke jetzt einen schweren Schlag zu. Kurz wies er drei seiner Vertrauten an, entlang der Kolonne zurückzureiten und die Männer hinter ihm her in den Kampf zu treiben, dann zog er schon die nächsten Krieger im Galopp mit sich, das Schwert hoch erhoben.

Die drei hintersten römischen Reiterzüge hielten an, wendeten und ritten den nachsetzenden Barbaren entgegen – sie hatten Befehl erhalten, die Übermacht der Verfolger so weit auszubremsen, dass die gesamte restliche Truppe genügend Vorsprung bekam. Die Staubwolke der Alemannen nahte.

Staub. Der Anführer der gut hundertzwanzig Römer, die Befehl hatten, es irgendwie mit ein paar Tausend heranrasenden Barbaren aufzunehmen, besann sich auf eine alte Kriegslist, angeblich von Alexander dem Großen: Er gab das Kommando zu einem Rechtsschwenk. Jetzt kam also auch auf die Alemannen eine Staubwolke zu, aber die römischen Angreifer ritten mittlerweile quer zu ihr, ohne dass man das klar erkennen konnte. Dann gab der römische Offizier das Kommando zu spitzer Formation und einem Linksbogen, den er wie eine Sichel in die Flanke des Alemannenheeres trieb.

Tatsächlich gelang es, den Feind im Galopp von der Seite her zu überraschen, viele von ihnen mit Lanze und Langschwert zu Fall zu bringen. Andere alemannische Reiter fielen über die gestürzten Pferde und Krieger, nachfolgende Römer machten sie nieder oder brachten noch mehr Reiter zu Fall. Sie hielten sich nicht mit Zweikämpfen auf, sondern stürmten in unverminderter Geschwindigkeit durch die Reihen der Gegner. Der vordere Teil des Alemannenheeres war nun abgetrennt, hielt an, als der Kampflärm weiter hinten nicht mehr zu überhören war und wendete, um einzugreifen – das Chaos war vollkommen, die Alemannen bewegten sich ziellos in alle Richtungen. Damit war der Auftrag der Römer erfüllt – das Nachstoßen der Barbaren war gebremst. Immer noch getarnt in der Staubwolke des ausgedörrten hochsommerlichen Bodens stießen die hundertzwanzig römischen Reiter vollends durch, suchten das Weite und schlossen sich kurz darauf wieder ihrer Truppe an. Hinter ihnen prallten vorderer und hinterer Teil des Alemannenhaufens aufeinander und musste sich erst wieder neu formieren. Der Vorsprung der zahlenmäßg weit unterlegenen Römer war nun groß genug, um unbehelligt davon zu kommen. Die Truppe ritt weiter bis zur Brücke von Phoebiana, wo sie den Danuvius überquerten und ordentlich wie zu einer Parade Aufstellung nahm.

»Was sollte das jetzt eigentlich?«, fragte ein römischer Reiter seinen Nebenmann. »Wir haben Kopf und Kragen für nichts riskiert gegen diese Übermacht.«

»Die dürfen nicht glauben, auf römischem Boden ungestraft zu wüten«, sagte sein Kamerad verbissen. »Das wäre ja wie eine Einladung, jederzeit wiederzukommen, wenn sie nicht hunderte von Männern opfern müssten.«

»Aber aufhalten können wir die nie und nimmer«, sagte der Erste.

»Wollen wir auch nicht. Die sollen jetzt aus Angst vor weiteren Angriffen nicht auf die Idee kommen, sie könnten ungestört nochmals ausschwärmen wie die Heuschrecken. Und wenn sie es zurück geschafft haben in ihre verdreckten und versumpften Wälder, soll jede Sippe, die dran beteiligt war, um Tote klagen und einsehen, dass es sich nicht gelohnt hat. Und sich weigern, bei weiteren Raubzügen mitzumachen.«

Vadomar hatte bei seinem ersten großen Kampfeinsatz versagt und seine Männer in ein unbeschreibliches Chaos geführt. Aber gerade das Chaos, in dem niemand begriffen hatte, was vor sich gegangen war, nutzte er – er behauptete Agishar gegenüber, er hätte mit seinen Leuten bestimmt die Hälfte der Römer abgeschlachtet und den Rest in wilder Flucht in den Danuvius gejagt, wo wahrscheinlich viele ertrunken waren. Seine Leute widersprachen nicht, Agishar glaubte es nur allzu gerne und Zeit, auf dem Schlachtfeld nach den Leichen der Römer zu suchen, hatten sie nicht. Sie mussten sich und die Beute in Sicherheit bringen.

Flankiert von zwei Adjutanten ritt der Präfekt der Ala, Marcellus Vetus, die einzelnen Reiterzüge ab, sprach mit den Anführern, befahl einen Teil der Truppe ins nahe gelegene Guntia*, um dort Stellung zu beziehen. Bei der 14. Turma grüßte er Decurio Decimus ehrenvoll – er war am erfolgreichen Rückzugsgefecht eben beteiligt gewesen. »Verluste?«

»Keine«, antwortete Decimus stolz.

---

* Günzburg

»Du machst dich, Decimus, du machst dich.« Groll stieg in Antonius auf. Es kam ihn hart an, dass er zwar im Rang eines Decurio, aber nur in der Funktion als einfacher Soldat mitten in der Reihe stand. Nicht, dass Antonius seinem einstigen Assistenten den Aufstieg zum Decurio und Führer einer Turma missgönnt hätte. Aber für sich selbst sah er alle Felle davon schwimmen. Der erste Kriegseinsatz am Limes seit zwanzig Jahren war definitiv die einzige Gelegenheit für lange Zeit, Eindruck zu machen, um vorwärts zu kommen. Wer es verpasste, sich hier zu profilieren, würde es nie in den Ritterstand schaffen, Präfekt der Ala oder einer anderen Einheit zu werden oder ein höheres politisches Amt zu bekleiden. Die vorbildliche Lösung des ihm anvertrauten Mordfalles zählte nicht mehr, ging im Schatten des Alemannensturmes unter. Es wäre anders gekommen, hätte er frühzeitig von der falschen Spur abgelassen und gewittert, dass es nicht finstere Geschäftemacher waren, die hinter dem Tod von Titus Nantius standen, sondern ein alemannischer Spion, der sich noch dazu als Häuptlingssohn entpuppte. Hätte er frühzeitig beweisen können, dass sich die Krieger um Agishar sammeln und damit vielleicht einen wirksamen Zusammenzug einiger römischer Legionen bewirken können ... Hätte, wäre. Decimus war es, der Städte und Höfe wenigstens einen Tag vorher warnte. Er hatte eine Turma bekommen, sich mit ihr beim Auskundschaften der Lage und seinen ersten Gefechten glänzend bewährt.

»Dein nächster Auftrag wartet schon, Decimus Adventus«, fuhr der Präfekt fort. »Du hast bisher die besten

Erfahrungen im Erkunden gesammelt. Wir müssen die Barbaren bei der Flussüberquerung stellen, da sind sie besonders verwundbar. Ich glaube nicht, dass sie die Brücke hier noch einmal benutzen – sie wissen, dass wir hier sind. Ich gebe dir deshalb das Kommando über drei Turmae; mit denen reitest du in die Auwälder östlich von hier und lässt alle Furten überwachen. Kleine Gruppen greift ihr gleich an. Und solltet ihr die Hauptmacht an einer großen Furt erwischen, holt ihr uns.« Decimus nickte nur, grüßte knapp und ließ das Signal zum Abzug geben. Antonius war richtig verzweifelt. Der Präfekt hatte ihn gar nicht wahrgenommen, er musste wieder als einfacher Soldat unter Decimus ausrücken.

Die Auwälder des Danuvius waren noch unheimlicher als die Barbarenwälder jenseits des Limes – undurchdringlich, voller Sümpfe und Schlingpflanzen. Antonius Aquila und seine drei Begleiter waren wieder einmal abgesessen und bahnten sich mit ihren Schwertern den Weg durchs Dickicht. »Ruhig!«, raunte er plötzlich. Sie lauschten. Gerade hatte er noch etwas gehört, vom Fluss her. Jetzt war es wieder still. Nein – ein Klopfen hallte herüber, dazu noch andere Geräusche. Ein Platschen. Antonius gab seinem Hintermann die Zügel, schlich bis ans Wasser und teilte die Äste des dichten Gebüschs.

Sein Herz schlug bis zum Hals. Bis in die Mitte des Flusses ragte etwas, das wie ein großes Floß aussah – dicke Baumstämme, mit Seilen aneinander gebunden.

»Eine Behelfsbrücke«, sagte er halblaut zum nächsten seiner Begleiter. Zwei Barbaren, nur mit Hosen bekleidet, standen auf dem vordersten Stamm und sprachen gestenreich mit anderen, die im Wasser schwammen und den nächsten Stamm heran bugsierten.

Antonius konnte einfach nicht aus seiner Haut: Vor seinem geistigen Auge sah er sich selbst, wie er dem Präfekten direkt, ohne Umweg über Decimus, Meldung erstattete, das Kommando über zehn Turmae bekam, diese entlang des von ihm markierten Weges hierher führte, die Barbaren ins Wasser jagte, aufrieb, ihnen die Beute abnahm und als ›Held an der Barbarenbrücke‹ in die römische Geschichte einging.

Der grässliche Schrei eines tödlich verwundeten Mannes weckte ihn aus dem Tagtraum. Es war einer seiner Männer. Antonius zog noch das Infanterie-Kurzschwert aus dem Sattelhalfter, das er für Nahkämpfe im Wald mitgenommen hatte; das Langschwert der Reiter war im Dickicht nutzlos. Alles, was er sah, waren die beiden überlebenden Kameraden, mit weit aufgerissenen Augen. Sie stolperten auf ihn zu, einem lief Blut aus einer Platzwunde über das Gesicht. Schon ertönten die gutturalen Laute der Barbaren, raues Lachen, aufmunternde Rufe, wie zur Jagd. Sie wussten, dass sie es nur mit einer Patrouille zu tun hatten.

»Wie viele?«, fragte Antonius.

»Mindestens zehn«, meldete einer der Soldaten. »Wir können uns nicht raus hauen.« Schon tauchten zwei Krieger hinter ihm auf, der Albtraum eines jeden Römers – hünenhaft groß, wilde Haare und Bärte. Muskulöse Arme hielten Wurfspeere, mit denen sie drohend kurze Stöße vollführten und dabei lachten. Sie wollten sie ins Wasser treiben. Und tatsächlich sah Antonius keinen Ausweg, als in den Fluss zu waten. Sein Eisenpanzer schützte ihn jetzt nicht mehr, sondern drohte, ihn zu ersäufen. Hastig steckte er das Schwert weg und nestelte an den Riemen herum, die Brust- und Rückenpanzer zusammenhielten. Die anderen beiden taten es ihm nach; sie begriffen, dass Wegtauchen die letzte Möglichkeit war, das nackte Leben zu retten.

Ein Wurfspeer glitt mit einem leisen Platschen rechts von ihnen ins Wasser, ein weiterer links. Das Gelächter der im Gebüsch versteckten Feinde ließ erahnen, dass die Speere nicht schlecht gezielt waren, sondern dass die Barbaren mit ihren Opfern spielten wie die Katze mit der Maus. Die Römer schafften es nicht mehr, sich der Rüstungen zu entledigen. Pfeile schlugen rings um sie ins Wasser, große Gestalten lösten sich aus dem Uferdickicht, standen mit Speeren, Bögen, Schwertern und Äxten hüfttief im Wasser. Den kleineren Römern, die zudem schon tiefer im Fluss wateten, reichte es fast schon bis zur Brust.

Antonius stand Auge in Auge mit einem Barbar, der ganz langsam den Wurfspieß hob. Er stierte Antonius an, nein, er zielte genau zwischen seine Augen.

»Der Wirt verlangt heute schon wieder mehr für das Zimmer«, sagte Aulus, der Bäcker. »Es kommen immer mehr Flüchtlinge und der Platz wird knapp und teuer, sagt er.«

»Blödsinn«, fuhr Publius Annaeus den armen Bäcker an, als ob er etwas dafür konnte. »Es treffen schon seit Tagen keine mehr ein, die Alemannen sind längst weg.« Er ließ sich von Acca die Schatulle geben und drückte Aulus die Münzen in die Hand, die er brauchte, um die Herberge und das Essen der ehemaligen Hofbewohner für den Tag zu bezahlen. »Wie geht es Vibia heute?«

»Unverändert. Sie schläft, und sobald sie aufwacht, flößen wir ihr wieder Wein ein.« Vibia hatte versucht, sich die Pulsadern aufzuschneiden, als sie erfuhr, dass ihr Sohn erst des Verrats überführt und dann auf grässliche Weise umgekommen war. Bevor man sie rettete, festhielt und Wein gab, schluchzte sie, sie wisse nicht, ob sie sich wünschen solle, dass ihr Mann lebendig aus Persien zurückkommt, um diese Schande und das Elend zu sehen.

»Habt ihr heute Nacht Neuigkeiten in der Taverne erfahren können?«, fuhr Publius fort.

»Ein Mann aus dem Vicus des Castra Vetoniana* erzählte, wie die Alemannen das Kastell samt Vicus völlig überraschend angegriffen, überrannt und niedergebrannt haben. Er konnte sich mit viel Glück retten. Auf der Flucht hat er miterlebt, wie der Priester in den brennenden Tempel vor dem Kastell rannte, um den Tempelschatz zu bergen – aber Jupiter Dolichneus

---

* Kastell Pfünz nahe Weißenburg. Archäologen fanden die Schilde der Wache über 1700 Jahre später noch ans Südttor des Kastells gelehnt; die überraschten römischen Wachen waren nicht mehr dazu gekommen, sie zu ergreifen. Die Skelette der beiden Soldaten fand man im Südost-Turm. Auch die sterblichen Überreste des Priesters fanden Archäologen im Dolichneus-Tempel mitsamt des Tempelschatzes von 100 Denaren.

rettete ihn mit all seinen schrecklichen Waffen nicht, und der Tempel stürzte über ihm ein. Jupiter konnte sein eigenes Heiligtum nicht schützen; nicht einmal in der Gestalt eines Legionärs.«

Aulus sah den Hofherren fragend an. »Aber du selbst sitzt doch an der Quelle und gehst in der Kommandantur ein und aus. Hast du nichts erfahren, was uns betrifft?«

Publius schüttelte den Kopf. »So einfach ist das nicht. Es kommen zwar täglich Boten durch, aber was die melden, ist geheim.«

Fulvius Gratus kam herein, der Leiter der Glaswerkstatt und des Ladens. Er hatte Publius, seine Frau Acca, Xenobia und den Verwalter mit seiner Frau im Haus aufgenommen. Sie gehörten mit zu den ersten Flüchtlingen, die in Aelia Augusta eingetroffen waren, und er hatte sie beherbergt in einer Mischung aus Mitgefühl, Neugier, Verbundenheit mit alten Kunden und Bestürzung über die Tragik, dass der junge Lucius umgekommen war, der erst kürzlich den Gehilfen Mamercus besucht hatte. Für die übrigen Hofbewohner hatte er Räume in einer nahen Herberge besorgt. Er brachte eine brisante Neuigkeit mit: »Meine Frau hat auf dem Forum gerade erfahren, dass die Truppe, die gegen die Alemannen ausgerückt war, heute zurückkehrt.«

Publius Annaeus schlug ihm dankend gegen die Schulter und eilte wortlos hinaus. Wie jeden Tag nahm er den Weg den Cordio maximus hinab, direkt zum

Praetorium – nur schneller als sonst. Für Publius wäre es so schwer wie für jeden Anderen gewesen, ins Zentrum der Präfektur vorzudringen. Doch das war gar nicht nötig. Er brauchte nur nach dem Befehlshaber der Wache zu fragen, der seine Räume gleich bei der Vorhalle hatte – ein alter Kamerad von ihm, der es weit gebracht hatte. Höchstens der Provinzpräfekt selbst war vielleicht noch besser informiert als er. »Vegetus«, sagte er mit herzlich ausgestreckten Armen, »Stimmt es? Kommen sie heute?«

»Sie sind schon da«, antwortete der Centurio.

Da wurden draußen Stimmen laut. »Aber er ist mein Vater, ihr kennt ihn doch!« Publius verdrehte die Augen. Schon ging die Tür auf, ein Wachtposten führte Xenobia herein.

Der Centurio musste lachen: »Das ist wohl die ›keltische Katze‹, mit der du schwerer fertig wirst als damals mit deinen Rekruten, was?«

»Ich will wissen, was mit Antonius Aquila ist«, forderte Xenobia. »Er gehört zur Ala Flavia.«

Zu dem Soldaten, der das Mädchen immer noch am Arm festhielt, sagte Vegetus: »Schon gut, lass sie hier. Und bring mir nochmal den Decurio, der heute Morgen Bericht erstattete.« Als Xenobia und Publius gleichzeitig aufeinander loszetern wollten, gebot der Befehlshaber Vater und Tochter mit erhobener Hand Einhalt, in seiner Stube keinen Familienstreit vom Zaun zu brechen. Kurz darauf meldete sich wie befohlen der Decurio. »Was weißt du im Einzelnen über das Schicksal der Ala Flavia secunda milliaris?«, fragte der Wachkommandant.

»Was meinst du mit ›im Einzelnen‹?«, hakte der Soldat nach.

»Kennst du einen Antonius Aquila?«, platzte Xenobia heraus. Der Soldat schüttelte den Kopf. »Und Decimus Adventus?« Auch damit konnte der Mann nichts anfangen.

»Decimus ist Anführer der vierzehnten Turma der Ala Flavia«, fügte Publius hinzu.

Der Mann zuckte zusammen.

»Was ist mit der vierzehnten Turma?«, rief Xenobia, die seine Regung genau beobachtet hatte.

Der Decurio sah sie an, als schätzte er ab, ob sie die Nachricht verkraften konnte.

»Vierzehnte, fünfzehnte und sechzehnte Turma hatten einen Sonderauftrag«, begann er zögerlich. »Sie wurden zu Erkundungen in die Auwälder des Danuvius geschickt.« Er sprach weiter, um das unerträgliche Schweigen, mit dem ihn alle anstarrten, zu überspielen: »Da sind sie wohl mit der Hauptmacht der Alemannen aneinander geraten.«

»Was heißt ›aneinander geraten‹?«, rief Xenobia.

»Genaues weiß man nicht«, wich der Legionär aus. »Jedenfalls entdeckten sie den Hauptübergang der Barbaren über den Danuvius und alarmierten uns. Unsere ganze Einheit rückte aus und griff die Barbaren beim Übersetzen an. Sie hatten eine Brücke aus Baumstämmen nicht fertig bekommen und wir erwischten sie im Wasser. Wir setzten ihnen schwer zu, nachdem wir einen starken Flankenschutz ...«

»Was mit der vierzehnten Turma ist, will ich wissen!«, unterbrach Xenobia den Offizier.

»Die drei Turmae ...« Er musste nach einer nicht zu schlimmen Formulierung suchen. »Die Einheit war in dieser Situation nicht mehr so wohl geordnet wie sonst. Die Turmae hatten sich in verschiedene Erkundungstrupps aufgelöst und der Rest hatte ohne große Ordnung mit den Barbaren gekämpft.«

»Stießen die Turmae wieder zur Einheit?«, fragte der Wachkommandant.

»Das kann ich nicht sagen, dazu war die Lage zu unübersichtlich«, antwortete der Decurio, erleichtert, nicht mehr mit der besorgten jungen Frau reden zu müssen. »Der Präfekt der Ala befahl jedem versprengten Trupp, der auftauchte, beim nächsten Teil der Truppe mitzukämpfen, den er finden konnte; da vermischten sich die aufgelösten Turmae dann wahrscheinlich vollends mit anderen. Wir wechselten ab mit Totalangriffen und geordneten Rückzügen und sahen zu, dass wir aus den Auwäldern heraus kamen.«

»Im weiteren Verlauf nahmen sie die Alemannen dann mit der Dritten aus Castra Regina* in die Zange«, erklärte nun wieder der Wachkommandant. »Die waren nach einigen Tagen doch noch aufgetaucht. Zum Teil sogar mit Naves Lusoriae** auf dem Danuvius.«

»Die vierzehnte Turma!«, rief Xenobia verzweifelt in Erinnerung.

»Ich weiß es nicht«, sagte der Decurio, der Bericht erstattete. »Die versprengten Reiter, von denen ich sprach, gehörten wohl offenbar zu den drei Turmae.«

---

* Die Dritte italische Legion aus Regensburg

** Kampfbooten

Versprengte Reiter, dachte Xenobia. Mit anderen Worten: Überlebende, die sich mit Müh und Not hatten retten können. Sie verzweifelte. Draußen bedrängte sie ihren Vater: »Wir müssen zur Ala reiten und sehen, was aus Antonius geworden ist. Bitte!« Publius stimmte zu. Zu viel hatten die Hofbewohner Decimus und Antonius zu verdanken, als dass die beiden ihnen jetzt gleichgültig sein konnten.

Xenobia kam es vor, als wäre Decimus in die Haut seines Herrn, Antonius Aquila, geschlüpft. Ein bisschen war es ja auch so: Die Verdienste, die Decimus vor und während der schicksalhaften Tage des Alemannensturms zufielen, waren ein Resultat der Befehle von Antonius. Während sich dieser in die Höhle des Löwen jenseits des Limes wagte, warnte Decimus alle Orte und Höfe auf dem Weg, auf den Antonius ihn geschickt hatte und galt letztendlich als Retter von Xenobias Familie. Bei der Ala schlug er frühzeitig Alarm und gab die Meldungen von Antonius und dessen Forderung weiter, Soldaten der Ala den Alemannen entgegen zu schicken. Nicht als Decimus, sondern als Stellvertreter von Antonius war er dem vierzehnten Reiterzug beigestellt worden und trat nach dem Tod des Anführers an dessen Stelle. Er hatte das Kommando immer noch inne und stand jetzt als der glanzvolle, kriegserfahrene und mit Ehren bedeckte Reiterführer vor ihr, der Antonius eigentlich hätte werden wollen.

Xenobia spürte sofort diese Bedrückung, ihr wohlbekannt von Soldaten, die schlimme Nachrichten zu überbringen hatten. Ungewohnt herzlich – oder eher mitleidsvoll? – oder ungebührlich intim? – oder alles von jedem? nahm er zur Begrüßung ihre beiden Hände ihn seine.

»Was ist mit ihm?« Xenobia hielt es nicht aus, irgendwelche Floskeln über sich ergehen zu lassen. »Sag es mir!« Decimus schüttelte nur den Kopf. »Ist er tot?« Jetzt nickte er. »Bist du sicher? Hast du ihn gesehen?« Wieder nickte er. »Wie? Wie?«

»Er ist tapfer im Kampf gefallen«, sagte Decimus leise, wie um ein Gegengewicht zu ihrer Verzweiflung zu schaffen, die schon die Aufmerksamkeit aller Gäste der Herberge angezogen hatte.

»Ich scheiße auf eure Tapferkeit und eure Ehre und eure Verdienste!«, schrie Xenobia. »War es schlimm für ihn? Nur das will ich noch wissen.«

Decimus umfasste ihre Schultern mit seinen Händen. »Nein, es war nur ein kurzer Moment. Ein Speer. Antonius führte eine der Patrouillen an, die ich ausschicken musste. Sie entdeckten die halb fertige Brücke der Alemannen, gerieten dabei aber in einen Hinterhalt. Keiner überlebte. Eine andere Patrouille hörte den Kampflärm, rief mich mit meinen Leuten zu Hilfe, doch wir konnten nichts mehr ausrichten. Nicht für Antonius. Aber ihm war es wieder einmal zu verdanken, dass wir unsere Hauptstreitmacht beizeiten an den Feind heranführen konnten, bevor dieser ...«

Xenobia winkte ab, sie brauchte jetzt keine Militärberichte. »Hast du ... ihn gesehen?«

»Wir haben alle Gefallenen an Ort und Stelle begraben, nachdem sich der Feind zurückzog.«

»Ich will sein Grab sehen. Bring mich hin.«

Decimus wurde noch verlegener. »Ich ... ich kann hier nicht weg. Der Präfekt ist mit dem größten Teil der Ala im Norden am Rhenus* unterwegs. Die Alemannen sind auch dort eingefallen. Ich muss hier mit dem stellvertretenden Präfekten die Stellung halten.« Aha, bis an die Seite des stellvertretenden Präfekten hatte er es schon geschafft.

Am Abend brachte Decimus einige alte Kameraden ihres Vaters mit in die Taverne der Herberge, wo sie einquartiert waren. Während Publius Annaeus in alten Soldatengeschichten schwelgte, tischte Decimus ihr ein üppiges Mahl auf – und viel Wein. Xenobia ließ sich darauf ein, Trost im Wein zu suchen. Obwohl schnell ein angenehmer Schleier auf sie herab sank, durchschaute sie die mehr oder weniger raffinierten Vertraulichkeiten von Decimus. »Wir beide ergänzten uns bei den Nachforschungen zu den Machenschaften von Lucius«, begann er, »du stecktest mittendrin und ich war der nüchterne Beobachter von außen.« Der nächste Schritt: »Du hast allen Männern gefallen. Aber die anderen hatten immer ihre Hintergedanken. Ich aber konnte mir erlauben, dich unverdorben zu sehen, so wie du bist – schön, unbeschwert, selbstbewusst, neugierig, hilfsbereit und klug.« Und schließlich, als der erste Krug zur Neige ging und Decimus so nah heran gerutscht war, dass sie seinen Atem im

---

* Rhein

Gesicht spüren konnte: »Xenobia, heute ist es gewiss noch zu früh, das weiß ich schon. Aber wir stehen doch unvoreingenommen zueinander. Das ist ein Lichtblick. Es wäre doch schön, wenn er immer heller werden und unser beider Zukunft ausleuchten würde, oder?«

Es war durchschaubar, aber es war keinesfalls falsch, was er so sagte. Nur Decimus war noch geblieben. Aus ihm war das geworden, was Antonius sich gewünscht hätte. Die Götter hatten es mit Decimus gut gemeint und mit Antonius nicht. Warum sollte sie sich nicht an einen Günstling der Götter halten? Den könnte sie wahrlich gebrauchen inmitten dieser düsteren Zeiten, in einem Land, über dem noch lange das Damoklesschwert der Barbarenüberfälle hängen würde. Ein starker Mann, ein Legionär an ihrer Seite, das wäre wohl nicht verkehrt.

Sie kam wieder zu sich. Was fällt dir ein? schalt sie ihre innere Stimme. Wenige Stunden nach der Todesnachricht fängst du schon wieder etwas mit einem anderen an? Ich denke doch nur nach, antwortete sie sich selbst. Für solche Gedanken darf jetzt kein Platz sein, erwiderte die innere Stimme. »Im Augenblick ist in mir nur Platz für die Trauer um Antonius«, verschaffte sich die Stimme nun auch bei Decimus Gehör.

Der hob beschwichtigend die Hände und schwieg. Er hatte noch niemals etwas überstürzt. Und doch alles bekommen, was er wollte.

Publius Annaeus ritt zurück zur Familie nach Aelia Augusta und ließ Xenobia zurück bei Decimus. Er hätte nichts dagegen gehabt, ihm seine Tochter zur Frau zu geben. So würde sie die Katastrophe am schnellsten überwinden. Und ein weiteres Band zur Armee würde beim Neubeginn des römischen Lebens im Gebiet des Alemannensturms sicherlich nicht schaden.

Decimus bezahlte Xenobias Zimmer und besuchte sie jeden Tag, so früh er konnte. Er zeigte ihr seine Zuneigung, wurde aber nicht ungestüm, die Nachmittage und Abende waren schön. Es war ihr überlassen, ihn eines Nachts einzuladen, zu bleiben. Am vierten Abend sollte es später werden als sonst: »Verstärkung aus Castra Regina trifft ein«, kündigte Decimus an. »Teile der Dritten Italischen Legion, die schon beim Rückzug der Alemannen dazu gestoßen waren. Ich bin mit den Einquartierungen betraut und kann nicht so früh weg.«

So war Xenobia nicht überrascht, als es erst in der Dämmerung an ihrer Tür klopfte. Überrascht war sie allerdings über den Zustand von Decimus: Kreidebleich, die Augen gerötet von heftigen Tränen. »Du musst es mir glauben, ich habe das nicht gewusst«, krächzte und schluchzte er. »Ich war selbst davon überzeugt. Ungewissheit ist schlimm bei so etwas, die sollte nicht an dir fressen ...«

Xenobia verstand nichts und kam auch nicht mehr dazu. Denn schon wurden draußen weitere Stimmen laut. Die eine gehörte dem Herbergswirt.

Die andere durfte es gar nicht mehr geben.

Doch, es gab sie noch. Antonius. Sie sollte niemals vergessen, wie es ihr die Brust zu zersprengen drohte, als er hereinstürzte. Alles Elend fiel von ihr ab. Es wäre erbärmlich gewesen, ihn aus der Not heraus zu ersetzen, das hatte sie in diesem Moment begriffen. Mit einem grässlichen Schrei ging er auf Decimus los. Ein Aufklatschen seiner Faust mitten in dessen Gesicht – Decimus setzte nicht zur Gegenwehr an. Ein Knochen splitterte, hoffentlich nur die Nase. Er rutschte an der Wand herab, das Gesicht eine rote Masse. Er war ohnmächtig, von einem einzigen Schlag. Das besänftigte Antonius nicht, bremste ihn aber weit genug ab, dass die Kraft des Wirtes reichte, ihn zurück zu halten.

Antonius lebte – Noch nie hatte Xenobia solch ein Glücksgefühl empfunden wie in diesem Augenblick. Sie fiel ihm um den Hals, umarmte den Wirt gleich mit. Einem Gehilfen, der dem Wirt gefolgt war, bot sich von der Tür aus ein skurriles Bild: Ein blutüberströmter Mann lag am Boden, ein Liebespaar stand davor und küsste sich heiß, sein Herr stand etwas ratlos daneben. Schnell löste sich die Szene auf, das Paar lief zum Zimmer hinaus, Hand in Hand. Wer zurück blieb, kümmerte sich um den blutüberströmten Mann am Boden.

Sie sprachen kaum etwas, ritten einfach nur davon. Bis sie ein winziges Wäldchen auf einem Hügel fanden, das mit dem orangen Sonnenuntergang verschmolz – ein Ort, wie für sie geschaffen. Er breitete den Mantel im Gras zwischen den Bäumen aus, sie rissen sich die Kleider vom Leib und befriedigten endlich ohne Hemmungen, was sich so lange an Lust in ihnen aufgestaut hatte.

Zwischendurch, in den Erholungspausen, musste Antonius erzählen: »Man glaubt bis zuletzt nicht, dass der Tod kommt«, sagte er, als er an der Stelle anlangte, wo er wehrlos im Wasser des Danuvius stand und der Barbar den Speer auf ihn anlegte. »Ich hörte nur noch ein Rauschen und Sirren rechts und links von mir, über mir – Pfeile, die mitten vom Fluss her kamen. Der Barbar mit dem Speer kippte nach hinten, die anderen verschwanden wieder im Laub. Ich drehte mich um. Das war einer der Augenblicke, wo man weiß, dass es Götter gibt. Sie mussten das römische Patrouillenboot geschickt haben und noch weitere zu beiden Seiten dahinter. Sie waren einfach da wie der »Deus ex machina«, der Gott aus der Maschine im Theater, der zur Rettung in aussichtsloser Lage aus den Tiefen der Bühne auftaucht oder vom Himmel herab schwebt.«

»Phantasierst du jetzt oder waren da wirklich solche Boote?«

»Sie waren da, geschickt hatten sie Jupiter und Mars. Deren Boten waren Legionäre der Dritten Italischen Legion aus Castra Regina, die die Boote lenkten. Da ab dort der Limes aus dem Danuvius besteht, haben sie Nave Lusoriae samt einem Hafen dafür. Die schickten sie den Fluss hinauf, als sie hörten, dass die Alemannen über den Danuvius gegangen waren. Die Taktik stammt von unseren Truppen im Norden am Rhenus – die fangen Barbaren erst auf dem Rückweg von ihren Raubzügen mitten auf dem Fluss ab, wo sie verwundbar und unsicher auf Flößen herum schwanken. Auf dem Grund des Rhenus liegt zwischen einem Totenheer aus ersoffenen, erschlagenen, von Pfeilen und Speeren durchbohrten Germanen ein riesiger Beuteschatz, der ihnen in den Hades folgte. Jedenfalls waren die Boote, die mich retteten, nicht zufällig da. Unsere Kameraden aus Castra Regina hatten schon lange die Barbarenbrücke entdeckt und eines der Boote losgeschickt, um ihre Legion herzuführen. Die anderen hielten sich im Schilf hinter einem Flussbogen verborgen. Als sie den Überfall auf unsere Patrouille beobachteten, waren sie blitzschnell da und konnten mich heraushauen. Aber meine Kameraden kamen noch an Land um.«

»Wusste Decimus, dass du gerettet warst?«, fragte Xenobia.

Antonius schüttelte den Kopf. »Das konnte er nicht wissen. Er dachte, ich läge auf dem Grund des Flusses.«

»Warum warst du denn dann so wütend auf ihn? Er ging doch davon aus, dass es dich nicht mehr gibt, als er sich um mich bemühte.«

»Zu glauben, dass ich nicht mehr lebe, ist das eine«, knurrte Antonius. »Aber keinen Tag verstreichen zu lassen, um sich meine große Liebe zu krallen, ist etwas anderes.«

»Dann müsstest du auf mich doch genauso wütend sein«, sagte Xenobia. »Ich habe ihn ja schließlich nicht gleich in die Schranken gewiesen.«

Antonius streichelte über ihren Kopf, ließ ihr rotes Haar durch seine Finger gleiten. »Du hast Schreckliches durchgemacht und dich an jeden Strohhalm geklammert«, sagte er sanft und fügte wieder aggressiver hinzu: »Das wusste er und das hat er ausgenutzt. Er hat lange darauf gelauert, da bin ich mir sicher.«

Xenobia wollte Decimus verdrängen; es gab auch so schon genug Verwirrung in ihrem Liebesleben. »Wieso bist du erst so spät zur Ala zurück gekommen?«, kam sie wieder zurück zu Antonius' Erlebnissen.

»Die Kameraden aus Castra Regina retteten mich zwar in ihrem Boot, setzten mich aber gleich für ihre Zwecke ein. Da sie in mir einen ortskundigen und wertvollen Kundschafter sahen, musste ich eine Kohorte zu der halb fertigen Barbarenbrücke führen. Da war kein einziger Barbar mehr, aber außerhalb der Auwälder nahmen wir sie zusammen mit meiner alten Ala in die Zange. Dort entstand ein Wirrwarr – ein Teil unserer Leute wurde losgeschickt, um sich der Ala anzuschließen. Als ich den Kommandeur der Dritten Legion bat, mitgehen zu dürfen, ließ er sich meine Geschichte erzählen und war ganz fasziniert davon, dass ich das Hauptlager der Alemannen von Häuptling Agishar kannte. Kurzerhand musste ich den Kern der Dritten dorthin führen. Auf dem Weg erledigten wir zwar einige kleine Alemannentrupps, aber das Heerlager war verlassen. Wir zogen uns aus den feindlichen Wäldern von der anderen Seite des Limes zurück, der Alemannensturm war nun endgültig vorüber. Die Legion blieb noch im Kastell am kahlen Berg und wartete auf Nachrichten. Als wir erfuhren, dass es auch am Rhenus Alemanneneinfälle gegeben hatte, beschloss der Kommandeur, noch zwei Kohorten zu meiner Ala zu schicken, um von dort aus Truppen am Rhenus zu Hilfe zu eilen. Denen durfte ich mich dann endlich anschließen. Nun ja, meine Ankunft hast du ja mitbekommen. Zumindest den Teil, nachdem ich erfahren hatte, dass Decimus mir nicht nur meine militärischen Erfolge, sondern auch noch dich wegnehmen wollte.«

Xenobia schmiegte sich an ihn und schlang besitzergreifend die Arme um ihn. »Niemand nimmt mich dir mehr weg. Niemand.«

Antonius Aquila blieb als Decurio in der Ala Flavia milliaria und lebte mit Xenobia in einem Haus im Kastellvicus.

Sie blieben ein Leben lang zusammen.

Publius Annaeus ging mit seiner Familie wieder zurück auf den Hof. Sie bauten auf, was die Alemannen zerstört hatten – der Stall war vollständig niedergebrannt, vom Haupthaus das Dach und ein Teil des Seitenflügels zerstört. Das Leben war nicht mehr so unbeschwert wie früher, aber Decurio Antonius Aquila tat sein Bestes, eine gute Verbindung zwischen Ala und Hof zu halten und zu garantieren, dass die Bewohner auch vor künftigen Angriffen rechtzeitig gewarnt werden sollten.

Siebenundzwanzig Jahre lang blieb es ruhig.

»War das das Leben meines Bruders wert?« Das Rot schien nie mehr aus den Augen von Amda weichen zu wollen. Zwei Säcke Getreide und eine Kiste voller Gold und wertvollem römischen Tand, der Beuteanteil ihres

Mannes Ebo, erinnerten sie jeden Augenblick daran, wofür Wulf und etliche andere aus der Sippe gestorben waren.

Es hatte sich nicht gelohnt.

»War das das Leben meines Sohnes wert?«, sagte Häuptling Agishar zu einem seiner Vertrauten. Weit weg vom Limes, geschützt durch Wälder und Sümpfe, wie sie die Römer fürchteten, errichteten sie gerade eine große, von Palisaden geschützte Siedlung, wo alle Zuflucht suchten, die noch an ihn glaubten und an die markigen Worte seines Heerführers Vadomar. Der versicherte, der Schlag habe das römische Reich in seinen Grundfesten erschüttert und wäre nur ein Vorbeben gewesen.

Vadomar sollte Recht behalten. Siebenundzwanzig Jahre später überrannte er mit anderen Alemannenführern den Limes. Diesmal mussten sie sich nicht den Weg zurück erkämpfen – sie blieben die Herren im Land, die Legionäre kamen nicht wieder.

ROM UND ROMAN

Wie in allen meinen historischen Romanen habe ich auch in »Hart an der Grenze« in den realen historischen Rahmen eine fiktive Geschichte gefügt, die das reale Leben, Denken und Handeln der Menschen in der beschriebenen Epoche möglichst authentisch widerspiegelt. Alle Handlungsorte im Roman sind geschichtlich belegt, die Namen der Figuren sind erfunden, entspringen aber dem Charakter der Zeit. Ungewöhnlich an dieser Geschichte ist, dass das furiose Ende nicht der Dichtung entspringt, sondern wahren Ereignissen – der Alemannensturm im Jahr 233 fand tatsächlich statt.

Natürlich gaben mir wieder sachkundige Freunde und Bekannte entscheidende Impulse zum Buch. So versorgte mich Werner Paa mit handfesten Fakten zur regionalen römischen Geschichte; er führte jahrzehntelang systematische Geländebegehungen für das Landesamt für Denkmalpflege durch und war über zehn Jahre lang Leiter der Tourist-Info Oettingen. In der Literatur zur römischen Geschichte Bayerns ragten Bücher und Beiträge von Dr. Wolfgang Czysz heraus – eine wertvolle wissenschaftliche Grundlage für den Roman. Nördlingens Stadtarchivar Dr. Wilfried Sponsel half mir mit Literaturhinweisen und bei der einen oder anderen Detailfrage. Ulrich Granderath führte mich durch den Römerpark Xanten, wo das römische Leben so intensiv erweckt wird wie kaum irgendwo sonst in Deutschland. Und natürlich trugen die im Impressum aufgeführten Experten zur Buchherstellung und -gestaltung so erfolgreich zum Gelingen des Werkes bei, das Sie sogar den Anhang lesen.

Allen, vor allem aber den Lesern, die zum Teil seit Jahrzehnten meine Arbeit schätzen und würdigen, gebührt mein Dank.

Ronald Hummel

BILDNACHWEISE

Umschlaginnenseiten: Fritz Steinmeier, Nördlingen
S. 38 Rheinisches Landesmuseum Trier
S. 90 Dietrich Rothacher – archeoskop
S. 119 Siegfried Köglmeier, Landesamt für Denkmalpflege, Thierhaupten
S. 243 Arian Ziliox

DER AUTOR

Ronald Hummel wurde 1960 in Nördlingen geboren, und ist eng mit dem »historischen Eldorado«, wie er das Ries nennt, verbunden. In seinen regionalen Romanen führt er durch Kelten- und Römerzeit sowie verschiedene Epochen des Mittelalters. In der Gegenwart handeln seine regionalen Kurzkrimis. Als Geoparkführer begleitet er Besucher dort hin, wo er als Autor die Stimmung seiner Handlungsorte einfängt, und als freier Mitarbeiter der Rieser Nachrichten beleuchtet er alle Facetten des heutigen Lebens im Ries.

Kindesentführer, Diebe und Mörder

im idyllischen Geopark Ries? Ronald Hummel füllt weitere zwei Bücher damit: Da fällt einer Hausfrau beim Saubermachen eine Leiche aus dem Putzschrank entgegen. Oder eine Schauspielerin wird auf offener Bühne ermordet. 500 Zeugen halten es für einen Unfall, aber eine Akteurin durchschaut das Spiel. Die Heldin einer weiteren Geschichte bekommt andere Fotos, als sie entwickeln ließ – sie hätte lieber keinen neugierigen Blick darauf werfen sollen. Und die Geschichte von dem Brandstifter, der das Nördlinger Hafenhaus im Jahr 1955 niederbrennt, hat einen genauso wahren Kern wie all die anderen Kurzkrimis.
Ideal für zwischendurch, wenn der hektische Alltag keine Zeit für lange Lektüre lässt.

Ronald Hummel
Rieser Blut
Zwölf Kurzkrimis
aus Nördlingen und de
Ronald Hummel
Rieser Feuer
Noch ein Dutzend Kur
aus Nördlingen und de
Ronald Hummel
Rieser Abgrund
Zehn Kurzkrimis
EXTRA:
Akte Ries XY
Wahre Fälle
nie geklärter Morde

Mittelalter

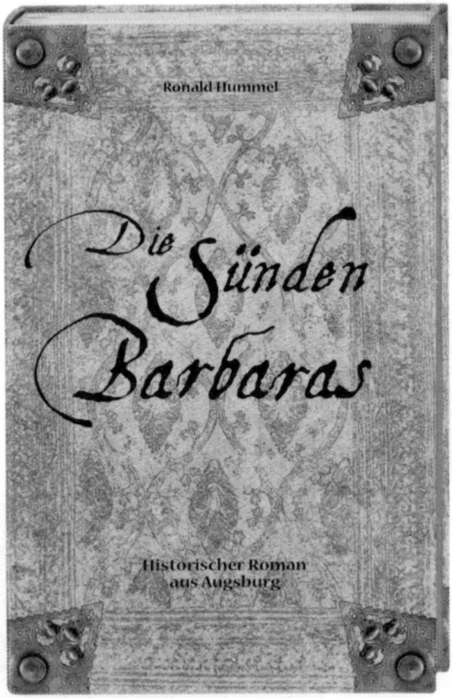

Das goldene Augsburg des Jahres 1388 ist für die Magd Barbara wie eine Verheißung – bis sie von ihrem Verlobten Endres sitzengelassen wird. Sie stürzt ins Elend des Bordells, aus dem sie der Nördlinger Soldat Georg wieder herausholen will. Georg fällt im Städtekrieg gegen die bayerischen Herzöge – aber er hinterlässt reiche Kriegsbeute. Ausgerechnet Endres ist der einzige, der das Versteck finden kann. Doch statt dem Schatz liegt dort eine Leiche und beide werden als Mörder gejagt. Die Suche nach dem wahren Täter führt sie mitten ins Kriegsgebiet, zu üblen Feinden und guten Freunden.

Als der Bauernbursche Hannes 1485 in die Belagerung Nördlingens gerät – die tatsächlich stattgefunden hat –, wird er in den Gassen der Stadt verfolgt und soll getötet werden. Er weiß nicht einmal, warum: Sind es die politischen Machenschaften, in die er verwickelt wurde oder ist es die Romanze zwischen ihm und der wunderschönen Patrizierstochter Julia? Um sein Leben zu retten, muss er unter dem Donnerhall der Kanonen auf dem Galgenberg aufklären, wer hinter den Anschlägen steckt. Verdächtige gibt es mehr als genug: den Pfarrer, einen jungen Edelmann, einen Lodweber-Gesellen, einen Torwächter. Die Geschichte spannt sich bis zu den Fuggern nach Augsburg und weiter zum Kaiser.

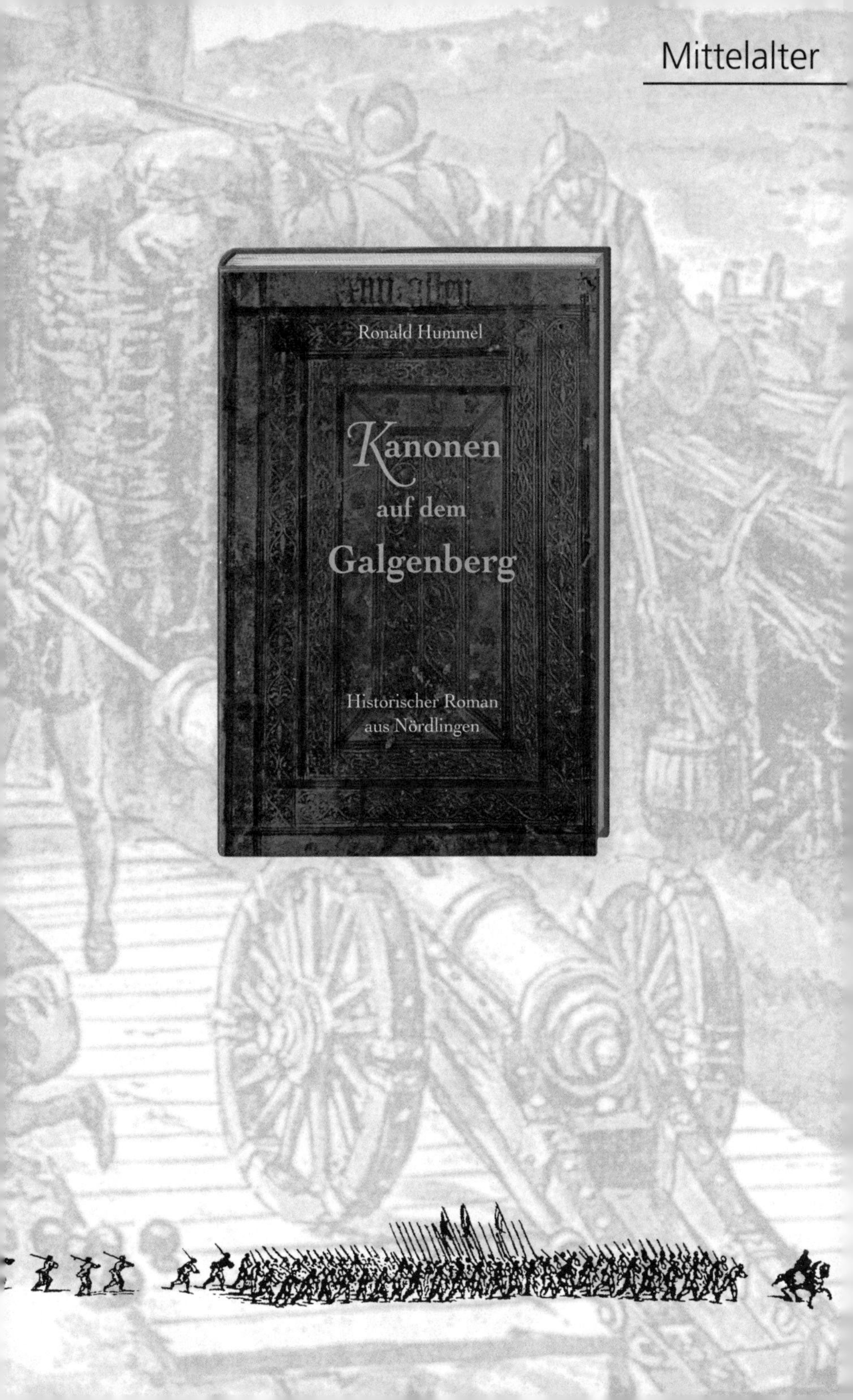

Mittelalter
Ronald Hummel
Kanonen
auf dem
Galgenberg
Historischer Roman
aus Nördlingen

Ries-Asteroid vom Himmel

davon gefunden. Doch Lisa, Geologin in Nördlingen, entdeckt einen der richtig großen Ries-Edelsteine – als Schmuck auf dem Gemälde einer wunderschönen Frau. Das Bild gibt Hinweise auf einen mehr als 340 Jahre alten ungeklärten Kriminalfall, in dessen Mittelpunkt ein junges Paar steht. Gelingt es Lisa, den Fall zu lösen, findet sie auch die Diamanten. Beim Aufschlag des Asteroiden entstanden tatsächlich Diamanten im heutigen Geopark Ries; sie sind im Nördlinger Rieskrater-Museum zu sehen und einzigartig auf unserem Planeten.

Der Ipf war vor 2500 Jahren Sitz eines mächtigen

Keltenfürsten. Ein Köhlerjunge gerät in die Intrige um den Raub von Eisenschwertern, damals seltene Waffen. Als er den Gegenspieler des Fürsten ausspionieren soll, verliebt er sich unsterblich in dessen wilde, bildschöne Tochter. Ein schwerer Konflikt: Horcht er sie aus, erringt er die Gunst des Fürsten, verrät aber die Liebe seines Lebens. Die kluge Häuptlingstochter kommt ihm auf die Schliche; dazu hat er ein weiteres Problem: Der unbekannte Schwerträuber trachtet ihm nach dem Leben und ist drauf und dran, mit einem wahnwitzigen Racheplan Tausende ins Unglück zu stürzen.

Wenn Engel auf Dämonen treffen, geht es um völlig neue Dimensionen des Verbrechens – der Geheimdienst der Himmlischen Heerscharen ist im gesamten Universum aktiv, Dämonen-Agenten halten dagegen. Tan, der als Schutzengel ins Ries abkommandiert wird, gerät zwischen die Fronten und weiß nicht, wie er die atemberaubend schöne, aber äußerst zwielichtige Engelin Emanuela einzuschätzen hat.

Gibt es einen besseren Ort für einen Krimi

Lösen Sie sich – nur für ein paar Tage – von Ihren Vorstellungen über Engel als brave, dienliche, devote und geschlechtslose Wesen und tauchen Sie ein in den spannenden Kosmos eines teuflischen Schattenspiels.

als den Ursprung von Gut und Böse?

Viele Wege führen

Sie finden die Werke von Ronald Hummel im Buchhandel – was nicht vorrätig ist, kann Ihr Händler bestellen.

Hart an der Grenze — 16,90 €
2015, 320 Seiten, fester Einband, Fadenheftung, Lesebändchen

Rieser Abgrund — 11,90 €
2011, 320 Seiten, Paperback

Die Sünden Barbaras — 16,90 €
2009, 288 Seiten, fester Einband, Fadenheftung, Lesebändchen

Teuflische Engelin — 16,90 €
2008, 288 Seiten, fester Einband, Fadenheftung, Lesebändchen

Im Bann des Keltenfürsten — 14,95 €
2006, 2012 im Theiss-Verlag, 256 Seiten, Paperback

Rieser Feuer — 11,90 €
2005, 312 Seiten, Paperback

Rieser Blut — 11,90 €
2003, 268 Seiten, Paperback

Das Erbe des Kometen — 16,90 €
2000, 304 Seiten, fester Einband, Fadenheftung, Lesebändchen

Kanonen auf dem Galgenberg — 16,90 €
1997, 328 Seiten, fester Einband, Fadenheftung, Lesebändchen

zum guten Buch

Sie kommen aber auch an die Bücher, ohne das Haus verlassen zu müssen: Ordern Sie von daheim aus, der gewünschte Band wird Ihnen ohne Porto-, Verpackungs- oder sonstige zusätzliche Kosten per Post geliefert.

Bestellen Sie unter Telefon 0 90 81 / 91 61. Dann können wir auch gerne über Sonderkonditionen bei größeren Lieferungen sprechen.

Natürlich geht es, ebenfalls ganz formlos, auch per E-mail: hummel.ronald@gmx.de

Nicht zu vergessen der Web-Shop auf der Internetseite www.ronald-hummel.de

Ich freue mich selbstverständlich auch, wenn ich im Briefkasten mal keine Rechnung, sondern Ihre Bestellung finde: Ronald Hummel, Oskar-Mayer-Str. 16, 86720 Nördlingen

Und denken Sie beim Bestellen nicht immer nur an sich – andere bekommen auch mal gern ein gutes Buch geschenkt!

Der Riegelberg bei Holheim mit den rekonstruierten Grundmauern der römischen Villa rustica